WAVES

Giulia Besa

Il segreto del mio migliore amico

GIUNTI

www.giunti.it

Via Bolognese 165 – 50139 Firenze – Italia
Piazza Virgilio 4 – 20123 Milano – Italia

Prima edizione: marzo 2019

Published by arrangement with Loredana Rotundo Literary Agency

Realizzazione editoriale: Studio editoriale Littera, Rescaldina (MI)

A Gattina,
che conosce il vero significato della vita.

1

Il processo di spegnimento di una stella come Betelgeuse comincia con un singolo atomo di ferro. Appena la stella inizia a produrre ferro nel suo nucleo, questo elemento così innocuo la consuma come un veleno. In una manciata di secondi, l'astro esplode in una sfera infuocata.

No, questo no!

Il cellulare mi sfugge via dalle dita, fa una parabola in aria e si sfracella sull'asfalto. La scocca si apre e la batteria salta fuori. Corro a recuperarlo. Se si è sfasciato, giuro che Astrid l'ammazzo!

Alzo il viso e incrocio lo sguardo con lei, in groppa al motorino. Mi sorride fiera, tutta orgogliosa della sua bravata: mi ha affiancata e mi ha colpito la mano che reggeva il cellulare. Uno scherzo degno delle elementari. D'altra parte stiamo parlando di una tizia che non sa distinguere la destra dalla sinistra e ha difficoltà a interpretare le lancette degli orologi.

Astrid mi mostra il dito medio, il sogghigno incorniciato dai boccoli biondi. «Dovresti stare più attenta quando attraversi la strada.» Abbassa gli occhi sulla mia felpa, dominata da un teschio in stile Giorno dei Morti messicano. «Se proprio vuoi suicidarti, potresti buttarti dalla finestra. Fai prima.»

Ma che problemi ha? Dico, a parte essere stupida come una maniglia. Astrid dà gas al motorino e si allontana lungo il vialetto. Unisco le mani a coppa davanti alla bocca. «Vai a cercarti un cervello, deficiente!»

Astrid, i capelli biondi agitati dal vento, svolta l'angolo e sparisce dietro l'edificio in mattoni rossi della facoltà di matematica. Non credo mi abbia sentita, anche se l'insulto gliel'ho gridato forte. Be', meglio così: a discutere con gli imbecilli c'è il rischio che ti trascinino nella loro pozza di idiozie e poi ti ritrovi tutta insozzata di fango e di stupidità.

Raccatto i pezzi dello smartphone e lo rimonto. Premo il pulsantino per accenderlo e lo schermo si anima. Il cellulare non sembra rotto. Meno male. Astrid è fortunata!

Sul display svanisce il logo del produttore e compare l'ora.

Accidenti, sono in super ritardo.

Proprio stamattina che sono già di fretta dovevo incontrare Miss Furbizia. Che disdetta.

Stringo la tracolla della borsa e accelero il passo. Una vampata di acido mi risale lungo la gola: le acciughe della pizza di ieri sera che vogliono scappare via da me e rituffarsi in mare. Non dovevo cedere alla golosità, lo sapevo che ad abbuffarmi alle due di notte mi sarebbe venuto mal di stomaco – la gastrite non perdona.

Ma dovevo consolarmi in qualche modo e quando Orfeo mi ha proposto di finire la pizza ho ceduto. La serata procedeva bene: ce ne stavamo stravaccati sul letto a guardare e a commentare film, mentre Beatrice, appollaiata sul davanzale della finestra, si leccava il dorso della zampina e fissava le stelle, le orecchiette dritte; poi mi è venuta la grande idea e ho proposto di vedere *Star Wars: Gli ultimi Jedi*.

Per colpa degli impegni universitari me l'ero perso al cinema. E avrei fatto bene a continuare a perdermelo. Alla scena di Leila che vola nello spazio, mi è crollata addosso una tale tristezza che l'unica soluzione era il suicidio a mezzo acciughe.

Imbocco la scorciatoia a fianco dei laboratori di informatica e mi intrufolo sotto al reticolato di fil di ferro su cui si arrampicano le edere. Anche se siamo a primavera inoltrata, le foglie sono ancora marroncine, come se non si fossero mai riprese dall'inverno. Un po' come la saga di *Guerre stellari*, che non si è mai ripresa da quando è in mano alla Disney. Perché lo hai fatto, Lucas? Perché hai venduto l'anima al diavolo con le orecchie da topo?

Darth Vader, aiutaci tu!

Mi divincolo dagli arbusti e marcio a passo svelto attraverso il giardino, diretta alla palazzina che ospita la facoltà di ingegneria. Davanti alla scalinata di ingresso c'è sempre qualche studente che bighellona in attesa dell'inizio delle lezioni, ma adesso non c'è nessuno. Sono in ritardo mostruoso.

Strofino il display del cellulare con la manica della felpa per pulirlo dalla polvere e do un'altra occhiata all'orologio. Per fortuna il cristallo non si è incrinato, neppure un graffio. Quella scema di Astrid stavolta ha rischiato grosso. Ho l'impressione che ogni giorno che passi, lei si comporti in maniera sempre più cretina. Il commento di oggi sul suicidio poi era sul serio ottuso, persino per i suoi standard. La combinazione felpa con il teschio, più orecchini a tema analogo – ispirati a quelli dei soldati di *Fanteria dello spazio*, ordinati su Etsy a un prezzo da ladrocinio –, più capelli tinti di nero deve averle fatto scattare l'interruttore che sono diventata emo. Astrid è una persona semplice, e per lei gli altri sono come si vestono: io prima ero nerd, ora sono emo.

Scuoto la testa. Se sapesse quali ragionamenti profondi ci sono dietro le mie scelte di look! Mi passo le dita tra le ciocche nere, che mi arrivano oltre le spalle. Le punte le ho volute blu elettrico. Ma Astrid non ne indovinerebbe mai il motivo.

Aumento l'andatura. Spero che anche oggi il professor Korolev sia in ritardo. Arriva sempre in ritardo, ma se per disgrazia entri in classe dopo di lui, ti becchi la ramanzina davanti a tutti e una nota di demerito. E questa sarebbe la terza del semestre.

Ma che sarebbe stato un giorno miserevole l'ho capito appena mi sono alzata dal letto e ho posato i piedi sul pavimento freddo. Le mie ciabatte erano scomparse. Lo spazzolino e il dentifricio non c'erano più. E, dopo essermi fatta la doccia, ho scoperto che anche gli asciugamani e il fon si erano dileguati. Ho dovuto tamponarmi i capelli con le lenzuola.

Un altro scherzetto di Astrid o di una delle sue amichette diversamente furbe del terzo anno. Si divertono a prendersela con le matricole e il rettore lascia correre. Secondo lui questi comportamenti forgiano il carattere. Se mia madre non mi avesse garantito che questa è la miglior facoltà di ingegneria meccanica in Italia, me ne sarei già andata. Però di lei mi fido: sono trent'anni che progetta impianti petroliferi in giro per il mondo, e sa di cosa parla.

«Ehi tu, carina!»

La voce di un uomo mi fa voltare. Il giardiniere, un tipo con una gran pancia da bevitore incallito, mi scruta, le dita serrate sul manico del rastrello. «Togliti dal prato, non è un marciapiede!»

Ma dovrei calpestare altrettanta erba sia a tornare indietro che a proseguire, e dunque, come direbbe Winston Churchill: se stai attraversando l'Inferno, non ti fermare! Corro sul prato spiaccicando i primi fiorellini primaverili, sotto lo sguardo irritato del giardiniere. Scavalco la bassa ringhiera di metallo che cinge le aiuole ed eccomi di fronte alla facoltà di ingegneria.

Salgo la scalinata e mi intrufolo oltre il portone di legno. Nell'atrio, mi accoglie il busto di marmo che raffigura il matematico Niccolò Tartaglia. Distolgo lo sguardo dal volto severo incorniciato dalla barba folta: una leggenda locale sostiene che se il Tartaglia ti fissa negli occhi, non ti laureerai più. Che superstizione ridicola. Ma perché rischiare?

Cammino a testa bassa lungo il corridoio. L'aria profuma di legno e della cera che viene stesa ogni settimana sul parquet. Si susseguono le porte chiuse delle aule, e le teche che proteggono la collezione di marchingegni per il calcolo, fiore all'occhiello della facoltà: da una riproduzione della macchina di Anticitera – un calcolatore meccanico risalente all'antica Grecia – fino all'M10 dell'Olivetti, uno dei primi computer portatili con schermo incorporato.

I miei passi riecheggiano. Non c'è in giro nessuno, sono tutti a lezione, mannaggia a me.

Mi precipito per il corridoio, ma una porta mi si spalanca davanti. Il battente si schianta contro il muro e il boato rimbomba intorno a me, amplificato dal soffitto alto.

Sobbalzo e mi blocco.

La porta è quella dell'ufficio del rettore.

E a sbatterla è stato Orfeo.

Lui esce a grandi falcate dall'ufficio. Indossa i soliti jeans neri e tiene i capelli lunghi legati in una mezza coda. Intravedo il suo viso: l'espressione è cupa, a metà tra la tristezza e la rabbia, la mascella contratta. Le braccia sono lungo i fianchi, i pugni chiusi.

«E non creda che finisca qui!» strilla il professor Garofano, il rettore, da dentro l'ufficio. «Dovrà pagare tutti i danni al refettorio, ha capito? E stia sicuro che non mi ha fatto cambiare idea! Ha capito?»

Orfeo tira dritto e non si preoccupa neppure di richiudere la porta. È come se non avesse sentito il rettore o non gliene importasse niente. Non è da lui. Che diavolo è successo? Scatto in avanti e allungo la mano per prendergli la manica della camicia. Ma Orfeo è troppo rapido e mi sfugge. Scompare giù per le scale che conducono al seminterrato. Non si è accorto di me, o mi ha ignorata apposta, come ha fatto con il rettore.

Sono tentata di seguirlo. Il professor Garofano è un ometto pacato, che diamine può aver combinato Orfeo per farlo imbizzarrire in quel modo? Tra l'altro Orfeo è ben voluto da tutti i professori, ha la media più alta dell'intera facoltà, ed è già stato selezionato per uno stage post laurea presso il Jet Propulsion Laboratory della NASA. Nonostante il carisma naturale che gli conferiscono l'altezza e lo sguardo nero pece, è un secchione peggio di me, e di solito i secchioni non mandano in bestia gli insegnanti.

Spero non sia successo niente di grave. Orfeo è l'unico amico che ho qui in università.

Mi affaccio sulla tromba delle scale. Orfeo non è più in vista. Picchietto le unghie sul corrimano. Il professor Korolev oggi mi scuoia viva, ma devo capire cos'è successo. Il rettore ha accennato al refettorio...

Sospiro. Tanto ormai il professor Korolev avrà iniziato la lezione, e dieci minuti in più o in meno non cambieranno la mia posizione. Se vuole appiopparmi un altro richiamo e abbassarmi la media, lo farà comunque. Tanto vale dare una sbirciatina al refettorio.

2

Nettuno, il pianeta blu, può sembrare ricoperto d'acqua, ma in realtà l'acqua è al suo interno. Ha un cuore di ghiaccio e di roccia, e l'azzurro intenso della superficie è un inganno dovuto al metano.

Qualunque sia l'accusa del rettore nei confronti di Orfeo, ci metto la mano sul fuoco che lui è innocente. Solo così si spiega il suo viso rabbioso: è la frustrazione di chi viene calunniato anche se non ha fatto niente di male. Orfeo non metterebbe mai a repentaglio la propria carriera accademica a pochi mesi dalla laurea, senza contare il momento delicato che attraversa la sua famiglia. Lui è serio, non è come Astrid e soci. Orfeo non va in giro a fare scherzi balordi, né ha questa ossessione per le scommesse che accomuna tanti studenti del terzo anno.

«Oh, mi scusi!» esclama una voce acuta.

Alzo il viso. Soprappensiero sono andata a sbattere contro una signora delle pulizie. Lei abbozza un sorriso. Indossa i guanti e tiene tra le dita uno strofinaccio che gocciola dentro un secchio di plastica. Abbasso gli occhi sulla mia felpa: lo straccio ha lasciato una macchia umida sul teschio. Annuso. Odore di acqua stagnante.

«Mi scusi» ripete la tipa. «Non l'avevo vista.»

Sollevo un lembo della felpa tra pollice e indice. «È solo acqua, vero? Niente varechina o roba simile.»

«Acqua.» Lei strizza lo strofinaccio sopra il secchio. «Magari un po' sporca, ma solo acqua. Se vuole darmi la felpa gliela porto in lavanderia. Raccomando che gliela lavino il prima possibile.»

In realtà è più colpa mia che sua, visto che ero io quella con la testa tra le nuvole. «Non c'è bisogno. Ma...» Accenno con il capo alla porta del refettorio. «... è successo qualcosa?»

La signora si passa il dorso della mano sulla fronte sudata. «Guardi pure, lo vedrà da sola cos'è successo.» Sbuffa per togliersi una ciocca di capelli dagli occhi. «È dalle sei di stamattina che sgobbiamo per asciugare. E non ce la faremo mai per l'ora di pranzo.»

Dischiude la porta e spio all'interno. La mensa della facoltà di ingegneria è un vanto dell'istituto: ampie vetrate che danno sui giardini, tavoli di lusso degni di un hotel cinque stelle, e lampadari di cristallo.

Ma oggi la mensa è un lago.

Le lame di luce che entrano dalle vetrate fanno scintillare le pozze d'acqua che si allargano sul parquet. I cuochi e altri addetti alle pulizie sono accovacciati sul pavimento di legno, immergono gli stracci nell'acqua e li scolano nei secchi. La signora che ho tamponato mi supera e sciaguatta nella sala. China lo strofinaccio in mezzo a una pozza enorme che riflette l'affresco con le sirene che abbellisce il soffitto a volta. L'acqua tremola e l'affresco si sfilaccia.

La mensa allagata è una visione surreale e affascinante. Mi ricorda il cementificio abbandonato a Borgobianco. Ma... aspetta, quindi Orfeo avrebbe allagato la mensa?

Morsico il tappino della penna, e lo picchietto sul banco, e lo azzanno di nuovo. Ieri sera Orfeo mi sembrava tranquillo. Okay, non ha fatto tanti commenti quando guardavamo il film su Jurij Gagarin primo uomo nello spazio – e quel film l'aveva scelto lui – ma lo stesso seguiva interessato. E ha mangiato la pizza di gusto.

E intanto progettava di allagare la mensa. Io me ne sono tornata alla mia stanza nell'ala femminile del dormitorio, mentre lui ha messo in atto il suo piano vandalico. Che accidenti gli ha detto il cervello?

Mi muovo a disagio sulla panca di legno. Il professor Korolev scarabocchia alla lavagna, ma tra il mio ingresso in ritardo – per fortuna la ramanzina non si è concretizzata in una nota di demerito – e la preoccupazione per il mio amico non riesco a seguire la lezione.

Non posso credere che Orfeo abbia fatto una stupidaggine del genere. Può costargli l'espulsione, e per i genitori sarebbe un colpo durissimo. Lui è l'orgoglio della famiglia. L'unica fonte di gioia, dopo la morte del fratello. E Orfeo lo sa benissimo. Come ha potuto mettersi nei guai fino al collo in questa maniera? E se non fosse stato lui? Forse era giusta la mia prima ipotesi e Orfeo è innocente, accusato senza motivo. Magari sta solo coprendo il vero colpevole? No, è assurdo.

Addento il tappino, lo mastico.

Orfeo mi ha detto di aver passato momenti terribili dopo che suo fratello è morto l'anno scorso. E una persona ancora sotto shock... allaga la mensa? Non ha molto senso.

«Scusami, Vera?»

A meno che non ci sia sul serio di mezzo la cricca di Astrid. Con le loro scommesse e i loro scherzi del cavolo. Ma Orfeo si è sempre tenuto lontano da certi casini. E quelli del terzo anno se la prendono con le matricole come me, non si scornano tra di loro.

Mordo la penna con foga, tanto che la plastica scricchiola.

E poi si tratta di goliardate, niente di tanto grave da rischiare un'espulsione. Il massimo che ho visto è stato Enrico, che ha perso una scommessa e per un paio di giorni è stato costretto a comportarsi come un cagnolino andando in giro a quattro zampe fuori dalle classi e ululando alle ragazze di passaggio. L'ha fatto anche con me e per poco non gli stampavo la suola dello stivale sulla faccia per la paura. E io che pensavo fosse il liceo, il covo prediletto dei deficienti. Fantasticavo che all'università sarei stata libera di studiare in pace. Beata ingenuità!

Ma niente a che vedere con Orfeo. Lui si tiene lontano dalla stupidità. È un ragazzo profondo, intelligente, e non mi abbaierebbe mai dietro, né allagherebbe il refettorio. Ormai lo conosco.

Però se sul serio Astrid lo ha convinto a partecipare a qualche scommessa balorda, io le stacco...

«Ehm... scusami? Vera?»

Astrid non la capisco. Suo padre è ricco da far schifo, e lei potrebbe godersi la vita viaggiando e facendosi selfie per Instagram. Che ci viene a fare all'università? Tra l'altro qui non avrebbe mai superato i test di ingresso, se il paparino non avesse sborsato fior di soldi. Le persone così, che credono di poter comprare tutto, le detesto. Valgono meno delle palle di pelo che vomita Beatrice.

Serro la penna tra i denti. Alla biondina svampita le stacco la testa. Tanto non se ne fa niente.

«Vera, ma mi ascolti?»

Mi riscuoto e mi volto verso Mirko, seduto accanto a me. Alla luce che filtra dai finestroni, i suoi occhi assumono un colore castano dorato. Li posa sul mio viso, li abbassa sulla penna che sto stritolando. Mi fissa dubbioso.

«Stai bene?» sussurra. «È cinque minuti che ti chiamo. E tu non fai che mordere la penna come un cane idrofobo.»

Che paragone lusinghiero, grazie!

Stiracchio un sorriso. «Sto bene, scusa se non ti ho sentito.»

«Sei arrabbiata? La stai disintegrando, quella penna. Sembri nera.»

Mirko è carino a preoccuparsi, ma non intendo confidarmi con lui. Ci manca solo che comincino a girare pettegolezzi riguardo Orfeo e magari è solo tutto un malinteso. Accenno al professor Korolev. «Ripensavo alla sgridata di prima per il ritardo. Tutto lì. Ah, grazie per avermi tenuto il posto.»

«Di nulla.» Mirko ricambia il sorriso e mi sfiora la coscia con la mano. «Senti, potresti prestarmi gli appunti della lezione di ieri? Non mi fido molto degli altri.»

Sono compiaciuta dal commento di Mirko: anche se lui è ricco, non è presuntuoso; è uno di quelli più svegli della classe, come dimostra il fatto che riconosce la mia intelligenza superiore. Certo, per una richiesta tanto banale poteva aspettare la fine della lezione. Ma nessuno è perfetto.

«Te li passo dopo» dico. «Nessun problema.»

Il sorriso di Mirko si allarga. «Mi sdebiterò.»

Il professor Korolev stacca il gessetto dalla lavagna, e io torno a chinare il viso sul quaderno. Se qualcuno mi chiedesse di passargli gli appunti di oggi, si ritroverebbe un mucchio di ghirigori e gocce di inchiostro che colano dalla penna smangiata.

Ma come diavolo avrebbe fatto Orfeo ad allagare la mensa? Anche andando a tappare i lavandini in cucina e aprendo tutti i rubinetti, ci sarebbero volute ore per trasformare il refettorio nel lago che ho visto. Deve aver rotto o forato una tubatura. Di notte, in silenzio per non farsi beccare. Be', se c'è una persona abbastanza astuta da mettere in atto un piano del genere, si tratta di Orfeo. Se volesse, potrebbe iniziare una carriera da Genio del Male anche domani. Ma non è proprio da lui...

Do un morso più forte e la plastica trasparente mi si sgretola in bocca. Sputacchio pezzetti di penna sul quaderno, e Mirko mi rivolge un'occhiata di disgusto. Che mattinata del cavolo. L'unica consolazione è che al termine delle lezioni ho appuntamento con Orfeo per esplorare il supermercato, e potrò chiedergli di persona cosa è successo.

3

Le stelle di neutroni sono relitti oscuri, stelle che hanno finito il loro carburante e sono diventate dense e compatte. Lo scontro tra due stelle del genere provoca terrificanti esplosioni di polvere d'oro, ed è all'origine degli elementi più pesanti dell'Universo.

Il rintocco delle campane della basilica arriva ovattato attraverso i finestroni dell'aula. Mi viene voglia di salire all'ultimo piano della palazzina e ammirare la distesa di tetti della città adagiata nella valle; la cima acuminata del campanile spiccherebbe in mezzo al mare di tegole marroncine. Sbadiglio e mi stiracchio. Le ore di Korolev sono finite, e possiamo goderci il quarto d'ora accademico che lui ci nega sempre ogni volta che ha due lezioni consecutive.

Mi alzo, metto via i libri, e consegno il quaderno a Mirko.

«Grazie per gli appunti» dice lui, ancora sorridente. «Te li riporto il prima possibile.»

«Fai con comodo, li ho già studiati. In pratica li so a memoria.»

Mirko fa una smorfia che è un misto di invidia e dispiacere, ma non me la prendo: è solo colpa della politica carogna che hanno qui riguardo i voti. Per ogni esame, c'è un unico trenta a disposizione della classe, e va solo al migliore – cioè a me – mentre gli altri prenderanno un voto proporzionale a quanto si sono avvicinati alla mia bravura. Perciò capisco che sotto sotto i miei compagni vorrebbero che la prima della classe perdesse colpi, così potrebbero risollevare le loro medie senza neanche doversi impegnare. Ma non succederà mai, carini: io sono la migliore e intendo rimanerlo!

Raccolgo la borsa ed esco dall'aula. Svolto a sinistra, per i bagni. Intanto controllo il cellulare. Non mi illudo che Orfeo mi abbia mandato un messaggio: non è tipo da chat, ed è persino meno social di me. Però alcuni messaggi WhatsApp li ho ricevuti. Sono di Massimo. Il primo è il consueto *Buongiorno, Morticia adorata*, e gli altri sono foto. Il mio ragazzo è in piedi tra Giuliano e Lorenzo, suoi compagni della squadra di pallanuoto; tutti e tre sono a petto nudo, le braccia intorno alle spalle l'uno dell'altro, e sui visi campeggiano i sorrisoni di quando si fanno i selfie per Instagram. Dietro di loro, l'acqua azzurra della piscina.

In un'altra foto Massimo mette in mostra i muscoli, e in un'altra ancora gli amici lo osservano compiaciuti – tutto molto yaoi. Nell'ultima foto, mi fa l'occhiolino attraverso l'obbiettivo. La fossetta da surfista australiano che una volta disprezzavo, oggi mi fa venire voglia di coprirgli di baci la faccia da sbruffone.

E sarà il minimo per farmi perdonare! Ieri sera aveva una partita importante, me ne sono scordata e non gli ho fatto gli auguri; poi mi ha scritto che hanno vinto e io mi sono ripromessa di fargli i complimenti, ma ero presa dai film e dalla pizza con le acciughe e l'ho dimenticato e tornata in stanza erano le due di notte e sono crollata sul letto e stamattina... Tutte scuse. La verità è che dovrei vergognarmi. Cattiva fidanzata. Cattiva!

Lui invece è così dolce. Mi ha inviato queste foto carine in cerca di coccole.

Sfioro con il pollice il petto di Massimo. Il sorriso del mio ragazzo è di un bianco perfetto. Se lo conosco, si è schiarito i denti con qualche app di fotoritocco. Voleva apparire perfetto per me. Sono persino un pizzico commossa.

Vorrei che Massimo fosse qui, vorrei assaporare le sue labbra dopo che ha trascorso la mattinata ad allenarsi in vasca. Sarebbero fresche e un po' salate, come se avesse nuotato in mare anziché in piscina. Diventano caldissime quando è fuori al sole, a scattare fotografie, e hanno il sapore della crema pasticcera su una torta appena sfornata.

Mi mordo il labbro, scendendo i pochi gradini verso il bagno delle ragazze. Mi manca l'allegria di Massi. Da quando mi sono trasferita per frequentare l'università, e lui gioca a livello agonistico a pallanuoto, ci vediamo pochissimo. Spesso dobbiamo darci appuntamento anche solo per una telefonata.

Devo escogitare una bella risposta, per scusarmi di essermi dimenticata della partita e per averlo ignorato, e devo super complimentarmi per la vittoria. Di questa partita me ne aveva accennato anche Giuliano, era una sfida importante, anche se non saprei dire *perché* neanche se ne andasse della mia vita. Mi stringo nelle spalle: si stima che il cervello abbia una capacità di memoria intorno ai 100 terabytes; sono tanti, ma non infiniti, non si possono sprecare per informazioni inutili quali i campionati di pallanuoto.

Traccio con il dito il profilo di Massi sullo schermo. Non so che scrivergli. Magari lo farò più tardi, dopo aver parlato con Orfeo. Chiarita quella faccenda, mi sentirò più tranquilla e potrei addirittura consultare Wikipedia per capire se la partita di ieri era la finale di qualcosa o di qualcos'altro.

Spalanco la porta del bagno con la spalla, il viso chino sullo smartphone.

«Io ho bisogno del mio caffè!» strilla una voce femminile. «Hai capito razza di lesbica schifosa?»

Sollevo la testa. Davanti a me ci sono tre ragazze, mi danno le spalle e sono voltate verso i lavandini. La tizia al centro la riconosco subito. La cascata di boccoli biondi che le arriva oltre le scapole, la camicetta scura di marca, e la gonna a balze. La stessa che indossava in groppa al motorino, quando mi ha fatto cadere il cellulare. È Astrid.

«Se ti dico che ho voglia di un caffè» continua lei con voce stridula, «tu muovi il culo e me lo vai a prendere, anche se sono le tre di notte.»

Ma con chi se la sta prendendo? Con la se stessa nello specchio? Si è ammattita del tutto?

Faccio un passo avanti e sbircio da sopra la spalla di Astrid. Circondata da Miss Furbizia e le sue due scagnozze, c'è una tipa minuta, il fisico atletico, i capelli rossi che le piovono sbarazzini intorno al viso timoroso. Mi sembra di averla già vista, è una di quelle fissate con la corsa o la marcia o una roba del genere, credo persino l'abbiano selezionata per le Universiadi.

Mi metto in punta di piedi. La ragazza in trappola ha gli occhi gonfi di lacrime, e si tiene la mano sulla guancia arrossata. Trema.

Astrid non l'avrà mica colpita?

La bionda sbatte il palmo sullo specchio, sfiorando il viso della sua vittima, che sobbalza per la paura.

«Sturati le orecchie, scansafatiche» ringhia Astrid. Sovrasta di tutta la testa la ragazza. «Stanotte ci riproviamo. Io ti chiamo, e tu vai al Cafè Maison e mi prendi un bel cappuccino macchiato. Con due bustine di zucchero di canna. E fai in modo che sia ancora caldo quando me lo porti in camera.»

Astrid avvicina il viso a quello della rossa. «E ricordati lo scontrino, così posso verificare che la cagnolina ha fatto la brava senza imbrogliare.»

Il Cafè Maison è il bar della stazione, l'unico che rimane aperto tutta la notte. Ma dai dormitori dell'università fino alla stazione non è una passeggiata: bisogna scendere la collina e attraversare mezza città.

La ragazza con i capelli rossi deglutisce. «N-non ho i soldi per il taxi...» pigola. Parla piano piano, tanto che la sento appena.

Astrid le sorride. «E sarebbe colpa mia se tu sei una poveraccia?»

«N-no, scusa.»

I due avvoltoi in gonnella che affiancano Astrid ghignano soddisfatti.

Serro i pugni. Me lo avevano detto che Astrid predilige prendersela con le matricole che provengono da famiglie non ricche e che sono qui con borse di studio. Le piace sentirsi superiore, lei che si fa strada solo grazie ai soldi del paparino. È davvero un'infame.

«Sei inferiore a me. In tutto» spiega Astrid alla ragazza. «Pensaci. Io sono Astrid, la A, e tu sei Zoélie, la Z. Non vali niente.» Ridacchia del proprio ragionamento balordo. «Perciò è solo normale che tu mi obbedisca.»

Giuro che in tutta la mia vita non ho mai assistito a un tale sfoggio di stupidità.

Poso la mano sulla spalla di Astrid. «Mi sanguina il cervello a sentire tutte queste scemenze. Potresti piantarla?»

Al suono della mia voce, le due scagnozze sobbalzano. Astrid si volta piano, mi pianta gli occhi addosso, mi fissa come se volesse incenerirmi con lo sguardo. «Che accidenti vuoi, ragazza suicidio? Fatti la tua pisciata e sparisci.»

«Ma è con quella bocca che baci tua madre, eh, blatta bionda?»

«Vedi di andartene prima che mi arrabbi.»

«Ti sei offesa perché ti ho chiamata scarafaggio?» Sorrido. «È un complimento, tu fai molto più schifo di uno scarafaggio.»

Astrid stacca la mano dallo specchio e mi fronteggia. «Hai deciso che vuoi passare i prossimi mesi all'Inferno?»

Solleva il braccio, come a tirarmi una sberla, ma non si azzarda. So che venderebbe sua madre pur di cancellarmi il sorriso dalla faccia, ma è tanto stupida quanto codarda.

Rimaniamo una di fronte all'altra, il suo naso che sfiora il mio. Non abbasso il viso.

Tolgo le dita dalla sua camicetta e me le struscio sui pantaloni, come a togliermi di dosso la sporcizia. Si sa che gli scarafaggi non sono gli insetti più igienici del mondo.

Astrid fa un passo di lato e si scosta da me. «Stammi lontana. Quelle come te mi danno il vomito.»

«Non dirlo a me, che ho appena toccato una blatta.»

Le due scagnozze di Astrid si accodano a lei. La magrolina si smangiucchia le unghie, indecisa se intervenire a difendere la padrona, o starsene tranquilla da brava vigliacca. L'altra fa finta di essere nel bagno per caso, lo sguardo basso sulle piastrelle del pavimento. Astrid si è scelta proprio due amiche meravigliose. Degne di lei.

Zoélie è rimasta nel suo angolino contro il lavello. Ha l'aria di chi potrebbe svenire da un momento all'altro, ma almeno adesso Astrid non se la prende più con lei.

«Sai che c'è?» mi dice Astrid, la voce che vibra per l'odio. «Non solo i prossimi mesi. Ma anche il prossimo anno. E anche dopo che me ne sarò andata. Ti sei guadagnata la mia attenzione, e non ti lascerò in pace un solo giorno.»

«Il sogno di una vita che si realizza» replico ironica.

Astrid inclina il viso, e la smorfia di rancore si alleggerisce. Un lampo di soddisfazione le illumina il volto. «Ti puzza l'alito.» Ghigna. «Non è che per caso stamattina hai avuto difficoltà a lavarti i denti?»

Inarco il sopracciglio. Siamo al *ti puzza l'alito*? E poi cosa? Quando andremo sul pesante si passerà a *specchio riflesso buttati nel ces...*

«Aspetta un attimo... Quindi sei stata proprio tu a rubarmi le cose in camera.»

«Sei sempre in giro a fare la civetta con quelli del terzo anno» dice Astrid. «È normale che se non ci sei mai ti rubino in camera.»

Ma a che si riferisce? Al fatto che vado nella stanza di Orfeo? E a lei cosa gliene frega?

Astrid si passa la mano tra i boccoli biondi. «In ogni caso erano tutte robe da barbona, e ti ho fatto un piacere a buttarle nel cassonetto.»

«E mentre frugavi nella pattumiera l'hai ritrovato, il tuo cervello? Oppure te ne fai comprare uno nuovo da papà per Natale?»

Astrid trema di rabbia, ma non replica. Spintona le sue stesse amiche e si dirige alla porta del bagno. Non ha il coraggio di affrontarmi di persona, e sono sicura che medita di vendicarsi con un'altra incursione in camera mia. Ma non mi troverà impreparata.

Le due scagnozze si accodano ad Astrid e sfilano fuori. Sembrano proprio due cagnoline al guinzaglio. Contente loro. La magrolina che chiude la processione si sbatte la porta alle spalle.

«V-va tutto bene?»

La vocina mi fa voltare. Zoélie è accanto a me. La maglietta a maniche corte di Rick e Morty è bagnata sul colletto. Deve averla usata per asciugarsi le lacrime.

Abbozza un sorriso timido.

Le sorrido anch'io. «Tutto okay, ma guai a te se vai a prendere il caffè a quella cretina. Non bisogna darla vinta ai bulli. Mai.»

Zoélie deglutisce. Ho paura che il mio tono deciso l'abbia spaventata di nuovo. Be', l'importante è che capisca il messaggio: se vuole che Astrid smetta di tormentarla, non deve più farsi prevaricare.

4

Ci sono galassie che si allontanano da noi a una velocità superiore a quella della luce, lasciandosi trasportare dallo spazio-tempo che si espande. Nulla nello spazio può andare più veloce della luce, ma niente vieta allo spazio stesso di espandersi alla velocità che preferisce.

La marmitta scoppietta sotto di noi e la moto accelera entrando nella galleria. Orfeo si piega in avanti e io lo stringo reggendomi a lui, il petto premuto sulla sua schiena. Nel tunnel c'è odore di umido, che viene dalle pareti di roccia, e il fresco mi pizzica il naso. Mi tiro su per strofinarmelo con la manica del giacchetto, cingendo forte Orfeo con l'altro braccio.

Questa dovrebbe essere l'ultima galleria, ormai manca poco. Grazie al cielo. Ho il sedere indolenzito e comincia a farmi male. Colpa del sellino: la finta pelle che lo ricopre è usurata, e dagli strappi sfuggono via sbuffi di gommapiuma; non è più morbido, sembra di essere accovacciati su una seggiola di marmo.

E poi il sellino è caldo da morire! È bollente, e anche se di moto non ne capisco un tubo, dubito che sia normale. Che questa moto aveva qualcosa che non andava l'ho intuito subito, appena l'ho vista: era così piena di graffi e di bozzi che non si capiva neanche di che colore avrebbe dovuto essere. Suppongo verde da alcuni sprazzi di vernice rimasti.

Quando Orfeo l'ha accesa, il motore ha prodotto un borbottio poco rassicurante, simile al tossire di un vecchio malato che sta per scatarrare. Orfeo, in sella al catorcio, mentre mi aspettava davanti al dormitorio, sembrava compiaciuto. Ma io ero scettica, mi sono sentita come Luke Skywalker per la prima volta al cospetto del Millennium Falcon.

Ho domandato a Orfeo: «Sei sicuro che questo ammasso di ferraglia non ci farà finire all'ospedale alla prima curva?».

Lui ha sorriso alla citazione e mi ha spiegato che, anche se la moto non supera di 0,5 la velocità della luce, è affidabile. Suo fratello Giacomo, con quella moto da cross, ha girato mezza Europa.

Avrei voluto sotterrarmi. L'ammasso di ferraglia era di suo fratello. Per fortuna Orfeo non è tipo da offendersi per una battuta di troppo. Mi ha consegnato il casco, e siamo partiti.

Sfrecciamo fuori dalla galleria. Le narici mi si riempiono del profumo delle foglie che ricoprono gli alberi a lato della carreggiata. Orfeo rallenta, e si volta appena verso di me, gli occhi velati dal vetro scuro del casco.

«Dovremmo esserci. Accendi il gps.»

Annuisco e recupero lo smartphone dalla tasca del giacchetto. Consulto lo schermo e mi sporgo indicando con il braccio verso sinistra. All'incrocio svoltiamo, e compaiono le prime case. Proseguiamo finché a lato della strada non si innalza una barriera di cemento, a proteggere le abitazioni dal fiume che attraversa la cittadina.

Parcheggiamo in uno spiazzo, vicino a un ufficio postale chiuso – ormai è tardi, saremmo dovuti partire appena dopo pranzo, ma Orfeo non si è fatto vivo fino a pomeriggio inoltrato. Però non è un problema: all'interno del supermercato sarà buio in ogni caso, che fuori ci sia ancora il sole o no.

Salto giù dal sellino e mi sfilo il casco. Orfeo spegne il motore e mi imita. Blocca la moto con il cavalletto e mi osserva mentre mi lego i capelli in una coda di cavallo. Il suo sguardo si concentra sul mio viso, intenso come le volte che studia il cielo stellato alla ricerca di una costellazione. Quando mi fissa così, sono in imbarazzo, anche se so che è solo un suo modo di fare, e Orfeo non vuole essere minaccioso o scortese.

E mi viene in mente che sono io a essere scortese. Con Massimo. A cui non ho ancora scritto, e mi sa che farei meglio a telefonargli appena posso, o penserà che mi sia successo qualcosa.

«Allora» mi chiede Orfeo, «com'è stato percorrere la rotta di Kessel in meno di dodici parsec?»

Fermo i capelli con l'elastico. «Sono tutta indolenzita.» Mi massaggio i muscoli contratti delle cosce. «Il mio primo viaggio in moto poteva andare molto meglio.»

«Ti ci abituerai. Se dobbiamo raggiungere queste cittadine sperdute, la moto è molto più comoda del treno.»

«Comoda è un parolone.»

«Allora diciamo che è più efficiente.»

«Io preferivo i regionali.» Sospiro. «Almeno non mi mandavano a fuoco il sedere.»

Accidenti a me, ma perché non mi mordo la lingua? Non riesco a trattenere i miei rigurgiti di acido neppure quando si tratta della moto ricordo del fratello morto del mio unico amico universitario.

Ma Orfeo non sembra infastidito. Annoda il laccio del casco al manubrio e solleva gli occhi verso la costruzione che si innalza oltre lo spiazzo. «È questo il supermercato che dicevi?»

«In fango e calcinacci.» Osservo le vetrate annerite, sbarrate da dentro con assi di legno. «Una volta era un discount.»

Orfeo annuisce. Dall'espressione concentrata sul suo viso, intuisco che è già affascinato.

Mi spunta il sorriso. Sono felice che la mia scelta gli piaccia.

Non era scontato. Magari non sarò l'amica più gentile del mondo, ma anch'io so compiere buone azioni.

Affianco Orfeo, il casco sottobraccio. «Ha chiuso anni fa, quando c'è stata l'inondazione. Non hanno più riaperto.»

Orfeo studia la costruzione, e io studio il suo volto. Come sempre il piccolo neo scuro sopra il labbro mi ricorda un puntino d'inchiostro; come se Orfeo, soprappensiero, avesse appoggiato lì la punta della penna stilografica. E come sempre ho la tentazione di passare l'indice su quel neo, per vedere se mi rimarrebbe una macchiolina nera sul polpastrello.

«L'ondata di fango deve averli colti di sorpresa» mormora Orfeo. «Se avessero potuto mettere in salvo i macchinari e i prodotti, è probabile che avrebbero riaperto.»

Accenno al muro di cemento che nasconde la vista del fiume. «In effetti questa barriera l'hanno costruita dopo, per evitare altre sorprese. L'ho letto in un articolo. Quando si dice chiudere la stalla dopo che i buoi sono scappati.»

Orfeo si avvicina al supermercato. Il fango ha tinto i muri di grigio scuro fino a una linea verdognola sopra le vetrate, che indica il livello raggiunto dall'acqua. Più in alto, l'intonaco rimane di un giallino sbiadito, che doveva essere il colore originale delle pareti. Molte delle vetrate sono ancora intatte, e quelle in frantumi mi danno l'idea che sia per colpa di vandali, e non della furia del fiume.

Fin da bambina sono sempre rimasta incantata dai luoghi abbandonati. Specie se si trattava di vecchie fabbriche, stabilimenti in disuso, relitti industriali. Non so da dove derivi questo interesse. Forse si lega al mio desiderio di scoprire come funzionano le cose: voglio guardarci dentro, esplorarle – il mio amico Paolo dice che ho uno spirito da hacker. O forse ho giocato troppo a *Tomb Raider*.

Il sole cala dietro gli spigoli dell'edificio in rovina. Intorno a noi regna il silenzio. Alla luce arancione del tramonto, l'intera cittadina sembra deserta. Per un istante mi immagino di aver viaggiato milioni di anni nel futuro, e di osservare la Terra arsa da un Sole enorme e rosso, sul punto di terminare la sua vita.

Ho un brivido, e sbircio di sottecchi Orfeo, illuminato di sfumature arancioni.

È lui che mi mette in testa certe idee balorde. Questa sulle fasi della morte del sole me l'ha raccontata settimana scorsa: consueta serata cinema in camera sua, ed era il turno di *Sunshine* di Danny Boyle; ma il film si rivela troppo banale per Orfeo, che inizia a narrarmi di come bruceremo tutti via via che il sole si espanderà – il racconto è così vivido, che mi viene voglia di una doccia gelata!

Adoro Orfeo, vorrei che tutti i miei amici fossero interessanti come lui.

«Dai» dice. Gli occhi luccicano tra le ciocche di capelli neri. «Entriamo.»

5

Un buco nero è un oggetto la cui forza di gravità è così intensa che nulla al suo interno può sfuggire all'esterno. Nemmeno la luce.

Prendo un lungo respiro e faccio un altro passetto laterale sul cornicione. La suola della scarpa struscia sul cemento, un pezzetto di intonaco si sbriciola e cade nel vuoto. Appiccico le spalle al muro scrostato.

Orfeo, poco più avanti lungo il cornicione, si volta verso di me. «È tutto okay? Vuoi tornare indietro?»

Deve aver notato la mia espressione spaventata. Siamo solo al secondo piano, ma è lo stesso un bel volo. Se finiamo di sotto, minimo ci spezziamo le gambe. Ma non mi va di fare la figura della codarda, in fondo il supermercato l'ho scelto io. Stiracchio un sorriso e procedo lungo il cornicione.

Purtroppo dal piano terra non si può entrare – a meno di non star lì con l'ascia a fare a pezzi le assi dietro le vetrate. Le uniche finestre accessibili sono al piano superiore. Così ci siamo arrampicati sfruttando il tubo arrugginito della grondaia e adesso strisciamo lungo il cornicione. Mi tremano le braccia per la fatica e per la paura. Io sono una tipa intellettuale, non mi piace allenarmi, non mi è mai passato per l'anticamera del cervello che mi sarei dedicata al parkour.

Orfeo procede sicuro. Ma, più che coraggioso, mi sembra incosciente. Come se non gliene importasse nulla di cadere. A ogni passo, la torcia che tiene legata al polso oscilla sul vuoto. Ci manca poco che Orfeo si metta a farla roteare fischiettando.

Lui raggiunge la finestrella che avevamo individuato, si ferma. Il sole sta tramontando e Orfeo diviene una silhouette scura. Controluce, non distinguo bene i suoi lineamenti.

«Scusa se sono andato veloce» dice. Allunga la mano, e tocca le dita della mia, posata sul muro. «Tremi. E sei bianca come un cadavere. Ce la fai?»

Annuisco decisa, e Orfeo mi sorride. Un sorriso allegro, ed è raro per lui. Oggi è la seconda volta che riesco a farlo sorridere: prima con la citazione da *Star Wars*, e ora con il mio ardimento. Non è un'impresa da poco e mi sboccia nel petto una felicità che mi fa arrossare le guance. Per un istante non esiste più il cornicione, né il supermercato, né il crepuscolo della Terra: ci siamo solo io e Orfeo, e lui mi sorride.

Che razza di pensiero sdolcinato! Non è da me.

E Massi non sarebbe contento neanche un po' di sapere che interpreto Lara Croft insieme a un altro. Ma perché mi viene sempre in mente Massimo quando non c'entra niente? Io e Orfeo siamo solo amici.

Orfeo si piega a sbirciare attraverso il vetro unto della finestra. È piccola, potrebbe essere la finestra di un bagno. Lui preme sul vetro sudicio, lo spinge verso l'interno, e non so che mi prende, a me gira la testa, ho una vertigine.

Tremo come una foglia e mi schiaccio contro il muro. Ho i palmi delle mani freddissimi ma sudati. Mi formicolano le dita, faccio fatica a respirare, e non devo guardare giù per nessun motivo.

Calmati Vera. Stai calma, accidenti.

«Prova a parlarmi.»

La voce di Orfeo mi coglie di sorpresa. Lui è sempre girato

verso la finestrella – che non ha ceduto alle sue spinte – ma deve essersi accorto che ho il fiato corto.

«Chiacchieriamo» continua. «Se ti distrai, starai meglio.»

Prendo un respiro. «U-una volta, in terza media, sono salita sul cornicione all'ultimo piano della scuola per entrare in un'aula chiusa.»

«Forse questo non è l'argomento adatto.»

«Volevo scoprire perché era sempre chiusa a chiave. Ero curiosa.»

Orfeo fa scorrere la mano lungo il telaio della finestrella. «Interessante, penso che l'avrei fatto anch'io. Mi attirano i misteri.»

«Non è stata un'impresa facile. E Celeste, invece di aiutarmi, non faceva che passeggiare sotto di me e mangiarsi le unghie e dirmi che i professori mi avrebbero beccata e che papà si sarebbe arrabbiato tantissimo e mi avrebbe tolto la playstation.»

«Celeste la tua gemella?»

«Sì, lei. Ma la parte peggiore è stata quando mi ha detto che dovevo tornare indietro perché non voleva vedermi sfracellata sull'asfalto.»

«Celeste non mi pare abbia il tuo stesso carattere. Sembra una persona normale. Mi piacerebbe conoscerla.»

Ma è serio? O facciamo dell'ironia fuori luogo? «Ci vuoi provare con la versione Barbie della sottoscritta?»

Orfeo abbozza un sorriso, e provo un pizzico di soddisfazione, e la sensazione di felicità fa di nuovo capolino.

«E alla fine?» chiede. «Hai raggiunto l'aula chiusa?»

«Sì. Sono entrata dalla finestra. Era piena di alambicchi, provette, serpentine di vetro. Tubi e mortai, e alle pareti erano ancora appesi poster ingialliti con la tavola periodica. Era un'aula di chimica, che nessuno utilizzava più e nessuno aveva svuotato.»

Il sole ormai è calato sotto il profilo delle montagne che circondano la cittadina. Le file di lampioni lungo la strada che fiancheggia il fiume si accendono. Sull'asfalto si allargano le chiazze di luce artificiale. E non avrei dovuto guardare di sotto, ma mi accorgo che le mani non mi tremano più.

«Come va?» mi chiede Orfeo.

«Parlare in effetti è stato utile» rispondo. «Mi sento meglio.»

Lui annuisce e scosta il braccio dalla finestrella. Con un cenno del capo mi indica di scansarmi. Sì, come no, dopo tutta la fatica che ho fatto per arrivare fin qui, non intendo torn...

Orfeo dà un colpo tremendo con il gomito al vetro della finestrella. D'istinto mi copro il viso con l'avambraccio. Il cristallo va in frantumi. Le schegge cadono sul cornicione tra i nostri piedi, e rimbalzano giù. Piovono in strada, scintillando alla luce dei lampioni. Una pioggia di brillantini.

Abbasso il braccio dal viso e fisso Orfeo. «Mi hai fatta parlare per distrarmi, sì, ma solo perché non volevi che mi accorgessi della stupidaggine che stavi per fare!»

L'espressione di Orfeo si scioglie in un altro sorriso. E oggi sono quattro, un record. Così è impossibile rimproverarlo.

La torcia del mio smartphone delinea il profilo di un espositore inclinato in mezzo al corridoio 3. L'espositore si è adagiato contro quello di fronte, che pende anche lui, sul punto di cascare. Dalle scansie sono rotolati giù barattoli e confezioni di cartone scolorite.

Il piano di sopra non ci ha dato grande soddisfazione: uffici vuoti e porte sbarrate. Ma qui, nel supermercato vero e proprio, l'atmosfera è da brividi: sembra di essere in uno scenario post apocalittico, di star giocando alla versione in realtà virtuale di *Fallout*. Abbasso il fascio di luce del cellulare sui barattoli e sulle lattine che invadono il pavimento. Non mi stupirei di trovare le bottigliette di Nuka-Cola.

Ruoto il cellulare a illuminare gli scaffali ingrigiti dal fango, e il soffitto. I pannelli di compensato pendono sbilenchi, lasciando intravedere i cavi elettrici che alimentavano le lampade al neon, ormai spente per sempre.

Nel silenzio, l'unico suono sono i passi di Orfeo, attutiti dalla polvere.

A volte ho l'impressione che nei suoi occhi si nasconda la stessa desolazione che regna in questo supermercato. Ho l'impressione che il fango abbia travolto anche lui, che lo soffochi da dentro. Sul suo portatile ho visto una foto di lui in compagnia del fratello: Giacomo aveva le unghie della mano destra smaltate di nero. Credo fosse perché suonava in una band, era un dettaglio del suo look da palcoscenico. Orfeo si mette lo smalto allo stesso modo in suo onore.

La morte del fratello è stata una valanga di fango, che ha travolto ogni sicurezza.

Mi incammino in direzione dei passi del mio amico. Le ombre dei mutanti si agitano davanti a me, artigli e volti neri che sbucano agli angoli del mio campo visivo e si dissolvono investiti dalla luce.

Quando ho conosciuto Orfeo, il fratello era morto da poco. Mi domando se anche prima della tragedia Orfeo fosse così cupo. Mi piacerebbe chiederlo ai suoi amici, ma ho il sospetto che li abbia allontanati tutti. Tranne Andrea, che però è un tipo di poche parole, molto *inopportuno*, e anche se l'ho incrociato diverse volte non sono mai entrata in confidenza.

Se a Celeste capitasse qualcosa, non so come reagirei. Forse il fango soffocherebbe anche me.

Mi stringo le braccia al petto per il freddo.

I passi di Orfeo echeggiano più netti, starà camminando su un tratto di pavimento con meno polvere e più fango secco. Sfilo di fronte alle casse. Davanti alla numero 2 c'è ancora un carello fermo pieno di scatole annerite.

L'atmosfera del supermercato mi sembra sempre più opprimente. Mi affretto, accenno a correre, come se anch'io stessi sfuggendo dalla marea di fango montante.

Forse potevo scegliere un relitto urbano meno angoscioso. La prossima volta una bella fabbrica sventrata in riva al lago con un piacevole sole primaverile che penetra all'interno.

Orfeo è in piedi al cospetto di una serie di frigo. «Qui dovevano esserci i surgelati.»

Gli sportelli di plexiglas sono spalancati, ma dentro gli scomparti sono vuoti.

Orfeo sposta la luce della torcia da un frigo all'altro. «Un giorno, tutto l'Universo sarà così. Freddo e buio. Le stelle si spegneranno e resteranno solo le tenebre. Questo supermercato è un'allegoria del futuro che ci aspetta. Un futuro inevitabile.»

Studio l'espressione di Orfeo. Non è la prima volta che se ne esce con queste previsioni apocalittiche, e parla con serietà assoluta. Come se la morte termica dell'Universo dovesse riguardarlo in prima persona. Ma non era così quando l'ho conosciuto. La sua vena nichilista si è fatta ogni giorno più marcata. Non sta bene, e peggiora, e non so in che modo aiutarlo.

Mi avvicino a lui, gli sfioro il giacchetto macchiato di polvere. «Devo farti una domanda.»

Orfeo si volta verso di me, e lo sfavillio della torcia mi abbaglia. Lui l'abbassa. «Dimmi.»

«All'università gira una voce... sei stato tu ad allagare la mensa?»

Orfeo mi fissa negli occhi. «Ti interessa?»

«Sì.»

«Sono stato io.»

«Ma perché?»

«Una scommessa» risponde, il tono distaccato, come se non fossero problemi suoi. «Ho perso e ho dovuto pagare pegno.»

«Ci sono andati pesanti. Per un'impresa del genere il rettore potrebbe espellerti.»

«Non lo farà.»

No, non me la racconta giusta. Non ho mai visto scommettere Orfeo, e anche se avesse voluto provare, non avrebbe mai accettato una penitenza del genere. E poi non ho mai visto qualcuno del terzo anno rovinare la vita a un altro dei loro. Siamo noi matricole il vero divertimento.

Orfeo mi ha mentito. E non ha neanche fatto il minimo sforzo per suonare convincente. Non gliene frega niente se gli credo o no. La considerazione mi ferisce, è una brutta botta per il mio orgoglio. Sono tentata di non chiedergli mai più niente. Se ha deciso di tenermi fuori dalla sua vita, be', sono affari suoi.

Ho paura di essermi illusa. Forse non siamo amici così intimi come immaginavo.

«Tieni.»

Assorta nei miei pensieri, non mi sono accorta che Orfeo ha disteso la mano verso di me. Nel palmo scintilla una tessera di plastica bianca e azzurra. È una chiave magnetica, di quelle che usiamo al dormitorio.

Guardo la tessera, e Orfeo, e di nuovo la tessera.

«Mi sono fatto fare una copia della mia chiave» dice lui. «Così puoi entrare quando vuoi.»

«Ma...»

«Metti da me la tua roba. Dopo che mi hai raccontato della scenata in bagno, sono preoccupato. Astrid sa essere cattiva sul serio. L'ho vista lanciare dalla finestra il portatile di una ragazza del primo anno.»

Prendo la tessera. «Grazie.»

«Sono preoccupato anche per Beatrice. Se vuoi la ospito io finché non si calmano le acque.»

Dubito che qualcuno oserebbe far del male alla mia gattina: è diventata la mascotte non ufficiale del dormitorio, e tutti le vogliono bene, compresi i custodi, anche se in teoria non si potrebbero tenere animali. Se Astrid provasse a... ma perché rischiare?

Orfeo si massaggia il mento, pensieroso. Le dita sfiorano il neo d'inchiostro e lo sporcano di polvere. «Tanto ormai Beatrice passa più tempo da me che da te.»

«Sta da te solo perché sei un ruffiano che la rimpinza di croccantini al formaggio.» Infilo la tessera nella tasca dei jeans. «Ma prenderò in considerazione la tua proposta. Basta che non me la fai diventare una cicciona.»

Orfeo sorride. Quinto sorriso della giornata, anche se questo è più merito di Beatrice che mio. «Starò attento.»

Uno spiffero gelido che filtra da chissà dove mi fa venire nuovi brividi di freddo, e mi rendo conto che sono così vicina a Orfeo che potrei abbracciarlo e il cuore comincia a battermi più forte.

Distolgo lo sguardo dal suo viso. «Sarà meglio tornare.»

Lui indica nel buio con la torcia. «Non vuoi dare un'occhiata al magazzino?»

Non si è accorto del mio imbarazzo. Sono sempre io che mi costruisco castelli in aria, e lui è tranquillo.

«Magari un'altra volta.» Faccio finta di tossicchiare. «Avrei dovuto portarmi una mascherina, questa polvere mi soffoca. E poi inizia a far freddo. Andiamo via.»

Così, appena saremo in groppa alla sua moto, potrò abbracciarlo senza remore, e so che mi passeranno i brividi.

Oddio, Vera, ma che ti prende?

6

Jérôme Lalande, astronomo francese amante dei felini, decise di inventare lui la costellazione del Gatto: era solo giusto che un micio lasciasse il segno sulle carte celesti, come se le avesse graffiate con le sue unghie. Purtroppo la costellazione del Gatto non viene più riconosciuta da molti, molti anni.

Niente di meglio della musica di Ludovico Einaudi per favorire la concentrazione quando sei alle prese con gli esercizi di matematica la mattina presto.

Chino il viso sul quaderno e mi scosto una ciocca di capelli bagnati dalla fronte.

Niente di meglio della musica. Sì, la musica è l'ideale. Per distrarti. Per non pensare a quella maledetta di Astrid! Digrigno i denti tanto forte che lo scricchiolio sovrasta il pianoforte. Niente di meglio che doverti asciugare i capelli con la tua maglietta preferita perché sono di nuovo spariti gli asciugamani.

Dannazione! Astrid io la scuoio!

Quello che mi fa più rabbia è che sapevo sarebbe successo, ma lo stesso non ho adottato subito le contromisure necessarie a prevenire il furto. E così mi sono giocata altri asciugamani, e vestiti, calzini, scarpe e persino gli orecchini a forma di onigiri che adoravo. Tutto finito in qualche cassonetto. Non ho più neanche la mia borsa di *MondoPulcino*, e a quella ci tenevo.

Astrid e le sue scagnozze hanno fatto razzia di ogni cosa che non fosse imbullonata, ed è già tanto che mi abbiano lasciato i mobili. Si sono fregate persino la biancheria. Per fortuna avevo portato un quintale di roba alla lavanderia del campus, o sarei davvero nei guai. Lo stesso dovrò ricomprare un mucchio di vestiti.

E meno male che il portatile l'ho sempre con me.

Ma non posso più affidarmi alla buona sorte. Astrid deve pagarla cara.

Inclino il collo e scruto il soffitto. Non bastava l'umore nero di Orfeo, anche la cretina bionda doveva cominciare a darmi fastidio a pochi giorni dall'esame. Dio, quanto la odio.

Chiudo gli occhi, inspiro ed espiro. Mi concentro sulla musica. Rialzo le palpebre. Fuori dalla finestra scorgo uno scorcio del giardino. Un venticello scuote le foglie, e in sottofondo a Einaudi colgo il cinguettio degli uccellini che... Non me ne importa niente degli uccellini! Voglio acchiappare Astrid per i capelli e usare la sua faccia come rastrello!

Stritolo la penna che ho tra le dita, e riporto lo sguardo sul quaderno. Devo concentrarmi, cascasse il mondo. Non la darò vinta ad Astrid. Sono la migliore e sarò sempre la migliore.

Okay, a noi due analisi matematica!

Sulle note al pianoforte di *Nightbook* leggo l'esercizio e i numeri sfumano nel viso di Astrid e io affondo le dita tra i suoi capelli biondi e le strofino la bocca sul vialetto di ghiaia e sogghigno soddisfatta al rumore dei sassolini che le colpiscono i denti. Che fantasia deliziosa. Ma, se all'esame non andrà come voglio, oltre al danno avrò anche la beffa.

Forse è colpa di Einaudi, forse non è la musica adatta, ho bisogno del giusto accompagnamento per incanalare la rabbia nello studio. Prendo il cellulare e cambio album, passo alla colonna sonora di *Star Wars*. Scelgo *The Imperial March*.

Se fossi davvero una Signora dei Sith, a quest'ora Astrid l'avrei strangolata e l'avrei fatta a pezzi con la mia spada laser.

Niente. Oggi non riesco a calmarmi.

Ma nessuno ci riuscirebbe avendo a che fare con una deficiente del genere!

Picchio la punta della penna sul quaderno. E, come in risposta, mi sembra di sentire bussare.

Mi sfilo un auricolare e ruoto appena la sedia girevole per guardare la porta. Un altro rintocco, un bussare lieve, come se il misterioso scocciatore avesse timore di disturbarmi. E non si sbaglia! Ci ho messo mesi per inculcare nella testa vuota dei miei compagni di corso che pretendo di non essere disturbata quando studio. E ho spiegato che *detesto* le sorprese. E più o meno tutti hanno capito, tranne Mirko. Ma stavolta si becca il libro di analisi dritto in faccia, e vediamo se non impara!

Una vampata di acido mi si arrampica in gola. Più sono rabbiosa, più la gastrite mi tormenta e più mi imbestialisco e più mi fa male lo stomaco e così via, in un circolo vizioso di rancore e dolore. Ma non intendo aggravare la situazione. Me ne starò incollata alla sedia finché Mirko o chi per lui non se ne sarà andato.

Il bussare si ripete. E ancora. E ancora. Ma mi volete lasciare ai miei numeri, sì o no?

«Okay! Arrivo!» Esalo un respiro rumoroso, un ringhio, che spero si sia sentito anche oltre la porta chiusa.

Ciabatto fino al battente. L'auricolare libero mi pende lungo il fianco, e il cellulare minaccia di cascare dal taschino della maglietta di Chewbecca. Sul viso del wookiee si allarga una bella macchia di umido. Nel tentativo di asciugarmi i capelli ho infradiciato la maglietta, e ce li ho ancora bagnati.

Apro la porta.

«Ti ho già spiegato che gli appunti me li puo...»

Ma il profumo mi fa perdere il filo del discorso. È una fragranza intensa che non sentivo da anni. Da quando io e Celeste eravamo bambine e trascorrevamo le estati a casa dei nonni, in collina, e raccoglievamo i mandarini che pendevano dall'albero in giardino.

È un profumo delizioso, che mi fa venire in mente i mandarini che spuntano tra le foglioline verdi. E mi sembra di assaporare il succo acidulo che si sprigiona quando li mordi. Ho l'acquolina in bocca.

Abbasso lo sguardo. Mi ritrovo davanti Zoélie con una torta in mano.

È una ragazza minuta, con grandi occhi di un verde scuro. Che si spalancano al cospetto del faccione peloso di Chewbecca.

«Ciao?» dico, perplessa.

«Ciao!» Zoélie mi sorride e mi porge la torta. «Ti ho portato un pensiero per ringraziarti. Per avermi difesa l'altra mattina.»

La torta è un ciambellone color arancio; la superficie, che appare soffice e spumosa, è ondulata, e tra le pieghe si annida la glassa al mandarino. La glassa è uniforme, lucida, degna di un dolce da pasticceria. Lungo il bordo, il ciambellone è decorato con fette di mandarino candite, tutte della stessa grandezza e disposte con precisione.

«È fantastico.» Passo con lo sguardo dalla torta a Zoélie e viceversa. «Davvero l'hai fatto tu?»

Lei annuisce soddisfatta. «Ieri pomeriggio. Immaginavo che oggi avresti passato la giornata a studiare, e magari ti sarebbe venuta voglia di fare colazione con un dolce.»

Be', grosso com'è, con questo ciambellone potrei fare colazione per due settimane. Zoélie me lo porge di nuovo e io lo sfilo dalle sue mani, tenendolo per il vassoietto di plastica su cui è adagiato. È anche bello pesante, dev'essere farcito.

«Scusami se ti faccio perdere tempo» mormora Zoélie. «Lo so che devi studiare, ma volevo dirti ancora grazie. Ti sei messa nei guai per difendermi. Non sai quanto sia importante per me.»

«Nessun problema.» Mi stringo nelle spalle. «Ho passato

tutto l'ultimo anno del liceo a mettermi nei guai. E con personaggi ben più sgradevoli di Astrid.»

«Sei la prima persona che interviene per aiutarmi. Non era mai successo.»

L'affermazione non mi stupisce. Più si è bravi, più bisogna imparare a cavarsela da soli, perché i compagni di corso pensano solo alla loro media e come minimo se sei nei guai si voltano dall'altra parte. E per le matricole i guai sono Astrid e la sua cricca.

«Come mai Astrid ti ha presa di mira?» chiedo.

«Non lo so. Sfortuna.» Zoélie distoglie lo sguardo. «O forse ispiro prepotenza.»

«Ma che discorsi sono.»

«Davvero. Persino mia sorella Zoé se l'è sempre presa con me, fin da quando eravamo piccole. Una volta per divertirsi mi ha tirata giù dal seggiolone e mi sono rotta il braccio.»

Sgrano gli occhi, inorridita. Questa Zoé è una criminale! Ma mi astengo dal commentare le sorelle altrui. Le sorelle non si toccano, soprattutto la mia.

«Spero che ora i vostri rapporti siano migliorati.»

«Sono migliorati perché lei è andata a studiare in collegio a Venezia. Da un paio d'anni la vedo pochissimo. Grazie al cielo.»

Zoélie rabbrividisce: ricordare certi episodi deve averla turbata. Possibile che la sorella sia tanto cattiva? O magari la mia compagna di corso sta lavorando di fantasia per attirare la mia attenzione? Zoélie però non ha l'aria della bugiarda: appare dolce, tenera, e le guance le si arrossano per un nonnulla. I lineamenti delicati sembrano quelli delle attrici che assumono per fare le principesse a Disneyland Paris.

E se sul serio il suo aspetto tranquillo suscitasse desideri violenti? Ma no, è un'assurdità!

«Be', allora grazie ancora.» Zoélie sbircia la camera alle mie spalle e si mordicchia il labbro.

Certo che anch'io sono una maleducata: mi ha portato una torta e io la lascio impalata sulla soglia della stanza senza neanche invitarla a entrare.

Lei mi sorride, e si volta per andarsene.

E mi rendo conto che è in pigiama e ciabatte. Il che non è così strano all'interno del dormitorio, ma la chiazza di umido sulla sua maglietta bianca all'altezza del colletto mi fa sospettare che anche lei abbia dovuto asciugarsi i capelli come poteva... Astrid, razza di maledetta! Se l'è presa anche con Zoélie. Di nuovo. E forse è colpa mia, per aver suggerito di non portare più il caffè alla bastarda.

Mi azzanno l'unghia del pollice, pungolata dal senso di colpa.

«Ehi» richiamo Zoélie. «Aspetta un minuto.»

Lei si gira e mi guarda con i suoi occhioni verde bosco.

Sollevo la torta. «Se ti fermi ne mangiamo una fetta insieme. E intanto ti spiego cosa ho in mente per fargliela pagare alla blatta bionda.»

Ingurgito un altro boccone, e faccio fuori anche la terza fetta di dolce – fette belle spesse, visto che ho spezzato la torta con le mani. Zoélie mi osserva contenta, seduta sulla sponda del letto, mentre io mi strafogo alla scrivania.

«È deliziosa!» biascico con la bocca piena. Mi lecco le dita impiastricciate di glassa al mandarino. «Ma hai studiato da pasticcera, per caso? Questa torta è squi-si-ta!»

Zoélie china il viso, imbarazzata dai miei complimenti. «In realtà non è tanto difficile da fare. Ci sono dolci molto più complicati.»

«Sei appassionata?» Accenno al suo fisico atletico. «A guardarti non si direbbe che ti abbuffi di dolciumi.»

La maglietta bianca lascia scoperte le braccia esili ma definite, e deve ammazzarsi di addominali per avere una pancia così piatta. Anche le gambe sono toniche, e appunto sono sicura di aver sentito che è una campionessa, in pista.

«Ho imparato a cucinare dolci per necessità.» Zoélie si scosta una ciocca di capelli rossi dal viso e lancia un'occhiata al piccolo unicorno peluche che Celeste mi ha regalato prima che partissi per l'università – il pupazzo deve essersi salvato dalla razzia perché l'ho sistemato in cima all'armadio, dove non è facile raggiungerlo.

«Per necessità?» chiedo.

Zoélie fa cenno di sì con il capo. «Mia sorella adora i dolci. Non può farne a meno. Quando riuscivo a preparargliene di molto buoni, mi lasciava in pace.»

Ne deduco che la tattica di Zoélie con le prepotenti sia di essere compiacente. Peccato che non sia la strategia migliore.

«Senti...» Metto su un cipiglio severo. «Alla fine il caffè non gliel'hai mica portato ad Astrid, vero?»

Zoélie sospira. «Speravo che così la smettesse di tormentarmi.»

«Ma non ti hanno risparmiata.» Abbasso lo sguardo sui pantaloni di flanella di Zoélie, decorati con una sfilza di elefantini Dumbo in miniatura. «E sei rimasta in pigiama.»

Zoélie si mordicchia le pellicine intorno all'unghia dell'indice. «Non mi pare che a te sia andata meglio.»

Touché. «Ma lo vedi che sei capace di ribattere? E sei anche ironica, dovresti farlo più spesso.»

«Non voglio avere problemi.» Zoélie si tormenta il dito, gli occhi bassi. «Per colpa degli scherzi di mia sorella, da anni soffro di attacchi di panico. Mi manca il fiato, mi ritrovo a tremare senza motivo in fondo al letto, la notte, e sono preda di una sensazione orribile, come se dovessi morire da un momento all'altro. Poi, per colpa dei miei compagni di classe, al liceo sono stata molto male, e speravo di non ripetere più certe esperienze.»

Poso la fetta di ciambellone che stavo per addentare. Mi è passata la fame.

«Mi dispiace» dico. «Per tutto quello che ti è successo.»

«Non tutto il male viene per nuocere.» Zoélie stiracchia un sorriso. «Il mio psichiatra ha suggerito a mia mamma che forse lo sport poteva essermi utile. Così alle medie ho cominciato con la corsa, e da semplice hobby potrebbe diventare una professione.»

Ma le ultime parole sfumano in un mormorio, il tono non era per nulla convinto. Zoélie fissa il giardino oltre la finestra, lo sguardo malinconico. Prima la sorella sadica, poi i bulli al liceo, e adesso le tocca sopportare Astrid. La vita di Zoélie ha i contorni dell'incubo.

Non dovrei giudicarla male solo perché ha portato il caffè alla bastarda bionda. Zoélie ha solo provato a difendersi come poteva. Le sorrido e stacco una fetta grossolana dal ciambellone. «Non vuoi assaggiare la tua creazione?»

«Be', magari un pezzetto lo prendo.» Si alza in piedi e mi raggiunge. «Per sentire com'è venuto.»

«È venuto delizioso, te lo dico io.» Divoro quel che resta della mia quarta fetta per incoraggiarla.

Lei stacca un angolino di dolce e se lo porta alle labbra, macchiandosele di glassa. Mi sorride, ed è super kawaii. «Così...» dice. Manda giù il boccone. «Cosa pensi di fare con Astrid? Con... la blatta bionda?»

Ridacchia come una bambina alle prese con le prime parolacce.

Io rilasso le spalle contro lo schienale della sedia e accavallo le gambe, per darmi un tono autoritario. «Ho in mente un piano che farà passare la voglia ad Astrid e alle sue amichette di frugare nelle nostre stanze.» Sogghigno. «Vedrai, al confronto tua sorella ti sembrerà una santa.»

Zoélie fa una smorfia e stacca un altro pezzetto di dolce, sporcandosi le dita di glassa. «Sarà difficile fare meglio di mia sorella. O dovrei dire peggio. Una volta ha cercato di dare fuoco al gatto di mia zia. Proprio come quegli adolescenti psicopatici che si vedono nei film e che crescendo diventano dei serial killer.»

Alla parola "gatto" ho avuto un sussulto. Beatrice. È da ieri che non la vedo. Non è passata ad artigliarmi i piedi in piena notte solo per il gusto di svegliarmi. E lei lo fa *sempre*. Lancio un'occhiata alla finestra. Non è neanche lì appollaiata sul davanzale, a spiare gli uccellini, con le orecchiette nere che fremono.

«Beatrice?» Mi tiro su in piedi e scandaglio la camera in cerca della mia gatta demoniaca. «Beatrice! Vieni fuori!»

Mi chino a sbirciare sotto al letto, mi fiondo in bagno, spalanco le ante dell'armadio. Beatrice non c'è. Torno al centro della stanza, il fiato corto. «È sparita.»

Zoélie mi guarda perplessa. «Parli del tuo gattino?»

«L'hai vista?»

«Ogni tanto la incrocio nei corridoi del dormitorio. Ha un pelo lucidissimo, ma non mi sono mai azzardata a carezzarla.»

«Fai bene. Odia essere toccata. Sarebbe capace di squarciarti la mano.»

Anche ieri sera Beatrice non c'era. Sono rientrata in camera, e lei non era alla finestra. Di solito, dopo il tramonto, si piazza sul davanzale ad ammirare la luna. Si siede con la coda intorno alle zampe posteriori e le orecchie dritte, e riesco a distinguerla sullo sfondo del cielo scuro solo perché si staglia contro la luce delle stelle.

Accidenti, ieri sera ero distratta – avevo parlato fino a notte fonda con Orfeo – e non mi sono neanche accorta che mi avevano svaligiato la stanza. Forse Beatrice è scappata fuori dalla camera quando sono entrate Astrid e colleghe.

Sono preoccupato anche per Beatrice. Le parole di Orfeo mi ronzano in testa. *Astrid sa essere cattiva sul serio.*

Beatrice è una furia con chi le sta antipatico, e avrebbe mandato Astrid al pronto soccorso. Ma se l'hanno aggredita anche le scagnozze... Oddio...

«Che succede?» Zoélie mi si è avvicinata. Mi sfiora la mano che ho portato alla bocca. «Cos'è successo? Sei preoccupata per il gattino?»

No, no, non può esserle successo niente. Persino Astrid ci penserebbe due volte prima di prendersela con Beatrice. Rischierebbe il linciaggio. E il rettore è un animalista convinto, se venisse a sapere di un fatto del genere la espellerebbe, padre ricco o no.

Ma, per quanto me la racconti, anche la voce di Astrid mi risuona nel cervello. E mi rivedo davanti i suoi occhi rabbiosi.

Hai deciso che vuoi passare i prossimi mesi all'Inferno?

Oddio...

«Devo ritrovare subito Beatrice.» Corro alla porta. «Grazie della torta, mi è piaciuta tantissimo.»

Zoélie annuisce. «Ci vediamo a lezione.»

La saluto con un cenno della mano. È probabile che Beatrice sia sgattaiolata in camera di Orfeo. Se è lì, rivedrò Zoélie in classe. Altrimenti passerà parecchio tempo, perché mi avranno arrestato per l'omicidio di Astrid.

7

Il più temibile ragno cosmico dell'Universo è la Nebulosa Tarantola. Da un corpo centrale di stelle calde si dipanano le zampe verdi di questo ragno stellare, che abbracciano lo spazio per centinaia di anni luce.

A passo di marcia, attraverso i corridoi dell'ala maschile del dormitorio. Le mie ciabatte risuonano tra le pareti color paglia, e dalle porte si affacciano ragazzi dall'aria incuriosita. Mi fissano come se fossi un unicorno. Cos'è, non hanno mai visto una tizia con i capelli blu e la maglietta di Chewbecca che se ne va in giro in ciabatte? Dovrebbero farsi una vita!

Aumento l'andatura, corro; il cuore mi batte a mille.

Non sarebbe strano se Beatrice fosse uscita dalla mia camera di soppiatto. Approfitta che la sera rientro stanca, e sguscia via tra le mie gambe appena socchiudo la porta. È capitato un sacco di volte. Solo che poi ritorna, e piange, e gratta il battente, e mi costringe a rotolare giù dal letto mezza addormentata per aprirle, e quando ripiombo nel sonno mi graffia i piedi, così per sfizio.

Magari ieri è scappata quando è arrivata Astrid. A Beatrice non interessa niente dei miei beni, non è una gatta da guardia. Ha pensato agli affaracci suoi, e non è tornata per non rischiare di aver a che fare con degli estranei. E, se le è venuta fame, avrà fatto una capatina da Orfeo per pretendere i croccantini al formaggio.

Lui è l'unico che può permettersi di offrirle il cibo dalla mano. Io potrei sventolare davanti a Beatrice anche il taglio di ventresca più morbido e saporito, ma lei mi guarderebbe schifata e non si avvicinerebbe di un passo. Mangerebbe solo dopo che ho sistemato il tonno nella sua ciotola preferita.

Ma con Orfeo ha un rapporto particolare. Lei lo ha salvato, e credo che lo consideri come un cucciolo.

Era un pomeriggio d'inverno, e io battevo i corridoi in cerca di Beatrice, che come al solito era scappata dalla stanza. Ero nera, e la maledivo, e mi chiedevo perché dovessi occuparmi io del demone peloso. Ma Celeste era in Giappone, mia madre a zonzo in Medio Oriente per lavoro, e papà si era dovuto trasferire a Roma per seguire un caso importante. Rimaneva solo la sottoscritta.

E meno male che nessuno ha fatto storie, anche se, a prendere alla lettera il regolamento, non avrei potuto tenere animali domestici. Ci mancava solo che mi buttassero fuori dal dormitorio per colpa di Beatrice.

Sono arrivata alla camera di Orfeo, e ho notato la porta socchiusa. Se lì non avessi trovato Beatrice, almeno avrei scambiato quattro chiacchiere con il mio amico. Ho spalancato il battente.

Orfeo era in piedi sul letto, la schiena appiccicata al muro, la faccia bianca di chi sta per svenire. I capelli neri scompigliati gli ricadevano intorno al viso. Teneva la bocca aperta, come se volesse urlare, ma dalle labbra non usciva alcun suono. Il petto gli si alzava e abbassava veloce, gli occhi stralunati erano fissi sul pavimento.

Ho seguito il suo sguardo spaventato.

Ai piedi del letto, era in agguato un ragno violino. Ho riconosciuto la specie perché mio padre è stato morso da un ragno violino la scorsa estate e per poco non gli andava in cancrena il polpaccio. Da allora ho imparato a distinguerli: il corpo marrone che sfuma in una tonalità più chiara lungo le zampe pelose, e sul dorso un disegno scuro che ricorda il profilo di un violino.

Orfeo era paralizzato dal terrore, e io, anche se non sono aracnofobica, non ci tenevo a beccarmi un morso. E poi è balzata fuori Beatrice. Aveva teso la sua imboscata appostandosi nell'angolo in ombra tra l'armadio e la parete.

Con un balzo è piombata sul ragno.

Gli ha tirato una zampata e lo ha azzannato. L'ha masticato con i dentini a lato della bocca. *Crick crock*, *crick crock*, finché del ragno sono rimaste solo un paio di zampette rattrappite.

Orfeo ha aspettato che Beatrice finisse lo spuntino prima di scendere dal letto. Io sghignazzavo come una matta, anche se non si dovrebbe ridere delle fobie altrui, e Orfeo mi ha raccontato che la paura dei ragni lo tormenta fin da quando era piccolo, e si è acuita con gli anni. Per questo preferisce perlustrare i luoghi abbandonati quando è buio: se non si accorge che ci sono ragni, può dedicarsi all'esplorazione senza problemi; ma se li vedesse, dovrebbe subito allontanarsi.

È stato davvero sfortunato a trovarsi un ragno violino in camera, qui puliscono tutti i giorni. Ma Beatrice lo ha difeso.

Sono preoccupato anche per Beatrice. Astrid sa essere cattiva sul serio.

Astrid deve solo pregare che io ritrovi la mia gatta prima di incrociare lei.

E non sarebbe strano beccarla nell'ala maschile del dormitorio, lo sanno tutti che la blatta bionda ha altro per la testa invece di studiare.

Mi asciugo il sudore freddo dalla fronte con il dorso della mano. Svolto l'angolo e sono davanti alla camera di Orfeo. Passo la tessera che mi ha dato sul lettore magnetico. La serratura si sblocca e mi intrufolo dentro.

Beatrice è acciambellata sul letto.

Al mio ingresso, solleva il muso scuro e mi squadra con gli occhi gialli.

Tiro un lungo sospiro di sollievo. «Lo sai che mi hai fatto prendere un colpo? Mi stava venendo un infarto, e per poco non uccidevo una persona.»

Beatrice sbadiglia, mettendo in mostra le zanne. Si stiracchia inarcando la schiena e allunga la zampa verso il comodino. Gli artigli sfiorano la lampada a forma di Luna che ho regalato a Orfeo. Lo so che Beatrice non vede l'ora di farla cadere per romperla: perché sa che ci tengo e sa che è un regalo.

Piccolo demonio peloso.

Corro lì e scosto gli unghioni di Beatrice dalla Luna. Lei ricade sulla trapunta decorata di stelle e mi fissa con odio. Da un momento all'altro mi soffierà contro.

«Disgraziata.»

Ma sono felicissima di rivederla. Proverei persino a carezzarla, peccato che le dita mi servano e lei me le staccherebbe a morsi. Solo, come la riporto nella mia stanza? Potrei prendere in prestito un asciugamano e avvolgerla con quello. In un abbraccio caldo, anche un diavolo come Beatrice si tranquillizza.

Forse conviene che la lasci qui. Orfeo ha accettato di ospitarla, e Astrid non avrebbe mai il coraggio di scassinare la serratura della sua camera. D'altra parte preferirei tenere Beatrice sott'occhio, ed è anche vero che tra poco devo andare a lezione. Che casino!

Beatrice si lecca i polpastrelli della zampa, senza ritrarre gli artigli. Le pupille si riducono a due strette fessure verticali. Gli occhi da rettile sono piantati su di me.

«Cos'è questo atteggiamento intimidatorio? Io sono preoccupata, e tu mi minacci pure?»

Beatrice si passa la zampina sul muso per lavarsi. Una, due volte. Si blocca. Distoglie lo sguardo satanico da me, lo rivolge alla parete, al poster che Orfeo ha appeso da poco: è la gigantografia di una foto a toni di grigio degli anni Sessanta; due ragazzi sono chini su un apparecchio radio, l'espressione concentrata.

Orfeo mi ha spiegato che sono i fratelli Judica Cordiglia e stanno intercettando le trasmissioni tra i primi cosmonauti russi e le basi a terra in Unione Sovietica. In questo modo avrebbero scoperto che i russi hanno inviato nello spazio molti più cosmonauti di quelli dichiarati. Quando capitava un incidente, non annunciavano il lancio e cancellavano il nome della vittima dagli archivi.

Orfeo mi ha parlato di questi cosmonauti abbandonati nello spazio, a galleggiare nel vuoto per giorni fino all'esaurimento dell'ossigeno. Alcuni sarebbero ancora lassù, cadaveri ghiacciati in orbita. Ho un brivido e rivedo lo sguardo triste di Orfeo al supermercato: gli occhi neri velati dal pulviscolo che impregnava l'aria, e la bocca macchiata di sporco...

I primi tempi che frequentavo Orfeo, nonostante il dolore per la morte recente del fratello, era una persona positiva. Scherzavamo sul fatto che il professor Korolev fosse parente di Sergej Korolëv – il leggendario ingegnere missilistico – e Orfeo si rammaricava che, se non fosse stato così alto, avrebbe potuto provare la carriera da astronauta. Ma con il passare dei mesi, le ombre si sono allungate su ogni sua passione, hanno tinto la sua vita di nero.

Lo squillo di un cellulare mi fa trasalire.

Controllo il mio smartphone, ma il suono non veniva da lì.

Colgo una luce azzurrina tra le lenzuola, vicino alla coda di Beatrice. Recupero il cellulare di Orfeo. Dev'esserselo dimenticato in camera quando è uscito per andare a lezione. Sullo schermo bloccato campeggia una notifica.

È un'app che non conosco: *Il significato nascosto della vita*. L'icona somiglia al taijitu, il simbolo cinese dello yin e dello yang. Di traverso al cerchio bianco e nero, il numero 1638. L'app annuncia a Orfeo che c'è un messaggio per lui.

Corrugo la fronte. Orfeo non usa né Facebook, né Instagram, e si annoia a spedire messaggi con WhatsApp. Con chi chatta attraverso *Il significato nascosto della vita*? Striscio con il dito sullo schermo, e appare la richiesta del pin.

Peccato, ero curiosa.

No, Vera, l'hai promesso l'anno scorso: basta ficcare il naso negli affari degli altri. Orfeo è libero di chattare con chi gli pare, e se non te ne vuole parlare, be', è un suo diritto.

Lo schermo si rispegne e poso lo smartphone sul comodino, accanto alla Luna di plastica. Non so per quale ragione, ma la notifica dell'app mi ha turbata.

«Prendo un asciugamano e ti riporto in camera mia» mormoro rivolta a Beatrice.

8

Il Modulo di Comando dell'Apollo 1 si trasformò in una trappola mortale per i tre astronauti al suo interno, uccisi da un improvviso incendio. Non erano ancora decollati, si trattava di un'esercitazione a terra.

Tiro indietro la sbarretta di metallo finché la molla non è in tensione. Con il gancetto, blocco la sbarretta a contatto con la piccola piattaforma di compensato. Sistemo anche questa trappola nel cassetto, sotto la biancheria nuova che ho comprato questo pomeriggio. Drappeggio le mutande sopra la trappola, in modo che neanche un angolino di compensato sia in vista per chi aprisse il cassetto.

Sbuffo, e mi sgranchisco le dita. Non sembra, ma è faticoso approntare le trappole: ci vuole una bella fatica per caricarle. D'altra parte hanno una forza notevole: il proprietario della ferramenta mi ha raccomandato di andarci cauta, perché se mi faccio scattare per sbaglio una trappola sulle dita, rischio di rompermele.

Al che ho sorriso. Proprio le trappole che cercavo!

Astrid avrà una sorpresina deliziosa la prossima volta che frugherà in camera mia.

«Sono felice che tu l'abbia ritrovata sana e salva.»

Sollevo lo sguardo dal cassetto. Zoélie ha rinunciato a caricare le trappole che le avevo consegnato – forse ha troppa paura di farsi male – e osserva Beatrice stesa sul letto. Credo che stia racimolando il coraggio per carezzarla, ma non si fida.

La gatta squadra Zoélie e lei deglutisce. Riprende in mano

una trappola e va alla libreria. Dovrebbe nasconderla tra i libri di testo. Astrid si è sempre tenuta lontana dai libri, ma confido in uno sprazzo di intelligenza da parte sua: potrebbe intuire che a lei non servono, ma a me sì, e dunque finirebbe per provare a rubarli.

Zoélie si mette in punta di piedi e allunga il braccio per piazzare la trappola. Da sotto la manica della felpa spunta un tatuaggio che non avevo notato: la testa rosso fuoco di un uccello, la cresta fiammeggiante, il becco color oro. La fenice distende le ali di fiamma sulla pelle chiara della mia nuova amica.

Storco il naso. Il disegno è splendido, ma non sembra adatto a Zoélie. Un tatuaggio così aggressivo si sposa male con il fisico minuto e il carattere timido di lei. Forse lo ha scelto solo perché si abbina al colore dei capelli, o forse come simbolo di rinascita dopo tante brutte esperienze. Chi lo sa. E poi, chi sono io per giudicare? Io che giro per la facoltà di ingegneria con le punte dei capelli tinte di blu elettrico e magliette decorate con i teschi.

Zoélie lascia cadere la trappola dietro i volumi e rimette i talloni a terra. «Sei sicura che Beatrice non rischi di farsi male? Finché le mettevamo in camera mia ero tranquilla, ma qui c'è sempre in giro lei.»

«Non ti preoccupare. Le stiamo piazzando solo in posti dove so che non ficca mai il naso.»

Zoélie annuisce e raccoglie un'altra trappola dal mucchio che le ho affidato.

Ne ho comprate ventisei, di trappole. Tutte quelle che ho trovato dal ferramenta – il proprietario mi ha anche fatto lo sconto. Certo è stata una discreta spesa extra, ma ne valeva la pena. Già mi immagino Astrid sogghignante e baldanzosa, pronta a fregarmi i vestiti appena acquistati: infila la mano nel cassetto e... *zac!* Strilla di dolore, e il viso le si accartoccia per la sofferenza, e agita la mano, e le dita sono intrappolate nella morsa di ferro, e già assumono un colore violaceo.

Mi spiace solo non poter assistere.

Piazzo un'altra trappola nel cassetto, sotto i calzini, e trattengo un sorriso.

La porta della camera cigola e si scosta.

Mi affretto a girarmi e richiudo il cassetto con il piede.

«Ciao.» Mirko fa capolino sulla soglia, l'espressione allegra. «Come va?»

Lo guardo storto. «Mamma non ti ha insegnato a bussare?»

Fa la linguaccia. «Scusa, mamma.»

Si passa la mano tra i capelli biondi, portandosi indietro i ciuffi. Spia nella stanza e individua Zoélie impalata accanto al letto.

Per fortuna lei ha mollato la trappola che aveva in mano, anche se ce n'è una catasta sul pavimento proprio in mezzo alla camera. Se Mirko le nota... Mi stringo nelle spalle: gli dirò che ho visto un topo e che... e che comunque deve farsi gli affari suoi!

«Forse avrei dovuto davvero bussare.» Mirko riaccosta il battente. «Riproviamo.» Batte le nocche sul legno. «Si può?»

Che scemo che è. Ma mi scopro a sorridere. «Avanti, dai.»

Mirko riapre e si piega in un inchino degno di un ballo di corte – in effetti con quella raffinata camicia candida di seta ha l'aria del principe. Magari li frequenta davvero i balli di corte: non solo è pieno di soldi, ma il padre, se ho capito bene, ha discendenze nobiliari. Però Mirko non è snob come altri qui, ed è sempre stato carino con me.

«Ho un invito per la signora Vera Oliviero.» Mirko non raddrizza la schiena, e mi sbircia tra le ciocche sbarazzine. «Faccio gentile richiesta di essere ammesso alla sua presenza.»

Annuisco solenne.

Mirko si rimette dritto. «Perciò posso entrare adesso?»

«Direi di sì.»

Lui fa un passo nella camera. «Per domenica prossima, i soliti noti hanno organizzato una delle loro feste speciali. E mi pare di capire che potrebbe interessarti.» Si volta verso Zoélie. «Se ti va, ovviamente sei invitata anche tu.»

«Non me ne intendo molto di feste speciali.» Zoélie mi guarda in imbarazzo. «Non saprei bene.»

È evidente che non ha una vita sociale molto attiva. Mi ricorda me ai tempi del liceo. I miei compagni di classe tutti i sabati sera uscivano, io me ne rimanevo in casa a studiare, o al massimo mi divertivo con i videogiochi in compagnia di Paolo. E vivevo benissimo.

Ma in questa occasione mi sento di garantire per Mirko: le feste speciali che organizzano i suoi amici sono gradevoli e frequentate da gente a posto. A Zoélie farebbe bene conoscere persone interessanti e gentili.

«Sono feste speciali solo per la location» spiego a Zoélie. «Per il resto sono normali feste, organizzate molto bene.» Le sorrido. «Se vieni, ce la spassiamo.»

«Perciò tu ci vai?» mi domanda.

«Certo! E andremo insieme.» Adocchio le trappole. «Tanto ormai siamo complici!»

Gli occhi verdi di Zoélie si illuminano, e lei fa cenno di sì con il capo.

Mirko tira fuori dalla tasca dei pantaloni eleganti l'ultimo modello di iPhone. «Quindi vi conto? Come al solito ci sarebbe da mettere una quota.» Digita sullo schermo. «Ma la vostra mi piacerebbe pagarla io.»

«E perché?» chiedo.

«Sono io che vi invito. Mi sembra giusto offrire.»

Fosse solo per me rifiuterei – non capisco per quale ragione dovrei farmi pagare gli alcolici dalla generosità di Mirko – ma forse Zoélie ha più problemi finanziari della sottoscritta. Dagli insulti di Astrid, ho dedotto che la famiglia di Zoélie non dev'essere messa bene dal punto di vista economico. E anche oggi, quando siamo uscite per ricomprarci i vestiti, lei ha acquistato solo pochi capi, e tutti alle bancarelle dei cinesi – okay, anch'io mi sono rifornita dai cinesi, ma io devo risparmiare, ché tra poco esce l'espansione di *MondoPulcino* e voglio l'edizione deluxe per collezionisti!

Guardo di sottecchi Zoélie e da come si stropiccia le mani intuisco che non sa bene che pesci pigliare. Non voglio metterla in una situazione scomoda, non quando abbiamo un riccone da sfruttare.

«Allora accettiamo l'offerta» rispondo per tutte e due. «Grazie.»

«Piacere mio.»

«Non... non vorrei approfittare» pigola Zoélie. «Volevi invitare Vera, io sono un di più.»

«Non preoccuparti» le dico. «Credo che Mirko sopravvivrà a questa spesa imprevista. Giusto?»

Lui ride di gusto. «Tirerò la cinghia a fine mese, ma me la caverò.»

Non avevo mai notato quanto è carino quando sorride. Il suo viso affilato diviene solare, e gli occhi si assottigliano come se fosse il personaggio di un anime. Suscitano simpatia. E sono contenta che si sia dimostrato così cortese con Zoélie, anche se la conosce poco.

Mirko si segna i nostri nomi sullo smartphone e si inchina di nuovo prima di uscire. «Il pomeriggio della festa ti farò sapere dove si svolge. Al solito.»

Annuisco e lui si richiude la porta alle spalle.

«Uau.» Zoélie tira un sospiro di sollievo e si lascia cadere con il sedere sul letto. Beatrice sussulta per la sorpresa e si allontana indignata.

«Certo che è stato misterioso» dice Zoélie.

«In che senso?»

«Riguardo al luogo della festa.»

«Il mistero è dovuto al fatto che sono feste abusive.»

«Eh?»

Ridacchio della sua espressione spaventata.

«Non ti agitare. È solo che gli organizzatori scelgono sempre location particolari, e non sempre chiedono il permesso. L'ultima festa era in una chiesa diroccata, quella prima in un palazzo da anni in costruzione e mai terminato. Sono luoghi affascinanti, a me intrigano sempre.»

«Ma... ci sarà anche Astrid, secondo te?»

Zoélie ha una faccia serissima. Ipotizzare la presenza di Astrid sembra aver cancellato il piacere per la nuova esperienza, lasciando il posto all'angoscia.

Mi siedo accanto a lei sul lenzuolo. «Primo, anche ci fosse, problemi suoi. È la volta buona che la pesto davanti a tutti. E secondo, non credo proprio che si presenterà. Questa sarà la mia quarta festa speciale, e Astrid non l'ho mai incrociata. Non è il genere di evento che interessa a una principessina sul pisello come lei.»

Zoélie si morde il labbro. Dubito che la prospettiva di essere coinvolta in una rissa tra me e Astrid la attiri. Ma non è giusto che per colpa dell'idiota bionda Zoélie debba rinunciare a divertirsi. *Deve* venire.

Le poso la mano sulla gamba, le stringo il ginocchio per infonderle coraggio. Le sorrido, e le guance di Zoélie assumono una tonalità rosso pomodoro.

«Gli amici di Mirko sono anche loro tutti del primo anno» spiego. «Alla festa saranno quasi tutte matricole, più qualcuno più grande, ma gente simpatica. Come Orfeo. Se Astrid mostrasse il suo brutto grugno, non sarei solo io a volerla prendere a calci. E lo sai che i bulli sono codardi, evitano di farsi trovare in inferiorità numerica.»

Zoélie abbozza un sorriso, e le guance le si imporporano ancora di più. Si sporge verso di me, e il mio istinto naturale di misantropa incallita è di ritrarmi. Ma resisto, e lei mi posa un bacio leggero sulla guancia. «Grazie» mormora.

Adesso sono io un pizzico in imbarazzo. Non sono abituata a certe dimostrazioni di affetto. Specie se sincere.

«Non c'è di che» mi schermisco. «Tanto paga Mirko.»

9

Una teoria suggerisce che tutta l'acqua presente sulla Terra sia giunta sul nostro pianeta grazie al precipitare di miriadi di comete. Le stesse comete che trasportavano le sostanze da cui è nata la vita.

Dalla finestra aperta viene un profumo di ragù, e arriva un venticello fresco che mi risale lungo le gambe lasciate scoperte dalla gonna. I refoli alleviano la calura, ed è una benedizione: qui a Milano già si soffoca per l'afa, nonostante l'estate sia ancora lontana.

L'appartamento di Paolo è in centro, al terzo piano, e dalla mia posizione stravaccata sul divano scorgo fuori dalla finestra le guglie del Duomo. Oggi il contorno frastagliato della cattedrale appare nitido, sembra bucare il cielo, per una volta limpido – a macchiare l'azzurro solo qualche chiazza di smog. Le mie gite a Milano mi avevano abituato al contrario: pochi sprazzi di blu nella coltre di aria inquinata.

Dalla strada non giunge alcun suono, non vola una mosca. Solo ogni tanto colgo un tintinnio di posate: qualcuno nel palazzo alle prese con il pranzo. È un mezzogiorno di un sabato primaverile che somiglia a una giornata di pieno agosto.

Ma nel salotto di Paolo non c'è tempo per la siesta. Stiamo lottando per la sopravvivenza della specie umana. Il mio amico, in piedi al centro della stanza, affronta la pioggia di meteoriti. Ognuno è diretto a una città in Europa, deve bloccarli tutti o sarà una strage.

«Datti una mossa!» dico, allungando le gambe sul sofà e cacciandomi in bocca un altro pugno di patatine. «Se c'eri tu al posto di Ender, a quest'ora gli insetti avevano conquistato la Terra.»

Paolo si volta nella mia direzione, ma con il casco per la realtà virtuale calato sulla testa non può vedermi. «Ci sto provando!» si lagna. «E comunque questo gioco è ispirato a *Fanteria dello spazio*, non a *Il gioco di Ender*.»

«È lo stesso.» Mi lecco via dalle dita il sale delle patatine. «E in ogni caso sbrigati a distruggere quegli asteroidi. O almeno muori in fretta, così poi ti faccio vedere com'è facile.»

Lui fa un verso stupito, e pilota la nave spaziale per evitare uno dei pianetini di roccia. Dallo schermo della televisione seguo le evoluzioni dell'astronave. Paolo si piega sulle gambe esili per schivare l'impatto, e l'astronave risponde ai movimenti del suo corpo.

Dall'anno scorso, il mio amico d'infanzia è cresciuto, e adesso appare anche più magro e dinoccolato. Mi ha detto che da quando si è trasferito a Milano ha iniziato a fare palestra, ma io ho paura che non mangi abbastanza.

«Attento!»

Paolo ha ruotato il suo mezzo per inquadrare nel mirino dei laser un asteroide, ma una seconda roccia girovaga punta dritta ai motori dell'astronave. Il mio amico se ne accorge troppo tardi: l'impatto è devastante, e la nave spaziale esplode in una fiammata accecante. Game over.

Paolo sbuffa e poggia i controller sul pavimento. Si sfila il casco. Gli occhiali si incastrano nella mascherina e gli ricadono storti sul naso. Lui se li risistema e fa per tirarsi indietro i capelli: dopo una vita da capellone, non si è ancora abituato a tenerli corti. Mi ha spiegato che in ufficio non gradiscono le persone disordinate.

Gli offro il pacchetto di patatine e raccolgo le gambe sotto il sedere per fargli posto accanto a me sul divano. Lui sgranocchia una patatina una – lo dicevo che mangia troppo poco.

«Mi sa che mi farò una doccia» dice. «Poi ordiniamo una pizza, e ti faccio vedere qualche altro gioco.»

Questo con gli asteroidi era già tipo il decimo. «Ma hai dilapidato tutto l'ultimo stipendio in videogiochi?»

Sono rimasta stupita che Paolo abbia rinunciato all'università per lavorare subito. Certo, è già l'impiego che avrebbe desiderato – è programmatore per una grossa società di software – ma mi aspettavo da lui una maggiore curiosità culturale.

Lui fa spallucce. «Non ho speso un euro. Sono giochi piratati. In ufficio copiano di tutto, uno dei miei colleghi è addirittura un ex membro dei Razor. Incredibile, vero? Uno dei più prestigiosi gruppi di pirati di sempre.»

«Se lo dici tu...»

«E mi sta insegnando anche un sacco di trucchi da vero hacker. Per esempio, non immagineresti quanto sia facile entrare nella casella di posta elettronica di chiun...» Lascia la frase a metà, forse perché l'ho fulminato con uno sguardo assassino. Paolo l'anno scorso ha esagerato con la curiosità morbosa per la vita intima altrui, e non voglio che ci ricaschi.

Lui alza le mani. «Naturalmente è solo a scopo didattico, te lo garantisco.»

«Sarà meglio.» Sbircio nel pacchetto delle patatine. Ormai ne rimangono poche. «Dai, ordiniamo la pizza. Ti lavi dopo.»

«Sì, mia Signora dei Sith.»

Raccatto la tastiera del computer, e cerco le pizzerie nei dintorni. Paolo è a Milano da mesi, ma non ha ancora dei ristoranti preferiti. Meno pirateria e più cibo gli farebbe bene. Le foto di pizze e locali scorrono sullo schermo, e mi torna in mente che è tutta la mattina che dovrei chiedere al mio amico de *Il significato nascosto della vita*, l'app misteriosa che ho scovato sul cellulare di Orfeo. Ho spulciato il Play Store e non l'ho trovata. Allora ho cercato un po' su Google, ma il titolo dell'app sono parole così generiche che i risultati erano un oceano.

«Senti...» Le mie dita si bloccano sulla tastiera. «Volevo chiederti una cosa. Una faccenda informatica.»

«Spara.» Paolo si lascia cadere sul divano vicino a me.

Tentenno. Non dovrei impicciarmi degli affari di Orfeo. Con la storia della mensa allagata mi ha già dimostrato che non siamo *così* amici, e che i suoi problemi se li vuole sbrogliare da solo. Ma il suo comportamento è cambiato troppo. È sempre più schivo, più cupo, più silenzioso. Prima ghignava spesso alle mie battute, anche le più cretine. Adesso strappargli un sorriso è un'impresa.

Rivedo il suo sguardo al supermercato. Il riflesso della torcia nei suoi occhi neri, sperduti nella malinconia. Gli occhi di un ragazzo che ha studiato come un matto per anni, che è a un passo dalla NASA, e non gli importa più. Non gli importa di essere espulso. Se mi immagino l'Orfeo di oggi assediato dal ragno violino, non me lo raffiguro spaventato. Non gli importerebbe niente neanche del ragno.

Mi mordo il polpastrello del pollice.

È come se l'unico sentimento che anima Orfeo fosse una quieta tristezza. Prima non era così. Era triste per Giacomo, ma non in questa maniera.

Devo capire che succede a Orfeo. E se c'è un insegnamento che ho ricavato dalla faccenda dell'anno scorso con Celeste, è che è meglio prevenire che curare. Se fossi stata più attenta ai problemi di mia sorella, ci saremmo evitate un mare di casini.

Magari l'app è una falsa pista, ma magari invece mi metterà

sulla strada giusta. Con chi chatta Orfeo? È entrato in qualche gruppo di sostegno per superare il trauma della morte del fratello? Ha contattato uno psicologo? Non mi stupirei se ce ne fossero che intervistano i pazienti solo online.

Oh, al diavolo, forse è solo curiosità ingiustificata, ma voglio sapere.

«Ti ho già parlato del mio amico all'università» dico. «Orfeo.»

«Sì, quello con il nome ridicolo. Ho presente.»

«Be', negli ultimi tempi si comporta in modo strano.»

Paolo inarca il sopracciglio.

Io sbuffo. «Non sto facendo come con Celeste, okay? Non è che vedo problemi dappertutto, è solo che Orfeo davvero si comporta in maniera strana.»

«Quanto strana?»

«Ha allagato la mensa della facoltà.»

Paolo fa un fischio e si picchietta l'indice sulla tempia. «Mi sa che ha dei problemi seri.»

Di solito il sarcasmo di Paolo mi diverte, ma oggi scopro che mi irrita. «Comunque, Orfeo sta passando un brutto periodo perché l'anno scorso suo fratello maggiore è morto di overdose. Erano molto uniti, ed è un sentimento che capisco benissimo. Credo sia lo stesso che mi lega a Celeste.»

Paolo annuisce. «Secondo me il tuo amico è solo un po' depresso e cerca stimoli forti per tirarsi su. Tipo vandalizzare la mensa e rischiare l'espulsione.»

«Non lo so. In ogni caso, l'altro giorno ero in camera sua e avevo tra le mani il suo cellulare e c'è un dettaglio che mi ha incuriosita. Sullo schermo...»

Mi zittisco: Paolo mi ha lanciato un'occhiata rabbiosa. È stato un attimo, ma l'ho colta. Non gli è piaciuto sapermi in camera di Orfeo. Se non lo conoscessi da una vita, sospetterei che sia geloso di me. Ma è chiaro che non può essere così, di Massimo è diventato persino amico.

«Ero in camera di Orfeo perché Beatrice era scappata e non la trovavo.» Mi sento stupida a dovermi giustificare, ma mi spiace se Paolo ci rimane male, anche se non c'è ragione. «Volevo chiedere a Orfeo di aiutarmi a cercarla. Ho fatto capolino, ma lui non era in camera. Però aveva lasciato il cellulare incustodito sul letto, e ho sbirciato.»

«Vera...» Paolo si liscia i capelli rossi. «Non impari mai, eh? Avevi promesso di non impicciarti più negli affari degli altri.»

«D'accordo, ma non è che l'anno scorso sia stata questa tragedia. Alla fine ho risolto un sacco di problemi.»

«Sì. Però qui non parliamo di tua sorella che scappa da casa. Qui c'è un tipo che ha diritto alla sua privacy. E che se ha voglia di allagare la mensa sono problemi solo suoi. Immagina come ti sentiresti se fosse morta Celeste. Il tuo amico ha bisogno di sfogarsi.»

Do un altro morso al pollice. «Va bene, va bene, hai ragione. Ti faccio solo una domanda. Solo una e poi non ne parliamo più. Okay?»

Paolo fa un sospiro rumoroso e manda gli occhi al soffitto. «E sentiamo questa domanda.»

«Allora, avevo il cellulare di Orfeo in mano, quando gli arriva una notifica. Di un'app che non avevo mai sentito nominare. Si chiama *Il significato nascosto della vita*. Mi chiedevo se ne sapessi qualcosa. Non si può scaricare dal Play Store, ho controllato.»

Paolo è sbiancato. Le labbra sono diventate pallide, e il viso ha perso ogni traccia di allegria. «Sei riuscita a leggere la notifica?»

«No, il telefono era bloccato.» Gli sfioro la mano. «Ma che ti prende?»

Lui si scosta da me e si rialza. Passeggia avanti e indietro di fronte al sofà. È il suo modo di fare quando è alle prese con un dilemma di non facile soluzione. Come quando dovevamo scoprire come penetrare nel dungeon finale di *MondoPulcino Z*.

Osservo accigliata il mio amico. «Così mi metti ansia. E se non la pianti di andare avanti e indietro mi verrà il mal di mare.»

Lui si ferma. «Scusami, è solo che...» Scuote la testa e raccoglie la tastiera wireless dal mio grembo. «Ti faccio vedere un filmato.»

Chiude il browser e ne apre un altro, che ha una cipolla per icona. Credo serva per connettersi alla darknet, la zona di Internet che i normali motori di ricerca non indicizzano e che non si può raggiungere con i browser tradizionali.

Apre un sito su sfondo nero. La pagina è formata da una sfilza di miniature di filmati, senza alcuna descrizione. Paolo ne sceglie uno e fa partire lo streaming. Allarga il video a tutto schermo.

Il filmato mostra la camera di un adolescente. Poster di *Need for Speed* alle pareti, una libreria in cui sono impilati testi scolastici con gli angoli sgualciti, un computer portatile aperto sulla scrivania. Un ragazzo è in piedi al centro della stanza; le gambe gli tremano, i pantaloni grigi della tuta sono chiazzati di scuro all'altezza dell'inguine. Come se il tizio se la fosse fatta addosso.

Il video è in verticale, e dall'angolazione deduco che a riprendere sia stato un cellulare appoggiato alla scrivania. Avvicino la faccia allo schermo. «Ma che roba è? Una specie di scherzo?»

La testa del ragazzo ciondola da una parte e dall'altra. Ha occhiaie profonde, e le labbra screpolate. La fronte è sudata, e la maglietta è pezzata di scuro sotto le ascelle. Il tipo ha l'aria febbricitante. Legata in vita porta una cintura a cui sono appese delle borracce d'acqua. Intorno ai piedi scalzi, un cerchio è stato tracciato sul pavimento con un pennarello rosso.

«Cos'è questa storia?» Mi volto verso Paolo, allarmata. «Che sta facendo il ragazzo?»

«Sta scoprendo il significato nascosto della vita.» Il mio amico tiene gli occhi fissi sul tizio. «Questo video è del secondo giorno.»

«Il secondo giorno di che?»

«Il ragazzo doveva rimanere immobile all'interno del cerchio rosso, senza sedersi, senza mangiare, per una settimana. Ma dopo il terzo giorno non ci sono più filmati. Forse si è esaurita la memoria del cellulare. O forse ha rinunciato. O è svenuto. Chi lo sa.»

Levo gli occhi dallo schermo. «Ma perché? E perché si è filmato?»

«Doveva fornire una prova della sua esperienza. Funziona così.» Paolo interrompe il video. «*Il significato nascosto della vita* non è un'app come le altre. Non è un giochino, o una chat erotica anonima. È per persone che hanno bisogno di trovare certezze nella vita. Dopo quello che mi hai raccontato, non mi stupisco che il tuo amico Orfeo l'abbia installata.»

Ho un sussulto. Per un istante, ho sostituito al viso allucinato del ragazzo quello melanconico di Orfeo. No, no, ma che c'entra? È un pensiero orribile e devo togliermelo dalla testa.

«Spiegami» dico a Paolo. «Voglio sapere di che si tratta.»

Il mio amico si risiede sul divano e prende un lungo respiro. «Non ne so molto, anche se ne ho sentito parlare in diversi forum. Nessuno sa chi abbia programmato l'applicazione, o chi la gestisce. Non ci sono siti ufficiali, ma alcuni appassionati, chiamiamoli così, permettono di scaricarla dalle loro pagine personali. In pratica si diffonde con il passaparola.»

«Qual è lo scopo?»

«Scoprire il significato nascosto della vita? Quando installi l'app, vieni messo in contatto con un'altra persona. Uno dei gestori? Un altro utente che ha già affrontato il percorso? Non lo so. Sta di fatto che questa persona parla con te e ti propone delle prove o, come li chiama l'app, degli esperimenti sociali. Tu devi seguire le istruzioni, filmarti, e inviare il video tramite l'app stessa, in maniera da dare prova che hai obbedito.»

«E in cambio scopriresti il significato della vita?»

«In teoria.»

Sullo schermo del computer è rimasta l'immagine fissa del ragazzo in piedi da due giorni, malfermo sulle gambe. «È per questo che sta rischiando di finire all'ospedale? Perché gliel'ha ordinato un'app?»

Paolo annuisce. «Ma nessuno lo ha obbligato. Potrebbe interrompere l'esperimento quando vuole. Solo che a quel punto non sarebbe più contattato dall'app e perderebbe l'occasione di scoprire il significato della vita.»

Mi sembra una faccenda da matti. «Okay, e quindi quale sarebbe questo fantomatico significato nascosto della vita?»

Paolo fa spallucce. «Non ne ho idea. Per saperlo dovrei installare l'app ed eseguire gli ordini prova dopo prova. Solo alla fine c'è la rivelazione. O almeno, questa è la promessa.» Paolo tamburella con i pollici sul bordo della tastiera. «Gli amministratori dell'app sono molto riservati. Gli unici filmati e testimonianze che si trovano in giro sono di gente che ha abbandonato il percorso a metà strada. Il problema è che le prove diventano sempre più difficili da affrontare, e la maggior parte delle persone molla.»

Mi sa che il volto stralunato del ragazzo sullo schermo rischio di sognarmelo la notte. «È orribile.»

«Non volevo turbarti» si scusa Paolo. «Però volevo farti capire subito che si tratta di una faccenda seria. Il genere di faccenda che è meglio evitare. Il mio consiglio è che ti tieni alla larga dall'app, e non ci pensi più. Tanto, come ti ho detto, la maggior parte molla. Anche il tuo amico Orfeo lascerà perdere.»

«No, non lascerà perdere. Orfeo è determinato, se si pone un obbiettivo, lo raggiunge. E anche se dovesse abbandonare il percorso, sta già affrontando prove pericolose. Tipo allagare la mensa e rischiare di essere cacciato dall'università. E se gli esperimenti sono sempre più ardui, già domani potrebbe combinare qualche casino grave. Ho capito bene?»

Paolo lo conosco, e so che medita di mentirmi per rassicurarmi. Ma so anche che non riuscirebbe più a raccontarmi bugie. Non dopo l'anno scorso.

«Dovresti tenerti alla larga da Orfeo» dice. «Alcuni di questi esperimenti sociali sono pericolosi. Roba da squilibrati. Tieniti alla larga e basta.»

«Come lo convinco a smettere?»

«Deve decidere lui di interrompere il percorso. Se ha installato l'app, significa che si è messo in contatto con qualcuno che aveva già intrapreso la strada. Perciò Orfeo sapeva a cosa andava incontro.»

«Lui magari lo sapeva, ma io no. Da dove si scarica quest'app? Voglio partecipare anch'io.»

Paolo rimane a bocca aperta. «Vera, non pensarci neppure...»

«Dimmi solo da dove si scarica.»

«Vera! Ma hai ascoltato una sola parola di quello che ti ho detto?»

Scuoto la testa. «Se non mi dici tu da dove si scarica, la trovo da sola. Lo sai che ci riesco. Magari ci perdo due giorni, ma la trovo. E quando la trovo torno qui e ti riempio di calci perché non mi hai aiutata.»

L'ultima frase era per sdrammatizzare, ma non funziona. Il viso di Paolo rimane tra il serio e l'impaurito. «Ci sono filmati di gente che compie delle vere e proprie pazzie. Che si appende all'ultimo piano dei grattacieli.» Mi supplica di lasciar perdere con i suoi occhioni castani. «Per favore, Vera. Dammi retta. Per una volta.»

Poso la mano sul suo ginocchio ossuto per rassicurarlo.

«L'hai detto tu che si può interrompere il percorso quando si vuole.» Stiracchio un sorriso. «A me del presunto significato nascosto della vita non importa un tubo. Voglio solo sapere quali sono queste prove per aiutare Orfeo. Appena mi accorgo che stiamo sfociando nel pericoloso, butto l'app nel cestino. Giuro.»

Paolo storce la bocca. Non sembra convinto. Forse pensa che cadrò vittima della curiosità e vorrò scoprire a tutti i costi il significato nascosto della vita. Ma io sono una persona razionale, non cedo agli istinti. Non sono come lui che da ragazzino ha rubato la carta di credito ai genitori e ha speso una fortuna in picconi magici per scoprire il segreto che si celava all'interno del cubo di Molyneux.

«Stai tranquillo» dico a Paolo. «Sono curiosa, ma non a scapito della salute. Voglio solo informazioni, non farò niente di stupido. Promesso.»

«Non c'è alcun modo in cui possa convincerti a lasciar perdere, giusto?»

«Esatto.»

Paolo digrigna i denti, sul punto di reagire in maniera scortese. Poi lascia crollare le spalle e allunga la mano. «Passami il cellulare. Ti installo io l'app. Non voglio che giri in certi siti. Ti puoi beccare un sacco di virus e abbonamenti farlocchi a servizi inutili a dieci euro la settimana.»

«Grazie.»

Paolo collega lo smartphone al suo computer. Scarica l'app e la trasferisce sul cellulare. Inizia l'installazione e appare la consueta richiesta del programma di poter accedere a questo e a quello.

«Uhm» mormora il mio amico.

«Che c'è?»

«L'app vuole che le dai il controllo su tutto. Rubrica, gps, schermo, galleria di foto. Tutto.»

«E allora? Non lo fa qualunque app?»

«Non capisci? Se dai il consenso, in pratica potranno spiarti. Vedranno tutte le tue foto, i tuoi video, sapranno dove sei, chi chiami e chi ti chiama.»

Mi stringo nelle spalle. «Stai parlando con la persona più asociale del mondo. Non scatto foto, non faccio filmati, non posto mai niente su Facebook, e non accendo il gps se non in caso di emergenza. E gli unici che mi chiamano sono i miei compagni di corso per scroccare appunti. Non ho niente da nascondere, che mi spiino pure il cellulare. Moriranno di noia al minuto due.»

Paolo è ancora incerto, il dito sospeso sul pulsante per acconsentire.

Gli do una pacca sulla schiena. «Credimi, possono ficcanasare finché vogliono, non c'è alcun pericolo.» Lo massaggio tra le scapole. «Ma allora è vero che vai in palestra, mi sembra proprio che ti sei irrobustito.»

Paolo china il viso, e un velo di imbarazzo gli arrossa le

guance lentigginose. Il complimento ha funzionato come speravo.

«Visto che sei sicura... Va bene, procedo.»

Pigia sul pulsante e l'app si installa. L'icona dello yin e dello yang compare nella schermata home, accanto a Facebook e a Google Maps. Chissà che significano le cifre all'interno del taijitu.

«Il numero ti dice niente?» chiedo a Paolo. «Questo 1638.»

«Non saprei proprio.»

«Peccato.»

Dubito che un'app sia alla radice del malumore di Orfeo. Specie un'app che ti spinge a compiere stupidate e a filmarti mentre lo fai. Roba per chi cerca di fare il figo su Instagram, niente a che vedere con Orfeo. Però la mensa l'ha allagata sul serio. Davvero gliel'ha ordinato l'app?

Nel dubbio, sarà meglio approfondire.

«E adesso?»

«Lanciala» mi invita Paolo.

Esito. Come in camera di Orfeo, ho un pessimo presentimento. Ma ho rischiato di litigare con Paolo per quest'app e non è il momento di tirarsi indietro. Clicco sull'icona.

Lo schermo si annerisce. E ricompare la schermata home.

«Ma...» Sono perplessa. «Mi aspettavo di meglio.»

«È giusto così» spiega Paolo. «Hai avvertito gli amministratori di aver installato l'applicazione. Ora devi aspettare, ti scriveranno loro. Però sei ancora in tempo a disinstallarla e a dimenticare tutta questa storia.»

Poverino, è preoccupato da morire per me. Mi viene voglia di abbracciarlo, ma un gesto del genere da parte mia, così lontano dal mio carattere, lo turberebbe ancora di più. Si convincerebbe che ho perso una rotella.

Così gli do un'altra pacca sulla schiena.

«Okay, basta con le app balorde. E niente pizza! Visto che lavori e che per i videogiochi non spendi niente, ordiniamo in un ristorante di lusso. Voglio i tagliolini con il tartufo!»

«Però l'affitto lo devo pagare, eh» si lamenta Paolo.

«Ma se mi hai detto che l'appartamento è di tuo cugino che ti fa un prezzo di favore. Su, niente storie.»

«Come desideri, mia Signora dei Sith.»

Ridacchio, e anche lui accenna un sorriso. Si sta rasserenando. Ne sono contenta.

«Scegliamo il ristorante più costoso di Milano. Impoverirti ci tirerà su il morale!»

10

Una folla oceanica si raccolse nella Piazza Rossa, a Mosca, per la parata in onore di Jurij Gagarin, primo uomo nello spazio, appena tornato dalla sua storica missione.

Il manto di foglie cadute attutisce i nostri passi, tranne quando calpestiamo dei rametti che scricchiolano spezzandosi. Il terreno è ancora umido per la pioggia di questo pomeriggio e mi sono già bagnata le calze. Sono contenta di aver dissuaso Zoélie dall'indossare delle scarpe con il tacco alto: tra sassi e buche avrebbe rischiato di rompersi una caviglia.

Mi volto a dare un'ultima occhiata alla macchina, che ho parcheggiato ai margini della stradina di campagna. Temo che sarà un casino ritrovarla quando torneremo indietro a notte fonda. Ma per ora è inutile preoccuparsi, la festa ci attende!

Ci inoltriamo per il sentiero e l'auto sparisce nascosta dagli arbusti.

«Secondo te c'è tanta strada?» mi chiede Zoélie, che cammina accanto a me.

Tiene le mani affondate nel giacchetto di jeans che copre la maglietta: l'ha scelta azzurra, della stessa tonalità con cui si è smaltata le unghie. Ma stasera non fa freddo. Ho paura che sia l'ansia a far stare Zoélie così rattrappita.

La mia amica scavalca un ramo e la treccia di capelli rossi le si appoggia sulla spalla. Zoélie sobbalza, come se un fantasma l'avesse sfiorata. Più che a una festa, sembra che stia andando in classe per sostenere un esame senza aver studiato.

Tendo le orecchie. «Mi sembra di sentire la musica. E anche gente che chiacchiera.»

Sbuchiamo oltre una fila di rovi e incrociamo la linea dei binari. Li seguiamo fino allo spiazzo da cui proviene il suono ritmico delle casse a tutto volume.

I binari muoiono a fianco di una stazione abbandonata. I faretti appesi sotto la tettoia verde metallico ravvivano la facciata della costruzione, la fanno pulsare di giallo. All'interno, in quella che doveva essere la sala d'aspetto, su una panca di legno ronza un generatore da campo, che alimenta le luci.

Altre file di luci colorate, tipo quelle sugli alberi di Natale, incorniciano il cartello blu con il nome della stazione. Solo che uno spray bianco ha cancellato le lettere, e al loro posto appare un VII disegnato con caratteri gonfi da graffitaro. Questa è la settima festa che Mirko e soci organizzano. Le feste non hanno un nome, anche se io le chiamo le Feste della Desolazione, visto che si svolgono sempre in luoghi dimenticati da Dio.

La banchina della stazione in disuso, per stanotte, ha ripreso vita: è gremita di gente che ride e scherza con i bicchieri di plastica in mano. Alcuni ragazzi si sono accomodati tra i binari, seduti sulle traversine smangiate dai tarli; un tizio con il berretto blu calato sui dreadlock stappa la sua bottiglia di birra sfruttando il fondo di un accendino.

Altra gente si affolla intorno alla testa squadrata di un locomotore, il cui muso verde e grigio emerge tra gli alberi che costeggiano i binari. Lucine simili a quelle che decorano il cartello della stazione corrono lungo il parabrezza sfondato del locomotore e scintillano nei vani spaccati dei fari.

Il vecchio locomotore sventrato è diventato la tana del dj: un ragazzo fighetto con i capelli biondi e gli occhiali da sole, vestito per l'occasione da macchinista delle FS, gira le manopole della sua console, sistemata sopra la strumentazione del vagone. La musica trap esplode a volume infernale, e i ragazzi ballano e si dimenano davanti al muso del locomotore.

Strizzo gli occhi per mettere a fuoco il viso del dj. Da lontano l'avevo scambiato per Mirko, ma non è lui. Credo però di averlo già visto. Forse sull'Instagram di mia sorella: il dj dev'essere quel Matt di cui mi parlava, un nullafacente webstar o influencer o come si dice. Di certo, non è un tizio che di musica se ne intende, altrimenti non sceglierebbe 'sta roba.

Una ragazza si intrufola nel locomotore, e la webstar-dj-influencer la acchiappa cingendole la vita con il braccio. La attira a sé e balla con lei al ritmo della musica sparata dalle casse disposte lungo i fianchi del vagone.

Qui e là intorno alla pista da ballo improvvisata, spuntano diversi sedili sradicati da qualche treno regionale. La tela blu che li ricopre è sporca, e strappata, tanto che fa capolino l'imbottitura. Ma presumo siano adeguati se non si ha un altro posto per pomiciare o per smaltire la sbronza. In lontananza, tra le piante, intuisco la sagoma scura di altri vagoni in rovina. Uno è rovesciato sul lato, come un brontosauro stanco che si è steso sul fianco a riposare.

Okay, la musica stavolta è terribile, e la puzza di alcol dà la nausea, ma la location mi piace un casino. Per godermi questa stazioncina abbandonata è valsa la pena venire. E poi Orfeo mi ha confermato che si sarebbe fatto vivo, anche se forse più sul tardi.

«Uau...» Zoélie si sfila le mani dalle tasche e si guarda intorno. Ha un'espressione meravigliata, da bambina al luna park. «Certo che è davvero bizzarro. Ma in senso positivo.»

Le sorrido, sono contenta di averla stupita. «Già, stavolta il posto mi piace proprio. Meglio della chiesa e del palazzo in costruzione.»

«Ma come l'avranno scovata questa stazione?»

«Google Maps. Se si esplora intorno ai paesini di campagna, è facile trovare luoghi in stato di abbandono. I paesi si spopolano e la gente si lascia dietro i relitti di un passato migliore. Ho saputo che qui la stazione ha chiuso anni fa, e nessuno si è preso la briga di smantellare.»

«Capito.»

Annuisco. «Ma ora è il momento di far fruttare i soldi che ha speso Mirko. Troviamoci qualcosa da bere!»

«V-va bene.»

Mi faccio guidare dalla scia di persone armate di drink fino a una carrozza passeggeri con la vernice scrostata e i finestrini sudici. Ma anche attraverso lo strato di unto, dall'interno arriva il luccichio delle lucine natalizie. E dalla porta del vagone continua a uscire gente tutta soddisfatta con in mano bicchieri pieni.

Prendo Zoélie per il polso. «Vieni, il bar dev'essere lì dentro.»

Saliamo sulla carrozza e ci ritroviamo davanti a un bancone gestito da un paio di ragazze in minigonna rossa e che indossano magliette bianche legate sopra l'ombelico. Il nodo distorce il VII disegnato a caratteri tondeggianti.

Le ragazze – devono far parte dello staff – non smettono un attimo di sorridere e di servire cocktail, versando le bevande nei bicchieri di plastica. Sul bancone ne sono impilati a centinaia. E dietro, sul fondo del vagone, sono ammonticchiate lattine di birra, e di Coca-Cola, e di acqua tonica, e poi succhi di frutta, e casse di liquori assortiti. E ancora pacchi di popcorn, di patatine, di stuzzichini salati.

E c'è persino un frigo, di quelli vecchissimi, bombati, che non sono più in vendita da anni perché il rivestimento interno di amianto è cancerogeno. Una delle ragazze spalanca lo sportello del frigo e prende da un cestello una manciata di cubetti di ghiaccio. Li fa cadere nel cocktail che sta preparando.

Saranno feste abusive, ma bisogna ammettere che sono sempre organizzate con cura.

Zoélie si rannicchia contro di me, il suo corpo caldo a contatto con il mio. Le scocco un'occhiata da sopra la spalla: la mia amica ha l'aria smarrita, ed è davvero a disagio. Ma sono sicura che un drink l'aiuterà a rilassarsi. Niente di pesante: dubito che agli sportivi faccia bene e non voglio correre il rischio di ritrovarmi una Zoélie ubriaca che intona cori da stadio sdraiata sui binari – adesso il tizio con i dreadlock sta facendo proprio questo.

«Cosa ti piace?» le chiedo. «Che prendi?»

«Non so...»

«Facciamo due vodka lemon, per cominciare?»

Zoélie deglutisce. «Okay.»

Non so se si rende conto che si sta comportando da bambina impaurita. Spero che si sciolga e cominci a divertirsi, e a socializzare un po'.

Sospiro e ordino i due drink. La ragazza al bar studia le spille che io e Zoélie abbiamo agganciato al petto, annuisce, e inizia a preparare i cocktail.

Mirko ci ha consegnato le spille questo pomeriggio, quando è venuto a dirci dove si sarebbe tenuta la festa. La spilla è fondamentale: se non ce l'hai, vuol dire che non hai pagato la quota, e dunque niente alcolici e niente viveri. E se gli organizzatori sono in serata storta, ti cacciano via anche dalla pista da ballo.

Lascio andare il polso di Zoélie e mi piazzo davanti alla bionda che ci prepara i drink. Ho il sospetto che stia facendo la furbetta con le dosi per risparmiare sull'alcol.

«Ehi» la richiamo. «I miei due cocktail. Fanne uno con tanta limonata, ché la mia amica non è abituata a bere. Per l'altro invece esagera pure con la vodka.»

La bionda arriccia il naso infastidita. Il sorriso che riservava ai ragazzi è sparito, sostituito da una smorfia scocciata degna di Astrid. «La proporzione giusta è due parti di alcol e una di limonata.»

Ci mancava la barista pignola!

«Non mi interessa. Il cocktail è mio e me lo fai come...»

E tutto diventa buio. Qualcuno mi ha preso alla sprovvista e mi ha coperto gli occhi con la mano. Il tipo è alle mie spalle, il suo respiro mi solletica il collo.

«Indovina chi è?»

La voce è profonda, e la mano è grande e ruvida, di chi è abituato a maneggiare il pallone, e il tanfo di dopobarba è opprimente. Dev'essere Andrea, il migliore amico di Orfeo. E dev'essere già bello alticcio per prendersi queste confidenze con Morticia.

«Per favore.» Gli afferro il braccio e lo abbasso. Mi volto. «Non sono ancora così ubriaca da tollerare il contatto fisico.»

Andrea mi regala un sorrisone sbilenco e solleva le mani in segno di resa.

«Come va?» chiede. «Che ci fai qui tutta da sola?»

E mi passa il braccio intorno alla vita. Non è una persona cattiva, ma che gli prende stasera? Non mi deve toccare e basta. Gli acchiappo la mano e gliela levo dal mio fianco.

Accenno con il mento a Zoélie, che sta ritirando i cocktail miscelati dalla bionda.

«Sono con un'amica» dico. «Tu sei venuto con Orfeo?»

«Sì, ma me lo sono perso.» Andrea si gratta sotto il mento. «Dovrebbe essere qui intorno.»

Muove il testone a cercare l'amico con lo sguardo. I riccioli castano chiaro gli sfiorano le sopracciglia folte. Orfeo mi ha raccontato che spesso chiama l'amico con il nomignolo di "monociglio" solo per farlo arrabbiare. E okay che Orfeo è alto e in forma, ma infastidire un armadio come Andrea non mi sembra un'idea geniale.

«Non lo vedo» dice. «Be', intanto possiamo chiacchierare noi.»

E mi sfiora la coscia con la mano.

Gliela scosto. «Ma vuoi tenere le zampe a posto?»

«Scusami! Mi piace la tua gonna.»

«Ammirala senza toccare.»

«Ho preso i drink» cinguetta Zoélie con la sua vocina, che sento a fatica sopra la musica martellante.

Mi affianca, i bicchieri di plastica in mano, e sbircia intimorita Andrea.

«Lei è Zoélie» la presento. «È una mia compagna di corso.»

«E io sono Andrea» dice lui. «Studio a Parma.»

Scruta con occhio interessato il fisico atletico di Zoélie. «Gli amici degli amici sono amici delle amiche delle amiche, per me!»

Eh? Ma quanto ha bevuto?

Andrea tenta di allungare la manona verso Zoélie, ma io lo anticipo e circondo i fianchi della mia amica con il braccio. La attiro a me, tenendomela vicino.

«Zoélie è off limits. Lei stasera è con me e non la devi toccare.»

La mia amica arrossisce fino alla radice dei capelli e china il viso sul suo bicchiere, come se si volesse affogare nella vodka.

«Va bene, va bene!» Andrea sbuffa e ride. «Ma qui non si può toccare niente. Sembra di essere in cristalleria.»

Sfilo il mio cocktail dalla mano di Zoélie e lo assaggio succhiando dalla cannuccia. «Che schifo, è tutto ghiaccio! Lo sapevo, quella disgraziata me l'ha fatto annacquato. Il tuo com'è?»

Zoélie butta giù un sorso. «Mh... buono.»

«Fammi provare.»

Mi sporgo e bevo dalla sua cannuccia senza convenevoli. Il sapore intenso del liquore mi impasta la bocca. Questo doveva essere il mio cocktail, quello gonfio di alcol. Rialzo il viso su Zoélie. Lei ha già gli occhi lucidi, le labbra dischiuse, l'espressione assente.

Accidenti, non è proprio abituata all'alcol.

«Scambio di cocktail.» Rubo il suo e lo sostituisco con il mio. «Altrimenti ti ubriachi.»

«Mi allontano un attimo e già ci provi con le altre?»

Mi giro in direzione della voce e vedo arrivare Rebecca, che procede baldanzosa nel suo vestito attillato. I capelli lunghi le arrivano fino ai fianchi e sono dello stesso colore castano chiaro, con sfumature bionde, di quelli di Celeste. E dei miei, se non li avessi tinti. Il nasino all'insù e le guance coperte dal blush rosa troppo accentuato fanno sembrare la sorella di Andrea ancora più giovane della sua età. Che non mi ricordo più qual è, ma credo che lei non sia ancora maggiorenne.

Rebecca ci saluta entusiasta con un saltello, agitando la mano. Ci viene incontro.

«Ma non è troppo piccola per questo tipo di feste?» sibilo ad Andrea. «Quanti anni ha? Quattordici?»

Lui manda gli occhi al cielo. «Se non me la portavo dietro mi avrebbe riempito le scarpe da rugby di dentifricio e maionese. E magari sarebbe venuta lo stesso. Non si può ragionare con lei, faccio prima ad accompagnarla, così la tengo d'occhio.»

Più che tenere d'occhio Rebecca, Andrea è attento che siano

gli altri a stare a debita distanza. Dalla faccia che fa quando i ragazzi anche solo osano ammirare la sorellina, credo che spezzerebbe le gambe a chiunque ci provasse con lei.

Presento anche Zoélie a Rebecca, e usciamo dal vagone del bar. Chiacchieriamo, e scherziamo, e Zoélie trangugia il suo cocktail, e mi sembra che non abbia più i muscoli tesi. Ride alle battute di Rebecca, e persino alle freddure di Andrea.

Sorrido tra me. Sono felice che si diverta.

Io sarei soddisfatta se incrociassi Orfeo. Tornata da Milano, non ho fatto altro che ripensare alla conversazione con Paolo, all'app, al video del ragazzino in piedi da giorni.

«Sapevo che non ti saresti persa la stazione abbandonata.»

Parli del diavolo...

Orfeo spunta dalla folla che si accalca di fronte alla postazione del dj. Indossa una maglietta aderente a maniche corte, che delinea i muscoli delle spalle, e i suoi soliti jeans neri. Gli occhi scuri brillano per il riflesso delle luci, e il neo sopra il labbro spicca sul volto pallido.

Lo bacio sulle guance.

«Non mi sarei mai persa questa caterva di vagoni arrugginiti.» Faccio un cenno in direzione di un carrello ferroviario trasformato in una discarica di bicchieri vuoti. «E che dire delle carrozze tra gli arbusti? Da apprezzare anche il contorno di ubriaconi.»

Orfeo non ride. Il viso è cupo, ombroso.

Gli tiro una gomitata. «Ma che hai? Sembri quei tipi negli anime che hanno metà della faccia scarabocchiata di nero perché sono sempre arrabbiati.»

Questa volta gli strappo un sorriso a mezza bocca. Meglio di niente.

«Vieni con me.» Orfeo mi prende per mano. Una scossa mi

risale dal polso, ma non è la sensazione di fastidio che provo quando mi toccano gli estranei. È un brivido gradevole.

«Dove andiamo?» gli chiedo mentre Orfeo mi trascina via.

«Facciamoci un giro dove non c'è tutto questo casino.»

«Okay.»

Saluto al volo Zoélie che ride e scherza tra Rebecca e Andrea. Lui la sta spingendo verso la pista da ballo e la mia amica sembra sul punto di cedere. Non credo che abbia più bisogno di me.

Insieme a Orfeo attraverso lo spiazzo, e proseguo con lui verso il vagone crollato sul fianco.

11

La Via Lattea è una galassia divoratrice di galassie. Vagabondando nell'Universo, ha già inglobato interi ammassi stellari, ma non è escluso che un giorno faccia lei stessa questa fine. Come sua sorella, divorata a sua volta dalla galassia di Andromeda.

Lo strepitio delle casse ha lasciato il posto al leggero concerto dei grilli. L'odore di grano bagnato mi riempie le narici, e mi ricorda quando giocavo nei prati sotto le pale eoliche, a Borgobianco, da bambina. Passavo i pomeriggi a inseguirmi con Celeste, e lei finiva sempre per cadere, e al ritorno papà la sgridava per gli aloni verdastri che le macchiavano i pantaloni all'altezza delle ginocchia. Celeste scoppiava a piangere, e io, per tirarle su il morale, mi chiudevo in camera con lei e improvvisavo un teatrino comico con i miei peluche dei Pokémon. Mi affiora il sorriso a ripensare al viso divertito di Celeste mentre faccio picchiare Pikachu da Bulbasaur.

Poi il rapporto tra noi è mutato, ed è stata lei a cercare di proteggere me. O almeno ci ha provato.

Chissà se Orfeo ha tentato di salvare il fratello dal tunnel senza ritorno in cui era entrato. Chissà se si dà la colpa di non esserci riuscito – ho paura di sì.

Raggiungiamo il vagone rovesciato, sprofondato nella sterpaglia. È inclinato con il tetto nel terreno e le strette ruote d'acciaio rivolte al cielo. Orfeo mi lascia la mano e poggia la scarpa da ginnastica sulla porta al centro della carrozza. Si dà una spinta e sale camminando sulla porta di ferro. Dopo due passi, si gira, si piega sulle ginocchia e allunga la mano verso di me.

Scuoto la testa. «Non c'è bisogno, ce la faccio.»

Mi arrampico anch'io, ed è una sensazione curiosa camminare su una porta. Mi sembra di essere dentro *Matrix* e di poter sfidare la forza di gravità. Ma per sicurezza poggio il palmo sul metallo freddo, e procedo con prudenza.

A fianco di Orfeo, scalo il lato del vagone, e mi siedo accanto a lui sul bordo, le gambe che penzolano sfiorando le ruote della carrozza. Davanti a noi, la campagna si estende monotona fino a una serie di collinette nero pece. Le luci della festa ce le siamo lasciate alle spalle, qui c'è solo il baluginio delle stelle.

Orfeo osserva il buio di fronte a lui. Non alza il viso alla volta celeste. Eppure la Via Lattea è splendida, in questa notte limpida.

«Non c'è la luna» dico, appoggiandomi con i palmi dietro di me e sollevando il volto al cielo. «Le stelle si vedono benissimo.»

Sbircio Orfeo. Tiene lo sguardo basso, e le ciocche di capelli gli velano gli occhi.

«Quante stelle mi dicevi che si possono vedere a occhio nudo?» gli chiedo. «O nel mio caso, con le lenti a contatto?»

«Dipende dal luogo. Qualche migliaio. Anche cinquemila o più.»

«Ti toglie il fiato.»

Ed è così: al cospetto dell'immensità del cosmo ho l'impressione di essere un minuscolo tappo di sughero che galleggia nell'oceano; sono dispersa in un mare di stelle, fluttuo senza meta.

«Molte sono già morte» dice Orfeo, il tono piatto.

Mi raddrizzo e mi volto verso di lui. «Ma che significa?»

«La luce che ci arriva dalle stelle è partita centinaia o migliaia di anni fa, nel frattempo potrebbero essersi spente.» Orfeo solleva il viso. «E piano piano si spegneranno tutte.»

Sospiro. «Guarda che mi sono informata, e la morte termica dell'Universo è solo un'ipotesi.»

«Se non sarà così, la gravità farà collassare l'Universo su se stesso, com'era prima del Big Bang. In entrambi i casi non esisterà più niente. Niente è eterno. Niente si mantiene. Niente sopravvive.»

«Non proprio.»

Orfeo mi scocca un'occhiata incuriosita.

Se non avessi rinunciato agli occhiali per le lenti a contatto, me li tirerei su lungo la radice del naso e assumerei la mia collaudata espressione da professoressa so-tutto-io. «In quel caso, un attimo prima della fine, un'eventuale entità senziente possiederebbe un'infinita capacità di elaborazione e potrebbe perciò trovare una soluzione per bloccare l'aumento dell'entropia e per ridare vita all'Universo.»

Orfeo si liscia il mento. «E questo dove l'hai letto? In un romanzo di fantascienza, vero? Arthur C. Clarke?»

Smascherata. «No, non Clarke, ma okay, è un romanzo. Un romanzo fantasy con i maghi quantici.»

«La vita non è un libro fantasy.» E nella voce di Orfeo c'è un sottofondo di rabbia. Come se l'avessi infastidito a negare le sue previsioni apocalittiche.

Ho timore che abbia esteso la sofferenza per la morte del fratello a un piano cosmico. La disgrazia capitata a Giacomo è diventata un buco nero che rischia di risucchiargli la vita.

«Cercavo di tirarti un po' su il morale. Scusami.»

L'espressione di Orfeo si addolcisce.

«Scusami tu.» Scuote la testa. «Non so che mi prende in questi giorni.»

«Magari ne vuoi parlare?»

Allungo la mano a sfiorare la sua, ma Orfeo la scosta. Se la passa tra i capelli.

Ritraggo le dita. «Se non vuoi sfogarti con me, magari puoi farlo con Andrea.»

«Non sarebbe una buona idea. Lo metterei solo di cattivo umore, come sto facendo con te.»

«Non sono una persona che si preoccupa per quello che succederà tra miliardi di anni.» Sorrido a Orfeo. «Puoi raccontarmi tutte le teorie che vuoi sulla fine dell'Universo, non mi impressiono. Ti starò a sentire volentieri.»

«L'Universo morirà.» Orfeo prende un lungo respiro. «E se hai la certezza che ogni cosa avrà fine, che senso può avere l'esistenza? Nessuno.» Le sue unghie smaltate di nero grattano la vernice del vagone. Ne staccano scagliette che precipitano giù, nel buio. «Ma c'è un aspetto positivo.»

Orfeo alza lo sguardo ad ammirare il cielo. La rabbia di prima è sfumata, resta solo la malinconia. La malinconia di chi dice addio a un caro amico, sapendo che sarà l'ultima volta che lo saluta: non si rivedranno più. Gli occhi di Orfeo divengono lucidi di lacrime. «Il lato positivo è che stiamo vivendo nel momento più luminoso dell'Universo. L'oscurità è ancora lontana, anche se niente potrà impedire il suo arrivo.»

Gli sorrido. «Allora spassiamocela finché possiamo!»

Orfeo si asciuga gli occhi con l'orlo della maglietta e anche le sue labbra si distendono in una parvenza di sorriso. «Dici sempre di essere cinica, ma sei davvero una persona positiva.»

Mi stringo nelle spalle. «Ci provo.»

Orfeo gratta via altra vernice. «Nei prossimi giorni può darsi che torni qualche volta a dormire a casa. Mia madre è rientrata dal Perù. Hanno chiuso. L'osservatorio ha chiuso, mancanza di fondi.»

Gli prendo le dita, prima che si scheggi le unghie a furia di grattare. «Ti spiace? È per questo che sei giù?»

Orfeo inclina la testa all'indietro, assorto nella contemplazione della volta celeste. Il fatto che la madre abbia perso il lavoro non è una buona notizia, ma dubito che c'entri molto con l'umore tetro del mio amico. La madre, Giacomo, *Il significato nascosto della vita*, la fine inevitabile dell'Universo... Ogni evento sembra complottare per spegnere la luce di Orfeo. E io non so come impedirlo.

Dischiudo le labbra, devo incoraggiarlo, devo... ma la suoneria del mio cellulare mi interrompe. Non importa, lo lascio squillare, non lo tiro neanche fuori dalla tasca della gonna. Ma se fosse Zoélie? Se avesse bisogno di aiuto?

Accidenti! Recupero lo smartphone, mentre Orfeo si volta a guardarmi.

Sullo schermo campeggia il viso sbruffone di Massimo, che mi sta chiamando. E c'è anche una notifica dell'app misteriosa: ho ricevuto un messaggio.

Stringo il cellulare. Dovrei spegnerlo e continuare la conversazione con Orfeo. Ma Massimo non lo sento da giorni, e si starà preoccupando a morte.

«Solo un secondo» dico a Orfeo, in tono di scusa. Clicco con il pollice sul display per rispondere alla telefonata e porto il cellulare all'orecchio.

«Pronto? Vera?»

La voce di Massimo suona forte, e deve sentirla anche Orfeo. Lui distoglie lo sguardo, preme i palmi sulla parete del vagone e si tira su in piedi. Si spazzola i pantaloni. «È meglio lasciar perdere certi discorsi.»

Scende lungo la porta a passo svelto, salta giù nell'erba. Tira su il braccio per salutarmi. «Torno dagli altri.»

«Aspetta!»

Ma Orfeo non si gira, e cammina spedito verso la costellazione di luci della festa. La sua sagoma nera si confonde con le ombre, si smorza, sparisce.

«Vera? Allora?» Massimo sembra parecchio infastidito. «Ma mi ascolti o parli con qualcun altro?»

«Scusami, sono in una situazione complicata.»

«Sbaglio o in sottofondo c'è della musica? Da quando i rave sono complicati?»

Mi mordo il polpastrello del pollice. Non gli ho neanche detto che stasera sarei uscita. Non mi sto comportando bene con lui, proprio no.

«È solo una festicciola qui al campus. Ma l'amica con cui sono venuta è ubriaca e devo riportarla in camera prima che faccia danni.»

«La tua amica è sbronza da quanti giorni? È una settimana che non ti fai viva.»

Ora il tono di Massimo è più deluso che arrabbiato. Ha capito che gli ho raccontato una balla. D'altra parte stiamo insieme da quasi un anno, e prima era fidanzato con la mia gemella. Ormai mi conosce.

«Quel tipo» continua Massimo, «quell'Orfeo, il genietto dell'università, non è che è lì con te?»

Mi sembra di vedere la mascella del mio ragazzo che si contrae mentre le dita stritolano il cellulare. Massi non ha mai incontrato Orfeo, ma già lo odia. Se lo incrociasse, lo prenderebbe a pugni.

Sospiro. Okay, capisco che Massimo sia geloso, ma io non sono il tipo che si fa controllare a distanza dal fidanzato. Non mi piace questo suo modo di fare. O ha fiducia in me – e perciò non gli deve importare con chi sono o con chi non sono – oppure non ce l'ha, e allora può anche...

«Sabato prossimo vengo a trovarti.»

Eh? «Sabato? Questo sabato? Ma non hai gli allenamenti? E io devo studiare per l'esame di...»

Ma Massimo riattacca.

E questa è la seconda volta stasera che un ragazzo tronca un discorso a metà con la sottoscritta. Se continua così, dovrò affilare la spada laser!

Rimetto in tasca il cellulare, incredula. Massimo non si è mai comportato in questo modo. Bisticciamo spesso, ma non è mai mancato il dialogo. È la prima volta che mi impedisce di replicare. Ho timore che sia più geloso di Orfeo di quanto supponessi.

Me lo vedo che passeggia avanti e indietro lungo il bordo della piscina, nel giardino della villa. Starà fantasticando di strangolare il mio amico *genietto dell'università*. Minimo. Se decidesse di tuffarsi in piscina per sfogare la rabbia nuotando, l'acqua evaporerebbe da quanto è furioso.

Massimo è sempre stato possessivo con Celeste, durante il periodo in cui sono stati insieme. Ma con me sembrava più rilassato, forse perché consapevole che il mio acidume tiene a distanza i ragazzi. Però fin da quando gli ho accennato dell'esistenza di Orfeo, ha cambiato atteggiamento. È diventato molto più geloso. E anche Paolo sembra aver intuito un legame speciale che avrei con Orfeo, e che forse solo a me sfugge.

Osservo il punto dove Orfeo è sparito. Se avessi sul serio un così buon rapporto con lui, forse saprei aiutarlo. A proposito... clicco sull'icona tonda de *Il significato nascosto della vita.*

Sullo schermo nero appare un messaggio. Il mittente è un generico Anonimo.

CIAO, VERA.

SIAMO FELICI CHE TU VOGLIA SCOPRIRE IL SIGNIFICATO

NASCOSTO DELLA VITA. MA DOBBIAMO AVVERTIRTI CHE NON SARÀ UN PERCORSO FACILE, PERCHÉ I SEGRETI HANNO UN COSTO. NON SONO GRATIS. DOMANI RICEVERAI LE ISTRUZIONI PER COMPIERE IL PRIMO PASSO.

Rileggo il messaggio un paio di volte. Non vorrei scoprire che alla fine si tratta di una truffa e vogliono soldi. Ci mancherebbe che debba stare in piedi una settimana senza muovermi e in più devo pure pagare!

Però è inutile rimuginarci adesso, domani saprò. E magari capirò di più del comportamento di Orfeo.

Chiudo l'app, e smonto giù dal vagone. Torno anch'io alla festa.

12

Di solito i telescopi mostrano immagini rovesciate, alto e basso sono invertiti, così come destra e sinistra. Un bel problema se si osservassero oggetti terrestri, ma un dettaglio irrilevante se si ammirano le stelle.

«Non sei in camera tua, o sbaglio?»

Il viso di mamma riempie lo schermo del portatile. La connessione dev'essere buona se lei distingue i dettagli della stanza alle mie spalle. D'altra parte i fratelli Judica Cordiglia nel poster sono belli grossi, e io non ho mai avuto la passione per i radioamatori.

«Sì, sono in camera di un'amica. Le ho prestato il computer.»

In realtà approfitto dell'ospitalità di Orfeo per lasciare in camera sua il mio portatile e i pochi averi a cui tengo. Così posso studiare in pace senza la preoccupazione che Astrid mi derubi. Certo, sono sicura che le trappole saranno efficaci, ma non ha senso rischiare.

Non ho mai neppure accennato di Astrid e socie a mamma. Non mi va di preoccuparla. E poi me la so cavare benissimo da sola.

«Camera di un'amica o di un amico?» chiede lei.

So io come sviare il discorso. «La qualità della chiamata è davvero ottima.» Mi appoggio con i gomiti sulla scrivania di Orfeo. «Mi sembra di vedere persino qualche capello bianco.»

«Impossibile.» Mia madre sgrana gli occhi, si aggiusta lo chignon. «E poi stamattina ho fatto la tinta.»

«Scherzavo!» Le sorrido. «Sembri più giovane con i capelli

color prugna. E come sei abbronzata! Potrebbero scambiarti per la sorella maggiore di Celeste.»

Mamma si fa aria con la mano come a scacciare il complimento.

«Sei in hotel lì a Dubai?» le domando.

Annuisce. «E qui il wi-fi è veloce. Ma domani devo già ripartire, quindi approfittiamone per sentirci oggi come si deve.»

Mamma rilassa la schiena contro l'imbottitura della poltroncina su cui è seduta. Sulla maglia abbinata al tailleur scuro, brilla il ciondolo con il rubino che le ha regalato papà per il loro decimo anniversario. Dubito che vestita così elegante sia stata al sito di trivellazione, oggi avrà partecipato a una riunione con i dirigenti della compagnia.

Mamma allunga la mano, raccoglie lo stelo del flûte dal tavolino di cristallo. Nel bicchiere si inseguono le bollicine. «Come procede l'università?» Beve un sorso, e scorgo dei documenti vicino al drink. Disegni tecnici, tabulati di dati. «Con i professori ti trovi bene? L'esame di meccanica com'è andato?»

«Non lo so ancora. Ma non preoccuparti.» Sogghigno. «Resto la prima del mio corso.»

Anche mamma sorride. A lei non interessa sul serio che mi sia ambientata bene o no, o che i professori siano simpatici. A lei interessa che io sia la migliore. Entrambe siamo secchione all'ultimo stadio, e siamo ambiziose, e per noi vale il motto di Enzo Ferrari: chi arriva secondo è il primo dei perdenti.

Sono orgogliosa che mamma sia felice di me. Da sempre è il mio modello. È una donna in carriera, che gira il mondo, e non si fa mettere i piedi in testa da nessuno. Voglio che anche la mia vita sia così, e lei non fa mistero di condividere il mio desiderio.

Mamma sorseggia la bevanda – considerando che la compagnia la ospita sempre in alberghi cinque stelle, dev'essere champagne. «Attenta però. Non ti distrarre.»

Credo sospetti ancora che non sono in camera di un'amica. Forse oltre al poster l'hanno lasciata perplessa i modellini delle navicelle spaziali sovietiche Vostok sugli scaffali della libreria, e i jeans neri appesi all'anta dell'armadio, e la montagna di confezioni vuote di merendine Mooncake. Be', la mia amica è alta un metro e novanta e si abbuffa di dolciumi, qual è il problema?

«Sono concentrata solo sullo studio» dico. «Non ho tempo per pensare neanche a Massimo. Figurati che è quasi un mese che non lo vedo.»

Mia madre fa cenno di sì con il capo. Un movimento minimo del collo. Ha l'atteggiamento di quei genitori giapponesi che pretendono il massimo dai figli.

«Sono contenta di sentirti parlare in questo modo» dice. «Mi sembri maturata. Sei diventata una ragazza seria.» Posa il flûte e appoggia il mento sul dorso della mano – un gesto sbarazzino che non le ho visto fare spesso. «Sai, pensavo di prendermi quei famosi giorni di ferie e fare un salto in Italia. Dobbiamo discutere di quest'estate. Ho in mente una mezza idea...»

«A che proposito?»

Mia madre mi sorride. «Vorrei proporti per uno stage. Qui da me, per farti vedere com'è la vita di un ingegnere sul campo. Non è sicuro che ti prendano, ma ci sono ottime possibilità.»

Il cuore mi batte fortissimo. Mi devo trattenere per non schizzare in piedi. «Non ci credo... non ci credo, non ci credo!»

Se Orfeo fosse in camera, a sentirmi squittire così di gioia penserebbe che non sono più io, che un replicante mi ha sostituita. Sono strafelice! E agitatissima!

«Ne ho già parlato con Ted alle risorse umane» dice mamma. «E non dovrebbero esserci problemi.»

Anche lei sembra allegra alla prospettiva di lavorare con me. Io e mamma saremo come Indiana Jones e suo padre!

«Sarebbe meraviglioso» dico. «È un sogno!»

«Calma però.» Mamma solleva l'indice con fare perentorio. «Voglio che tu mantenga la media del trenta. Verrò in Italia alla fine della sessione estiva, e voglio che tu abbia preso il massimo dei voti in tutti gli esami.»

«Sarà fatto!» Batto le mani entusiasta. «Te lo prometto.»

Il sorriso di mamma si allarga. «Tieni duro e continua così. Sono fiera di te.»

È raro meritarsi un suo complimento. Per poco non frigno dalla gioia. «Grazie, mamma.»

«Okay, direi che ci siamo dette le cose importanti.» Finisce in un sorso lo champagne, e raccoglie i documenti. «Ora devo scappare. Magari ci risentiamo stasera.»

Le poso un bacio sulla guancia toccandomi le labbra e pigiando le dita sullo schermo. Lei mi sorride ancora e chiude la chiamata.

Sono felice. Sono così felice, sono così felice!

Non ci posso credere che mamma voglia lavorare con me! È una dimostrazione di fiducia nei miei confronti che non ha paragoni. Non mi aveva mai trattata da persona adulta. Anche se al liceo ero la prima della classe, per lei era solo normale, e rimanevo un'adolescente senza arte né parte. Invece adesso sono una *ragazza seria*. Degna di accompagnarla sul campo. Non ci avrei mai sperato, non così presto!

Spengo lo schermo del portatile, e mi do lo slancio sulla sedia con le rotelle. Caracollo appollaiata sulla sedia fino al centro della stanza. Non vedo l'ora che rientri Orfeo per dargli la bella notizia.

Il trillo dello smartphone mi fa abbassare lo sguardo.

Tiro fuori il cellulare dalla tasca. Una notifica dall'app misteriosa. Un nuovo messaggio. Ci clicco. Parole bianche su sfondo nero.

IL PRIMO PASSO PER SCOPRIRE IL SIGNIFICATO NASCOSTO DELLA VITA È INTRAPPOLARE UNA VESPA. NON CONFONDERTI, UNA VESPA NON UN'APE. CHIUDILA IN UN BARATTOLO DI VETRO. PRENDI IL BARATTOLO, SALI IN MACCHINA E ACCENDI IL GPS DEL CELLULARE. TI VERRÀ SEGNALATO UN PERCORSO. SEGUILO. ARRIVATA A DESTINAZIONE, DOVRAI ASSICURARTI CHE LE PORTIERE E I FINESTRINI DELL'AUTO SIANO CHIUSI.
A QUEL PUNTO DOVRAI SCUOTERE IL BARATTOLO PER CINQUE SECONDI. POI DOVRAI SVITARE IL COPERCHIO E LIBERARE LA VESPA NELL'ABITACOLO. NON POTRAI UCCIDERE L'INSETTO, NÉ COPRIRTI IL VOLTO, LE BRACCIA O LE GAMBE. PERCIÒ INDOSSA UNA GONNA E UNA MAGLIETTA A MANICHE CORTE. NON POTRAI APRIRE LE PORTIERE O I FINESTRINI.
DOVRAI ASPETTARE CINQUE MINUTI. AL TERMINE DEI CINQUE MINUTI POTRAI USCIRE DALL'AUTO.
SARANNO CINQUE MINUTI MOLTO LUNGHI.
A CHE PENSERAI DURANTE QUEI CINQUE MINUTI?
FORSE AVRAI UN BARLUME DI RIVELAZIONE.
QUANDO SIAMO IN PERICOLO, IL NOSTRO CERVELLO LAVORA A RITMO PIÙ SOSTENUTO. IN CASI ESTREMI SI HA LA SENSAZIONE CHE IL TEMPO STESSO RALLENTI. IL NOME TECNICO DI QUESTO FENOMENO È TACHIPSICHIA.
IN SOLI CINQUE MINUTI, AVRAI MODO DI MEDITARE A LUNGO.
MA NON DIMENTICARTI DI FILMARE! DURANTE I CIN-

QUE MINUTI, DOVRAI TENERE IL CELLULARE ACCESO E RIPRENDERTI. POI INVIERAI IL FILMATO TRAMITE L'APP. TI BASTERÀ CLICCARE SU QUESTO MESSAGGIO PER ATTIVARE LA FUNZIONE «CARICA VIDEO».

Rimango a fissare lo schermo. Come diavolo hanno fatto? Come hanno saputo che sono allergica alle punture delle vespe? Non può essere una coincidenza. E per una persona normale non sarebbe una gran prova. Io però rischio lo shock anafilattico.

Chi sa della mia allergia? I miei genitori, e Celeste, e poi Massimo e Paolo, e credo di averlo detto ai miei compagni delle elementari, e forse ne avrò parlato anche in altre occasioni. L'ho accennato a Orfeo? Non me lo ricordo. D'altra parte in primavera giro sempre con l'epipen e chiunque potrebbe fare due più due.

A meno che...

Chiudo l'app e lancio Facebook. Scorro le pochissime foto che ho postato nel corso degli anni. Sono appena una quarantina. In una sono in compagnia di mia sorella Celeste. È un selfie con alle spalle la margherita di metallo di una pala eolica lontana. Sorridiamo, e dalla tasca della mia camicetta spunta il tappo blu dell'epipen.

Ecco come l'hanno scoperto.

Ma è un dettaglio minuscolo, e chi non soffre di questo tipo di allergie non potrebbe mai capire che nella tasca ho un autoiniettore di epinefrina. Possibile che abbiano passato al setaccio ogni mia foto? Questi dell'app sono degli psicopatici.

Premo con il dito sull'icona de *Il significato nascosto della vita*. Mi sa che è già il caso di disinstallarla.

Trascino l'icona verso il cestino. Ma con la coda dell'occhio mi accorgo di un riflesso metallico sotto al letto. Mi avvicino con la sedia. Piego il collo a sbirciare, allungo la mano. Le dita si chiudono su una sbarra liscia. Tiro e da sotto il letto recupero il telescopio di Orfeo.

La lente è in frantumi. Non è incrinata, è proprio a pezzi. Non può essersi ridotta così per una caduta accidentale, è come se Orfeo l'avesse presa a martellate.

Ma... ma fino all'altro ieri questo telescopio era lì, sotto la finestra, puntato al cielo. Orfeo mi aveva anche insegnato a usarlo, a riconoscere Marte e Venere. Perché lo ha rotto? È successo dopo la festa, dopo il nostro discorso?

Accidenti, ma che gli è preso? Mi mordicchio il pollice. L'umore di Orfeo peggiora sempre di più.

Non posso abbandonarlo. Devo almeno provare a capire le ragioni del suo tormento. E se è colpa di questi tizi dell'app, di questi malati di mente, giuro che li scovo uno a uno e li mando all'ospedale!

Devo scoprire che cosa hanno chiesto di fare a Orfeo. Il che significa che devo superare questa sfida della vespa. Non mi va molto a genio l'idea, ma in fondo nessuno mi ha vietato di portarmi l'epipen.

Una magra consolazione: l'ultima volta che mi ha punto una vespa ho perso conoscenza prima di riuscire a iniettarmi l'epinefrina. Se non fossi stata in compagnia di Celeste, non so come sarebbe andata a finire.

13

Il ritorno di un astronauta sulla Terra dopo un lungo periodo nello spazio non è rose e fiori. Tra i problemi principali, c'è la perdita di forza: i muscoli e le ossa si sono indeboliti e persino il cervello riceve attenuati i segnali neuromotori.

Sullo schermo del cellulare scorre la mappa, in blu l'app misteriosa traccia il percorso che devo seguire. *Il significato nascosto della vita* mi ha fatto attraversare la città, e ora mi dirige in periferia.

Per fortuna c'è poco traffico, o rischierei un incidente: non riesco a tenere gli occhi sulla strada, lo sguardo mi cade sempre sul barattolo che imprigiona la vespa. L'ho posato sul sedile del passeggero; prima l'avevo incastrato nel vano portabicchieri sotto il cruscotto, ma mi irrigidivo ogni volta che dovevo allungare la mano per cambiare marcia, e avevo grosse difficoltà a guidare.

Dovrei buttare il barattolo sui sedili dietro. Ma sapere che la vespa è lì alle mie spalle e può fuggire da un momento all'altro... So che è impossibile, il tappo l'ho avvitato strettissimo, ma la paura non è un sentimento razionale.

Accelero per superare un ciclista, e il rombo del motore per un istante sovrasta il ronzio dell'insetto. È solo per un attimo, poi il fruscio della vespa invade di nuovo l'abitacolo. Ma più di tutto mi spaventa il ticchettio, il suono secco e ritmico delle ali che sbattono contro le pareti di vetro.

Sono terrorizzata da quando il giardiniere mi ha consegnato il barattolo – una volta conteneva marmellata di arance – in cui aveva intrappolato la vespa. Non ci ho neanche provato a catturarla io: ho pagato cinquanta euro il giardiniere del campus. E lui ha osato pure lamentarsi che cinquanta euro erano pochi! Ma non sembrava stranito dalla mia richiesta: dev'essere abituato alle proposte strane, con tutte le scommesse balorde che fanno quelli del terzo anno.

Il picchiettare della vespa sul vetro si fa sempre più frenetico. Diventa un frastuono, e già immagino l'insetto che spacca il barattolo e mi punge sul collo e... Prendo un lungo respiro e mi obbligo a mantenere gli occhi sulla strada. Devo vedere il lato positivo: a furia di buttarsi contro le pareti del barattolo, la vespa si stordirà da sola. Sì, come no, credici, Vera.

In più, una volta a destinazione, dovrò anche scuotere il barattolo per cinque secondi. Come se la vespa non fosse già imbizzarrita e pronta a vendicarsi su di me per aver ordinato il suo rapimento. Dulcis in fundo, non posso aprire né i finestrini, né le portiere, e sono in maglietta e gonna corta. Sono fregata.

Un circoletto compare al termine della linea blu sulla mappa. Percorro l'ultimo tratto. Rallento e mi guardo intorno: sono in un parcheggio vuoto; crepe si diramano lungo l'asfalto, e tra le fenditure crescono le felci. Una recinzione di fil di ferro arrugginita cinge un campo da calcio in stato di abbandono.

Parcheggio l'auto a fianco della recinzione e scendo a prendere una boccata d'aria.

Mi volto verso il campo. Le zolle sono smosse, colonizzate dagli arbusti. In altri punti il terreno è fangoso e infossato. Le reti delle porte pendono sbrindellate, la muffa consuma pali e traverse. Le gradinate sono deturpate da graffiti orribili: facce grottesche, mani mozzate, teschi.

Non c'è in giro nessuno.

I tizi dell'app hanno scelto proprio un posticino romantico.

Poggio le dita sul fil di ferro. In realtà non mi dispiace, è uno scenario affascinante. Ma so perché si svolgerà qui la prova: non potrò chiedere aiuto. Persino i palazzi in lontananza paiono disabitati, le tapparelle polverose abbassate sulle finestre e l'intonaco che si sgretola lasciando chiazze marroncine sulle pareti che un tempo erano bianche.

Nel silenzio, un tuono esplode sopra di me.

Nuvoloni grigi si accavallano in cielo. Presto scoppierà un temporale e se anche qualcuno fosse a spasso da queste parti, si affretterà a cercare un riparo.

Sono sola.

Risalgo in macchina e sistemo il cellulare contro la leva del cambio, in modo che inquadri i sedili dietro. Mi metterò là durante la prova. Voglio avere una visione completa dell'abitacolo, così da sapere sempre dove si trova la vespa.

L'app non ha specificato quanto tempo ho per cercare di portare a termine la prova. Sono tentata di lasciar perdere e riprovarci un altro giorno. Ma da quando sono apparse le indicazioni del percorso, ho avuto la netta sensazione che, se rimandassi, il mio gesto sarebbe interpretato come una rinuncia, e i tizi dell'app non mi contatterebbero più.

Okay, basta tergiversare.

Distendo la mano verso il barattolo. La vespa si schiaccia contro il vetro, il ronzio è assordante.

Oggi non ci sarà Massimo a salvarmi, come l'ultima volta che una vespa mi ha assalita.

Stringo l'epipen nella mano libera. Le dita mi tremano. Sta per venirmi un attacco di panico, devo calmarmi, respirare piano. Piano. Chiudo gli occhi, inspiro, espiro.

Li riapro e la vespa è sparita.

Deglutisco. Il sudore mi cola lungo la tempia.

Ma il barattolo è intatto. L'insetto deve essersi appiattito sotto il tappo. Dovrò stare molto attenta quando lo svito.

Ho la pelle d'oca sulle braccia e sulle gambe esposte. Una puntura sulle gambe, magari all'altezza della caviglia, non sarebbe terribile, non andrei subito in shock. Peccato che l'app abbia specificato che dovevo intrappolare una vespa. Le vespe possono pungerti una, due, tre, quante volte vogliono; non come le api, che sacrificano la vita con il primo attacco lasciando il pungiglione nella carne della vittima. Con un'ape avrei potuto farmi pungere apposta sul ditone del piede, e dopo l'insetto sarebbe morto. Con la vespa una tattica del genere non funzionerebbe.

La vespa mi pungerà una prima volta. E dopo sarà ancora più imbestialita e mi pungerà ancora e ancora, e io andrò in shock prima di riuscire a iniettarmi l'epinefrina. Ho indossato il braccialetto che indica la mia allergia, nel caso dovessi svenire, ma in questo luogo desolato è inutile. Non c'è anima viva che possa assistermi.

Bene, sto per fare un'immensa stupidaggine. Ma non posso tirarmi indietro, devo aiutare Orfeo.

Avvio la registrazione e riprendo l'auto chiusa, i miei vestiti, e il barattolo con la vespa. Rimetto il cellulare al suo posto, appoggiato al cambio.

«Contenti?» dico, sporgendomi verso la telecamera. «Ho fatto tutto come mi avete detto.»

Chiudo le dita sul vetro freddo del barattolo. La vespa ha un sussulto e riprende il suo assalto alle pareti ricurve della prigione. Il ronzio mi trapana i timpani, il barattolo freme, e le vibrazioni mi danno l'impressione che le ali mi tocchino il palmo.

Trattengo un conato.

Devo resistere. Per Orfeo.

Premo il pollice sul tappo e scuoto il barattolo.

«Uno.» Conto ad alta voce, senza smettere di scuoterlo. «Due. Tre. Quattro.» La vespa si dimena come un'indemoniata, rimbalzando contro il vetro. Sembra impazzita. «Cinque.»

Scivolo sui sedili posteriori e ruoto il tappo. Prima di sollevarlo, allungo le braccia, per tenere il barattolo il più possibile lontano da me.

Levo il tappo, lascio cadere il barattolo, ritraggo di scatto le mani e afferro l'epipen.

Il barattolo piomba sul tappetino davanti al sedile del passeggero.

Rotola fuori dalla mia vista, sotto al sedile.

Il cuore mi rimbomba in gola.

Sono solo cinque minuti. Ce la posso fare.

Fisso lo schermo del cellulare. Il timer che indica la durata del video è bloccato. Le cifre non scorrono.

Nel silenzio conto fino a venti, mi ripeto la definizione dei principi della termodinamica.

Trascorre un secondo.

Cristo.

Una botta secca.

Sollevo gli occhi: la vespa è schizzata fuori da sotto il sedile e si è schiantata contro il tettuccio. Ci picchia ancora, e ancora, ronza sempre più forte e va a sbattere sul finestrino a destra, poi sfreccia verso di me.

Urlo e mi rannicchio con la schiena appiccicata alla portiera.

Il ronzio diventa furibondo. Mi sembra che arrivi da ogni direzione, come se ci fosse uno sciame di vespe. L'epipen minaccia di scivolarmi via dalle dita sudate, stringo l'autoiniettore fino a che la plastica non scricchiola.

Ho il fiato corto, e non capisco dov'è la vespa, è ovunque!

Okay, okay, quanto tempo è passato? Devo controllare, non voglio stare chiusa qui un istante più del necessario.

Mi arrischio a sbirciare tra i sedili.

Sono passati diciannove secondi.

Lo sconforto è un macigno che mi schiaccia.

Non ce la farò mai. E non intendo morire in un parcheggio abbandonato per colpa di una vespa.

Afferro la maniglia della portiera. Ma mi blocco.

Fuori, al di là della rete di fil di ferro, c'è un tizio. È alto, dev'essere un uomo. Se ne sta impalato ai margini del campo, le mani nelle tasche della felpa, il cappuccio calato sulla faccia. Il viso celato dalle ombre è rivolto nella mia direzione. Forse il tizio mi ha sentita gridare e si starà domandando che diavolo combino.

L'app è stata molto precisa con le istruzioni. Una vespa, non un'ape. Non devo fare questo, non devo fare quello.

Ma non ha parlato di altre persone.

Se il tizio mi dà una mano, se lui mi apre la portiera, io avrò superato la prova, senza infrangere alcuna regola.

«Aiuto!» strillo. Mi sbraccio, picchio i palmi sul finestrino. «Sono rimasta chiusa dentro, ho bisogno di aiuto. Per favore! Subito!»

L'uomo rimane immobile. È impossibile che non mi senta, che non si sia accorto di niente.

Urlo, e urlo, e accosto la faccia al finestrino. Dio santo, ho bisogno di aiuto!

Il ronzio della vespa si concentra in un punto preciso. L'insetto è alle mie spalle. Rimbalza nell'abitacolo, colpisce il volante, schizza intorno a me.

Batto i pugni sul vetro. Le dita mi fanno male, ma picchio ancora più forte.

«Aiuto! Vieni qui, apri la portiera!»

Il tizio si sporge verso la recinzione. Poco più in là, uno squarcio interrompe la trama del fil di ferro, basta che lui si chini e potrà passare. Batto di nuovo i pugni, ma che aspetta?

Lui si raddrizza. E si avvia. Ma nella direzione sbagliata!

«Ehi! Cosa fai?»

Il tizio cammina tranquillo, mi dà le spalle.

Raccolgo tutto il mio coraggio e mi tuffo in avanti, verso il volante. Premo il palmo sul clacson. Il suono stridulo rimbomba nel parcheggio vuoto.

Il tizio si ferma. Si volta nella mia direzione.

Mi lascio cadere sul sedile di guida.

«Aiutami!» urlo al finestrino. «Non andare via, aiutami!»

Il tizio tentenna, accenna a sfilare le mani dalle tasche.

Poi le riaffonda nella felpa, si gira e si allontana a passo svelto.

Non posso crederci.

Grido, ringhio per la frustrazione.

Il ronzio si fa vicinissimo.

La vespa atterra sul volante. Zampetta sulla gomma zigrinata. Le antenne minuscole fremono nervose, il pungiglione scuro che sbuca dal corpo cinto di strisce gialle e nere mi sembra minaccioso come uno stiletto avvelenato.

Sono pietrificata.

L'insetto balza via dal volante e si lancia verso la mia faccia. D'istinto lo respingo con una manata, e lui sbatte sul vetro del finestrino con un *toc* sordo. La vespa ronza stordita e cade giù, finisce sul mio ginocchio.

Scalcio, e picchio la coscia contro l'arco inferiore del volante.

La vespa schizza via, ronzando rabbiosa.

Io vorrei solo sparire, vorrei rimpicciolirmi fino a sparire.

Scivolo giù dal sedile, mi accartoccio sotto il cruscotto, dal lato del passeggero. Mi rannicchio più che posso sul tappetino.

Così però il cellulare non mi inquadra più. Accidenti!

Allungo la mano, artiglio lo smartphone e me lo tengo accanto. Sullo schermo intravedo il mio viso stravolto, gli occhi rossi e gonfi. Sono sul punto di piangere.

E ho già visto questo sguardo atterrito.

Era lo sguardo di Orfeo. Lui era in piedi sul letto, per sfuggire al ragno violino.

Non si è trattato di un incidente: è stato Orfeo a liberare il ragno nella propria camera. Era il suo primo passo per scoprire il significato nascosto della vita. Con la differenza che io e Beatrice l'abbiamo salvato. Oggi invece nessuno mi aiuterà.

Vera, rimani calma.

In ogni momento posso spalancare la portiera e rotolare fuori. Visualizzo i movimenti necessari. Ce la posso fare, appena la vespa si avvicina troppo, scappo e al diavolo l'app.

Tengo il cellulare accanto al viso, e nell'altra mano stritolo l'epipen. Prego che la vespa non mi attacchi. Prego che il tizio oltre la recinzione abbia un rimorso di coscienza e torni indietro. Prego che i cinque minuti finiscano.

Fatico a respirare, ho l'impressione che l'aria sia densa, e che non mi entri più nei polmoni. Fuori dai finestrini, la recinzione di fil di ferro, e il parcheggio, e il campo da calcio ondeggiano, come se fossero immersi nell'acqua. Sprofondo, annego, sto per svenire.

Chino il viso sullo smartphone.

Scoccano i cinque minuti.

Mollo l'epipen, sblocco la portiera e crollo sull'asfalto.

La vespa vola sopra di me, e ronza via. Diventa un puntino sempre più piccolo sullo sfondo del cielo grigio.

Mi tiro su seduta sull'asfalto, il respiro ancora affannoso. Sono in un bagno di sudore, e mi sono sbucciata le ginocchia cadendo dall'auto. Ma poteva finire molto peggio. E soprattutto ci sono riuscita: ho superato la prova.

Strizzo gli occhi, metto a fuoco il paesaggio. Ho l'impressione che siano trascorsi secoli. Orfeo mi paragonerebbe a un'astronauta che abbia viaggiato al limite della velocità della luce: per un naufrago delle stelle cinque minuti sono l'equivalente di anni e anni sulla Terra.

Sono tornata sulla Terra dopo secoli, e sono sola. La specie umana si è estinta.

È una sensazione nettissima, che mi fa rabbrividire per l'inquietudine.

Devo scacciare questi pensieri. A mali estremi... Interrompo la registrazione del video e apro l'app di Facebook. Il display sfavilla di gattini all'inseguimento della propria coda, e di post di sessantenni che augurano chi il buongiorno e chi la buonanotte – alle tre del pomeriggio – e Katia, eravamo amiche ai tempi delle medie, ha trovato lavoro come barista, mentre Nicoletta si lagna dell'aumento dei biglietti degli autobus a Firenze.

Tiro un sospiro di sollievo.

Non sono al crepuscolo della Terra, sono nel mio mondo.

Un mondo di gente bravissima a fare la moralista su Internet, ma che quando si tratta di aiutare le persone in difficoltà si volta dall'altra parte. E parlo con te, tizio con la felpa e il cappuccio. Spero che ti morda uno scorpione!

Quando quell'uomo si è rifiutato di aiutarmi, mi sono sentita abbandonata.

E forse era proprio questo che l'app voleva che provassi. E forse è quello che prova Orfeo.

In ogni caso, ho appurato che sono mesi che lui esegue gli ordini dell'app. Non può essere una coincidenza: più cerca questo enigmatico significato della vita, più il suo umore si fa tetro. Dovrò stare attenta se intendo proseguire sulla stessa strada.

Ma di certo non mi tirerò indietro. Non farò come l'incappucciato: io, Orfeo, lo aiuterò.

14

Dentro una nebulosa avviene una lotta furibonda tra la forza gravitazionale e la pressione termica. Le interazioni diventano litigi, scontri, fino al collasso dei gas e alla nascita di una nuova stella.

Il boato della cascata si affievolisce. Non è più il frastuono di un fiume in piena che si getta nel vuoto e si infrange sulle rocce, è il fruscio dell'acqua che zampilla dal soffione di una doccia e colpisce le piastrelle.

Ne deduco che ho finito di sognare.

Mi stiracchio con gli occhi ancora chiusi, li riapro piano, e mi levo il lenzuolo dalla faccia.

Sì, dal bagno viene il rumore dell'acqua che scorre nella doccia. Qualcuno si sta lavando, qualcuno che ha passato la notte in camera mia e che avrebbe dovuto andarsene da un pezzo!

«Massimo!»

Scalcio via il lenzuolo e mi scopro. Rabbrividisco. Ieri ho dormito in biancheria perché tanto c'era lui a scaldarmi con il suo corpo, ma adesso ho freddo. Mi sporgo ad acchiappare i pantaloni del pigiama, rimasti drappeggiati sullo schienale della sedia.

Me li infilo e mi volto verso la porta aperta del bagno.

«Massimo, razza di bugiardo!» sbraito. «Se lì dentro non c'è Beatrice che ha imparato a farsi la doccia, se ci sei tu, giuro che...»

Sposto la mano alla cieca sul comodino alle mie spalle, e recupero gli occhiali e il cellulare.

«Ma sono le dieci e mezza! Massimo, sono le dieci e mezza! Il dormitorio sarà pieno di gente, dovevi andartene stamattina presto!»

«Hai dormito bene, cucciola?» Il viso da spaccone di Massimo sbuca dal bagno. La fossetta incisa nel mento lo fa somigliare al giovane John Travolta di *Grease*. «Non ti ho svegliata perché tanto ho deciso di partire dopo pranzo.»

Mi sorride, una fila di denti bianchi e perfetti tra le labbra piene.

«Stai scherzando, vero?»

Sono allibita di fronte a tanta supponenza!

La faccia di Massimo sparisce dal vano della porta. I suoi passi risuonano sul pavimento del bagno. Il rumore dell'acqua si spegne. Altri passi.

Massimo esce dal bagno. È a petto nudo, e indossa solo un paio di boxer bianchi con una fascia scura sui fianchi. I capelli biondi umidi e scompigliati gli incorniciano il volto. Aveva i capelli così in disordine anche quella mattina di un anno fa, quando sono piombata a casa sua pronta a scuoiarlo vivo per aver trattato male mia sorella. Peccato che la faccenda fosse più incasinata di quanto sospettassi. L'ho accusato senza motivo, e da quel battibecco è nata la nostra storia travagliata.

Quando stava con Celeste, il loro era un rapporto molto meno movimentato. Forse stava meglio con lei. Al pensiero, provo una punta di gelosia. D'altra parte Celeste è la principessa della famiglia, io invece sono Morticia – nei giorni buoni – oppure una Signora dei Sith.

Massimo aggancia l'elastico delle mutande e lo tende per farlo schioccare. «Dovevo farmi una doccia, o mi sarebbe rimasto addosso il sudore di questa notte. Invece ora sono bello fresco, mio adoratissimo pasticcino alla crema.»

Gli piace atteggiarsi da smargiasso solo perché non posso prenderlo di peso e sbatterlo fuori. Ma quel viso da sbruffone glielo riempio di sberle. O di baci, come facevo solo poche ore fa.

Smonto giù dal letto e fronteggio il mio fidanzato. Da quando si dedica a tempo pieno alla pallanuoto, è diventato ancora più muscoloso. Ma non mi farò intimorire da un paio di bicipiti gonfi.

Premo l'indice sul petto di Massimo. «Tu devi pregare in cinese che nessuno ti veda mentre esci di qua oppure ti garantisco che...»

Lui mi afferra il dito e se lo porta alle labbra. Le chiude sul polpastrello. Mi succhia la punta dell'indice, gli occhi castani fissi nei miei.

«E non fare gli occhioni.» Deglutisco. «Non fare quei dannati occhioni per intenerirmi.»

«Veramente speravo di impressionarti con i miei pettorali.»

Strattono via l'indice. Artiglio i suoi jeans, afflosciati sulla scrivania, e glieli schiaffo sul torace nudo.

«Rivestiti.»

«Ma perché?» Massimo mi lancia un'occhiata delle sue, e appena accenno ad abbassare il viso, me lo solleva prendendomi per il mento. «Altrimenti ti viene voglia di passare tutto il giorno a letto con me, e non studi più?»

«Mi viene voglia di rifilarti un calcio per calmarti i bollenti spiriti. Siamo stati insieme tutta la notte. È il momento di salutarsi.»

Lascio andare i pantaloni, e Massimo li afferra prima che caschino. La fibbia della cintura tintinna.

«Non è colpa mia se ci vediamo sì e no una volta al mese.» Il mio ragazzo allunga la mano libera dietro di me e mi strizza il sedere. «E stanotte non mi sembravi dispiaciuta di rotolarti nel letto con il capitano della tua squadra di pallanuoto preferita.»

Il solito vanitoso. Quando stava insieme a Celeste, detestavo questo suo lato. Ma, conoscendolo meglio, ho scoperto che è una persona intelligente e sensibile, e oggi i suoi comportamenti da narciso mi fanno sorridere.

Però non posso lasciarmi impietosire: un conto è Beatrice, un conto è portarsi ragazzi estranei in camera. Se qualche spione riferisce al rettore, mi buttano fuori dal dormitorio di sicuro.

«Stanotte è stato bello» dico. «Ma se ti beccano qui nel dormitorio femminile, e tra l'altro...»

«... tra l'altro non sono neanche uno studente di questa università» conclude Massimo per me. «Se mi beccano cosa mi faranno? Mi tirano addosso l'olio bollente? Mi bruciano vivo?»

«A te non faranno niente, a me invece mi prender...»

«Sì, sì, okay, lo so già, sono mesi che me lo ripeti.»

Sul viso di Massimo affiora un'espressione scocciata. Passare la notte con lui dopo tanti giorni è stato emozionante. Un'esperienza intensa, come tornare a casa dopo un lungo distacco. Mi sono ricordata il motivo per cui l'estate scorsa trascorrevo tutti i pomeriggi da lui, a baciarci a mollo in piscina, e a baciarci stesi a bordo piscina, fino a che non sentivo ronzii sospetti e per timore delle vespe mi rituffavo nell'acqua con lui. E ci baciavamo di nuovo.

«Va bene, non insisto.» Lui si infila i pantaloni, si gira tirandoseli su sui fianchi. Non aspetto che li allacci, lo abbraccio da dietro, gli poso un bacio sulla schiena ampia.

«Anche tu mi sei mancato tanto questo mese.»

Inspiro il profumo di Massimo. Un sentore di cloro e di sudore che gli si appiccica addosso, come se le docce non bastassero mai a lavare via le fatiche del nuoto.

«Perché non vuoi che rimanga un altro po'?» mi chiede.

Percepisco le vibrazioni lungo il petto mentre parla con la sua voce profonda. Il tono non è infastidito, è deluso.

Massimo si scioglie dal mio abbraccio. «Ormai succede ogni fine settimana che ci vediamo. Passiamo la notte insieme, e la mattina mi cacci via.» Si lascia cadere con il sedere sulle lenzuola sfatte. «Mi tratti come un cane.»

Insinuo le dita tra i suoi capelli folti, gli carezzo la guancia.

Massimo mi spia di sottecchi. «Be', quando me lo fai conoscere?»

Rimango interdetta. «Ma chi?»

«Quel tipo che ti viene dietro. Quell'Orfeo.»

E dal tono capisco che siamo passati dalla delusione alla rabbia, un cambiamento che non mi piace per niente. Sarà meglio che Massimo e Orfeo non si incontrino mai.

«Se capita te lo farò conoscere» dico. «Ma qui non abbiamo molto tempo libero, gli esami sono difficili, ed è obbligatorio frequentare le lezioni.»

«Ci sono lezioni anche la *domenica*?»

«No, però nessuno spreca la giornata. Si va in biblioteca a studiare. Come dovrei fare anch'io.»

«Sono tutte scuse. Voglio conoscerlo, questo Orfeo.»

«Credimi, anch'io lo vedo poco.»

«Sarà.» Massimo mi prende la mano, me la massaggia alla base delle dita con il pollice. «Secondo me ha la coscienza sporca, per quello mi evita.»

L'insinuazione mi punge sul vivo, e ritraggo la mano. «Piantala» dico. E la voce mi esce più dura di quanto vorrei.

Massimo fa per ribattere, ma bussano alla porta.

Chi diavolo è la domenica mattina?

Il mio ragazzo scatta in piedi, mi scansa e va ad aprire.

Che razza di modi!

Si dev'essere convinto che in corridoio ci sia Orfeo. E spero tanto che non sia così, o finisce a botte.

Massimo raddrizza le spalle, e spalanca la porta.

«C-ciao.» Da dietro Massi spunta il visetto di Zoélie. «C-c'è Vera in camera, per caso?»

Do uno spintone al mio ragazzo e lo sostituisco sull'uscio.

Zoélie è in tuta da jogging e scarpe da ginnastica, i capelli rossi legati in una coda di cavallo. Mannaggia, me ne sono scordata! Le avevo promesso che questa domenica saremmo andate a correre insieme. Lei deve allenarsi per le Universiadi, e a me era preso lo sghiribizzo di tenermi un po' in forma con della sana attività sportiva.

Zoélie mi squadra da capo a piedi. Io sono in pantaloni del pigiama e reggiseno, ho i capelli arruffati ed è chiaro che mi sono appena svegliata.

«Mi spiace» mormoro. «Sono mortificata. Non mi sono segnata che dovevamo andare a correre e l'ho dimenticato. Vorrei sotterrarmi.»

«Non... non importa.» Zoélie mi rivolge un sorriso timido. «Davvero, capisco che hai di meglio da fare. Organizziamo per un'altra volta.»

I suoi occhi salgono al volto di Massimo, impalato di fianco a me. Lui ha recuperato dalla tasca dei jeans lo smartphone e controlla le notifiche con aria indifferente – tipico di Massi fregarsene delle presentazioni.

Zoélie piega le labbra all'ingiù. C'è rimasta male che ho scordato il nostro appuntamento. E sembra contrariata dalla presenza di Massimo. Non lo guarda con interesse, come fanno le altre ragazze, è più... invidia? Possibile?

Tra l'umore pessimo di Orfeo e l'app maledetta, in questi

giorni ho una gran confusione in testa e non sono più sicura di niente.

«Se vuoi possiamo andare questo pomeriggio» dico a Zoélie. «Mi sento uno schifo per essermi dimenticata. Ti andrebbe?»

«Volentieri.»

«Allora appena mi libero di questo qui» accenno con il mento a Massi «ti scrivo.»

Zoélie annuisce, e scocca un'ultima occhiata non proprio gentile al mio fidanzato. Se ne va senza salutare. Mi sa che l'ho davvero delusa, ma spero di aver rimediato almeno in parte proponendole di vederci questo pomeriggio.

Mi impegnerò tantissimo! Correrò come una disperata per tenere il suo ritmo e alla fine le offrirò il tè e una fetta di torta.

Zoélie sparisce in fondo al corridoio. Cammina con le spalle basse. Accidenti...

«Da quando a quelli fighi piace scoparsi le emo?»

La voce di Astrid mi fa rizzare i peletti sulla nuca, ha lo stesso effetto dello stridere delle unghie sulla lavagna. Me la ritrovo davanti, i capelli biondi che scendono a lambire la generosa scollatura della camicetta rosa. Puzza di balsamo alla frutta, un odoraccio che mi fa arricciare il naso.

Gli occhi azzurri dell'arpia si piantano sul mio fidanzato.

Ma guarda tu questa! «Vedi di scodinzolare da un'altra parte.» Le mostro il dito medio. «Lui è già impegnato. Con me.»

Le sbatto la porta sul muso prima che ribatta. Mi appoggio con la schiena al battente e tiro un sospiro di sollievo.

Massimo scoppia a ridere. «A quanto pare non sono l'unico geloso.»

Ah, con Zoélie faceva l'imperturbabile, ma se si fa viva la bionda rizza le antenne.

«L'ho cacciata via per il tuo bene» gli spiego. «Te ne ho già parlato di Astrid. Ed è meglio perderla che trovarla, te lo garantisco.»

Massimo mi lancia un'occhiata maliziosa. «Però è carina. Molto carina.»

«Smettila. Ultimo avvertimento. Altrimenti dovrò cavarti gli occhi.»

«Okay, okay!»

Ma dubito mollerà l'osso tanto presto. Gongola nello scoprire che, anche se faccio la sostenuta, tengo a lui nello stesso modo morboso in cui lui tiene a me.

«Lo sai che sei arrossita?» commenta.

Davvero? Mi volto verso la finestra, per non guardarlo in faccia. «Forza, finisci di vestirti. Poi andiamo a pranzo in un posto carino giù in città. Così puoi fantasticare che la tua fidanzata ti vuole bene anche se sei un cretino.»

«Mi vuole solo bene?»

«Sì, solo bene. Perché guardi le bionde, e non meriti l'amore di nessuno.»

Massimo sghignazza e si siede sulla sponda del letto per mettersi i calzini e le scarpe. «Ma dov'è la maglietta?» borbotta. Scuote le lenzuola, spia sotto i cuscini. «Non la trovo da nessuna parte.»

Sospiro. «Dai un'occhiata nel cassetto lì in basso nell'armadio. Dovrebbe esserci quella che hai dimenticato qui il mese scorso. L'ho fatta lavare e stirare.»

E, se dobbiamo uscire, conviene che cominci a vestirmi anch'io. Non che abbia chissà quale scelta di outfit dopo le razzie di Astrid. Che le venga un ictus!

Massimo si scolla dal letto e apre il cassetto che gli ho indicato.

Infila le dita tra la mia biancheria. «Ma dov'è di preciso?»

Oh, no! No, no, no!

«Attento!»

Uno scatto secco. Massimo estrae di colpo la mano dal cassetto, la solleva di fronte al viso, gli occhi sgranati. Ma per fortuna la trappola l'ha mancato. Lui la raccoglie tenendola tra pollice e indice.

«Ma che diamine è?»

«Una trappola per topi.»

Massimo la rimette con delicatezza nel cassetto. «Ma... non ce ne sono di topi.»

«Sì, invece. Topi d'appartamento come Astrid e socie. Però, guarda caso, da quando ho sistemato le trappole, non mi hanno più rubato niente. Per me un'amichetta della blatta bionda si è rotta le dita uno di questi giorni, e non si è fatta vedere in giro per non darmi soddisfazione.»

«Sei matta.» Massimo sbuffa e richiude il cassetto di botto. «Sei matta a lasciare in giro affari del genere.»

«Oltre a tenere a bada i topi, sono utili anche per difendermi dai pervertiti che frugano tra la mia biancheria.»

«Sei una psicopatica.»

Raggiungo Massi e incrocio le braccia dietro la sua schiena, lo stringo a me. Gli schiocco un bacio sulle labbra. «Pensavo che te ne fossi accorto prima di metterti con me.»

Lui risponde al mio bacio. Mi abbraccia a sua volta, e mi spinge indietro. I miei polpacci incocciano con il bordo del letto e cado sulle lenzuola, con Massimo su di me, la sua lingua nella mia bocca.

Mi sa che salteremo il pranzo.

15

Le due stelle in un sistema binario orbitano così vicine l'una all'altra che, osservate dalla Terra, spesso sembrano un unico astro.

Beatrice si siede sul davanzale della finestra in camera di Orfeo e si avvolge la coda intorno alle zampe. La sagoma scura si staglia sullo sfondo della volta celeste, e in questa posa somiglia tantissimo a Luna, la gattina parlante di Sailor Moon.

Per salire sul davanzale, Beatrice si arrampicava lungo il tubo del telescopio, sfiorando la lente con le sue unghie affilate – lo faceva apposta per infastidirmi, anche se Orfeo si è sempre fidato di lei e del tocco delicato delle sue zampine, e non l'ha mai sgridata. Ma il telescopio non c'è più, e il piccolo demonio nero, per raggiungere il suo belvedere, è balzato dal comodino.

Il telescopio rotto l'ho risistemato sotto il letto. Orfeo non ne ha parlato, è come se l'arnese non fosse mai esistito. Ci trascorreva le ore, il viso appiccicato all'oculare, e adesso non sembra importargliene più.

Orfeo fissa il monitor del computer, collocato sulla scrivania. Nel buio della stanza, il baluginio dello schermo crea un caleidoscopio di schegge azzurrine sul suo corpo, sdraiato sul letto. Orfeo tiene la schiena contro il muro, una gamba distesa e l'altra piegata verso di sé. Io sono seduta sul copriletto di fianco a lui, le gambe incrociate, la schiena dritta. Siamo vicini, ma non ci sfioriamo neppure.

In questo siamo affini: non apprezziamo il contatto fisico superfluo. A Orfeo piace avere i suoi spazi: per dire, quando studia all'aperto, sulle panchine nel giardino davanti alla facoltà, se un compagno di corso gli si accomoda accanto, lui se ne va. Se è concentrato in un'attività che lo impegna, non vuole gente intorno.

Tutto il contrario di Massimo, che adora i bagni di folla, ed è uno di quelli che più siamo, meglio è. Orfeo non ha account su alcun social, mentre Massimo trascorre la buona parte del tempo libero a postare foto su Instagram e a rispondere ai commenti dei fan.

Tra Orfeo e Massimo c'è la stessa differenza che passa tra me e la mia gemella Celeste. Da un lato cinismo, sarcasmo, oscurità, dall'altro buonumore, generosità, luce. Ma io e Orfeo abbiamo anche un'altra caratteristica di cui sono orgogliosa: la curiosità, il desiderio di conoscenza.

Per questo mi ha turbata il suo gesto di rompere il telescopio.

Basta, dovrei smetterla con questi ragionamenti del cavolo, e concentrarmi sul film. Sia mai che Orfeo ne voglia discutere. Finora ha seguito in silenzio. Forse anche lui è distratto, oppure si è appassionato.

Peccato che io non mi ricordi neanche il titolo del film!

Sbircio la custodia del dvd, aperta sulla scrivania. Ah, sì, *Gattaca*. Era da parecchio che volevo vederlo, avevo letto delle ottime recensioni. L'avevo proposto tempo fa, e Orfeo si è procurato il dvd.

Un buon segno, giusto?

Spio il viso del mio amico. A ogni cambio di scena, chiazze colorate si rincorrono sulla sua faccia impassibile. Ho paura che di *Gattaca* non gli importi un tubo. Se mi alzassi e spegnessi il monitor, scommetto che Orfeo rimarrebbe lì con la stessa espressione incupita, perso in chissà quali considerazioni apocalittiche.

Non so più come comportarmi. Anche durante questa settimana l'ho visto chiuso in se stesso, abulico, svogliato. Dalla sera della festa a stento ci siamo scambiati i saluti. Oggi, dopo cena, sono passata da lui per vedere se stava bene. Mi ha invitata a vedere il film, ma entusiasmo zero.

Attiro le ginocchia al petto e ci appoggio sopra il mento, abbracciandole.

Orfeo tace, e anche l'app misteriosa non mi ha mandato altri messaggi. Inizio a sospettare di aver sbagliato qualcosa nell'inviare il filmato, o che i tizi dell'app non siano rimasti soddisfatti. Forse mi hanno già esclusa dal gioco. Ormai sono trascorsi giorni.

«Sei pensierosa.» Mi volto, gli occhi neri di Orfeo sono puntati su di me. «Anche più del solito.»

Scuoto la testa. «Non è niente.»

«Sembri me.»

Abbozzo un mezzo sorriso. E lui ricambia stirando le labbra. È dalla festa che non lo vedo più sorridere.

«In effetti sono un po' in ansia» dico. Abbasso lo sguardo sui miei calzini, decorati con il muso incartapecorito del Maestro Yoda. «Sono preoccupata per un amico.»

«Non devi preoccuparti per me.»

«Ma...»

Orfeo si sporge verso di me, il suo viso a un palmo dal mio. Trattengo il respiro. C-come mai questa improvvisa vicinanza?

Lui mi piazza la mano sulla testa, come se fossimo in un cartone animato giapponese. «Tu sei rimasta l'unica che riesce ancora a farmi star bene. Ma se ti vedo inquieta, mi abbandono ai brutti pensieri.» Mi scompiglia i capelli. «Siamo come due stelle in un sistema binario. Le nostre orbite si influenzano a vicenda.»

Ha parlato con un tono serio, e io ho le guance che mi scottano. Sarò arrossita fino alla radice dei capelli. Non ce la faccio a rispondere, e mi limito ad annuire.

Orfeo inclina il viso, studia la mia espressione con l'intensità che riserva alle cartine astronomiche. Soddisfatto, sfila via le dita dai miei capelli e si risistema per guardare il film. La mano che mi ha carezzata, quella con le unghie smaltate di nero, torna ad adagiarsi pigra sul suo ginocchio.

Orfeo ha l'aria tranquilla, come se non fosse successo niente. Ma io ho il cuore in gola, le labbra secche, e non so che mi prende. Un gesto tanto tenero non è da Orfeo. Lui è sempre posato, cerebrale. Ma stasera si è sciolto, persino il suo tono di voce era più morbido del solito. Era il tono di chi si rivolge a una persona per cui prova sentimenti sinceri, una persona a cui tiene davvero.

Per esempio una sorellina minore.

Tu sei rimasta l'unica che riesce ancora a farmi star bene. Sono commossa. Non credevo di essere così importante per lui. Anzi, negli ultimi tempi mi ero convinta del contrario. Ma perché dirmi certe frasi oggi? È per colpa di Massimo? Orfeo è geloso che sia stata tutto il giorno con il mio fidanzato?

Ne dubito. D'accordo, io e Orfeo siamo buoni amici, ma niente di più. Giusto?

Però anche l'altra sera, alla festa, appena ha sentito la voce di Massi attraverso il cellulare, si è alzato per andare via... come se gli dispiacesse.

Basta, basta, basta rigirarsi in testa idee balzane! Dev'essere la stanchezza che mi ottenebra la mente. E sì che alla fine non sono neanche andata a correre con Zoélie. Lei ha rifiutato, accampando la scusa che era indietro con lo studio. Doveva essere ancora risentita per stamattina. Il che è bizzarro: okay, sarò anche la tua unica alleata qui in università, ma non sei più una bambina, mi sembra un tantino esagerato mettere il broncio per un appuntamento mancato.

Sospiro. Oggi si comportano tutti in modo strano.

Ma, nel caso di Orfeo, forse posso approfittarne.

«Magari una di queste sere potremmo tornare all'osservatorio in rovina» dico. «Ti era piaciuto un sacco, e anch'io ci torno volentieri.»

«Non so.»

«Se andiamo in moto, possiamo salire su senza dover scarpinare a piedi nel bosco.»

Orfeo fa cenno di sì, ma in maniera poco convinta. Non capisco se è d'accordo sul fatto che la moto ci sarà utile, o se in effetti vuole tornare con me all'osservatorio.

«Potremmo osservare le stelle» propongo. «La posizione è ottima e hai promesso che mi avresti indicato la costellazione del Cigno.»

«È troppo presto, non credo sia visibile. Dobbiamo aspettare l'estate.»

«Peccato.»

Mi è venuta la curiosità di individuare la costellazione del Cigno dopo che Celeste mi ha inviato questo haiku dal Giappone:

piega il collo
le stelle si scontrano
il Cigno beve

Ne sono rimasta affascinata. È raro per mia sorella dedicarsi a temi così *vasti* nelle sue poesie.

Sbircio Orfeo: lui ha abbassato il viso, scruta un punto sul letto, i capelli neri che gli velano gli occhi.

«Allora indicami altre stelle» insisto. «L'altra settimana accennavi a Sirio.»

«Uhm...» borbotta. «D'accordo, andiamoci.»

Giuro, devo aver sentito male! Davvero ha acconsentito? Non posso crederci! La nostra prima gita all'osservatorio è stata fantastica: dopo aver esplorato la cupola abbandonata, Orfeo mi ha parlato delle costellazioni e del cielo notturno, e ho adorato la sua lezione estemporanea di astronomia.

«Sul serio ti va?» gli chiedo. «Io ne sarei felicissima.»

Orfeo annuisce convinto. «Però i prossimi giorni avrò molto da studiare. Magari ci accordiamo per il weekend?»

«Sì!»

Vorrei abbracciarlo dalla contentezza!

Ma il cellulare trilla e la gioia mi si congela nelle viscere. E meno male che ho cambiato le notifiche sonore di default dell'app maledetta, o adesso anche Orfeo saprebbe che ho ricevuto un messaggio da *Il significato nascosto della vita*.

Orfeo mi guarda, guarda la tasca della felpa dove tengo lo smartphone. Purtroppo non è da me ignorare le notifiche: ne ricevo così poche, che se capitano devono essere importanti. Stiracchio un sorriso e controllo.

Sul solito sfondo scuro uniforme, parole bianche:

CIAO, VERA.
ABBIAMO ESAMINATO IL FILMATO CHE HAI INVIATO. SIAMO COMPIACIUTI CHE TU TI SIA INCAMMINATA CON QUESTO PIGLIO SULLA STRADA CHE PORTA AL SIGNIFICATO NASCOSTO DELLA VITA. APPENA TI SENTIRAI PRONTA, SAREMO FELICI DI AIUTARTI A PROSEGUIRE.

TI BASTERÀ CLICCARE SU QUESTO MESSAGGIO, E ASPETTARE.
QUANDO SARÀ IL MOMENTO – POTREBBE ESSERE DOMANI, TRA UNA SETTIMANA, O TRA UN MESE – TI INVIEREMO LE SPECIFICHE PER IL PROSSIMO ESPERIMENTO SOCIALE. PERCHÉ DI ESPERIMENTI SI TRATTA. E, COME BEN SAI, È CON GLI ESPERIMENTI CHE SI PROVANO LE TEORIE. MA DI QUALE TEORIA CERCHIAMO LA DIMOSTRAZIONE?
STA A TE SCOPRIRLO, AL TERMINE DEL PERCORSO.

Questo è un grosso, grosso problema. I tizi dell'app si prendono il loro tempo, e potrei ricevere i dettagli della mia seconda prova domani come tra un mese. Se ognuno riceve le prove a scadenze imprevedibili, che speranze ho di raggiungere Orfeo? Non so neanche quante ne abbia già affrontate, a parte quella del ragno.

Accidenti! Mi devo augurare che lui non sia tanto ansioso di proseguire spedito per questa strada balorda, e che i gestori dell'app non gli mettano fretta. Mentre io cercherò di sbrigarmi più che posso.

Non aspetto un istante di più e clicco sul messaggio.

Le parole svaniscono e l'app si chiude. Incrociamo le dita, e speriamo che questi dannati tizi siano svelti. E speriamo che Orfeo non abbia riconosciuto lo sfondo nero dell'app.

Mi volto appena, ma lui si è disinteressato, e anzi, è chino sul suo smartphone. Intravedo caratteri candidi su sfondo scuro. Santo cielo.

«C-con chi ti scrivi?» gli chiedo.

«Con nessuno. Rileggevo un messaggio di Andrea.»

Orfeo mi ha risposto con tono indifferente. E se non avessi colto lo sfondo scuro dell'app misteriosa, non avrei avuto motivo di dubitare di lui.

«Tu invece?» chiede, a sorpresa.

Mi stringo nelle spalle. «Niente, era solo Massimo che voleva sapere che sto facendo stasera.»

«Ho capito» dice Orfeo, laconico.

Da come pronuncia la frase, intuisco che anche lui si è reso conto che ho mentito. Ci siamo raccontati balle a vicenda. La considerazione mi rattrista. Fino a poche settimane fa avrei giurato che c'era complicità tra noi. Ma si è sollevato un ponte levatoio a separarci e non sembra un'impresa semplice riabbassarlo.

Mi sento sola. Sono sola. Come nel parcheggio vuoto.

Orfeo mi fa tornare in mente l'incappucciato al di là della recinzione: lui era vicino, ma lo stesso era come se ci fosse un muro tra noi. È inutile starmi accanto se la tua mente è lontana. Se non te ne frega niente di aiutarmi, o se non ti fai problemi a rifilarmi menzogne.

Sono a disagio. Sono a disagio in camera con Orfeo sapendo che non mi ha detto la verità. E sapendo che io non l'ho detta a lui. Non mi va di fingere che siamo in confidenza, quando in realtà non lo siamo.

Mi sposto a sedere sulla sponda del letto per mettermi le scarpe. «Devo andare.»

Orfeo non mi chiede spiegazioni.

Mi tiro su in piedi. «Ci vediamo domani. Buonanotte.»

Lui mi tocca le dita. Me le stringe. «Rimani qui stasera. Per favore.»

Volto il capo e fisso i suoi occhi scuri. «Io non...»

«Mangiamo i Mooncake e guardiamo film finché non crolliamo per il sonno e ci addormentiamo tutti storti nel letto.»

Tra poco scatta il coprifuoco e anche se è già capitato che rientrassi all'ala femminile dopo l'orario previsto, ogni volta è un rischio.

La mano di Orfeo si chiude sulla mia. «Non ti preoccupare.»

In effetti, se non hanno espulso lui dopo che ha trasformato il refettorio nella palude di *Jumanji*, dubito saranno severi con la sottoscritta. E in ogni caso non potrei mai rifiutare una richiesta del genere da parte di Orfeo. È la prima volta che dice di aver bisogno della mia compagnia, e non sono sicura che sia una svolta positiva.

Indago l'espressione sul suo viso. Di nuovo mi viene in mente l'incappucciato. Solo che questa volta sono io il personaggio dietro la recinzione, e Orfeo è il disperato che implora aiuto.

«Va bene» dico. «Non sono una fan sfegatata dei Mooncake, ma mi accontento.»

Orfeo mi tira a sé, e io mi lascio cadere sul letto. Mi accomodo nella stessa posizione di prima, e riprendiamo a guardare *Gattaca*.

16

Per un astronauta impegnato in una passeggiata nello spazio, fuori dalla sua navicella, anche una banale nausea può essere fatale. Se rimettesse, in assenza di gravità, rischierebbe di soffocare.

Intreccio le dita sullo stomaco dolorante – lo sapevo che ingozzarmi di Mooncake in piena notte avrebbe risvegliato la gastrite – e sposto la testa da una parte all'altra sul cuscino, in cerca di una posizione comoda. Ma non ce ne sono, il torcicollo mi tormenta: a stare seduta a guardare film per ore mi si è incriccata la spina dorsale.

Sono rientrata in camera mia che erano le cinque del mattino e già filtrava dalla finestra la luce grigia che precede l'alba. Nella stanza regnava un'atmosfera plumbea che mi è rimasta appiccicata addosso, come se mi fossi immersa nel fiume delle anime perdute.

Almeno Orfeo si è addormentato. C'è voluto l'ultimo – noiosissimo – film di *Star Trek*, ma alla fine ha abbassato le palpebre e il respiro è diventato lento e regolare. E lui l'aveva predetto: ha iniziato a ronfare sdraiato tutto storto; io gli ho steso le gambe e gli ho sistemato il cuscino sotto la nuca. E gli ho spazzolato via dalle labbra le briciole al cacao dei Mooncake.

Sospiro rivolta al soffitto che schiarisce. Ormai sta sorgendo il sole, tanto vale che rimanga sveglia. Mi imbottirò di caffè e resisterò fino al termine delle lezioni. Sì, devo tenere duro e poi potrò crollare dopo pranzo. E spero che i tizi dell'app si facciano vivi il prima possibile.

Il cellulare trilla.

Abbozzo un sorriso: attenta a quello che desideri, potrebbe avverarsi.

Mi stropiccio gli occhi assonnati e metto a fuoco lo schermo.

CIAO, VERA.

PER TE IL PERCORSO ALLA RICERCA DEL SIGNIFICATO NASCOSTO DELLA VITA PROSEGUE SUBITO. NE SEI ENTUSIASTA? SCOMMETTIAMO DI SÌ.

UN NOTO PROVERBIO LATINO RECITA: IN VINO VERITAS. E DA SEMPRE MISTICI E SCIAMANI HANNO UTILIZZATO SOSTANZE PSICOTROPE PER RENDERE PIÙ ACUTA LA LORO PERCEZIONE DELLA REALTÀ, O PER GUARDARE OLTRE LA REALTÀ STESSA. FORSE IL SIGNIFICATO DELLA VITA NON LO SI PUÒ COGLIERE SE NON SI È NEL GIUSTO STATO MENTALE. LO SCOPRIRAI.

PER QUESTO SECONDO ESPERIMENTO SOCIALE, AVRAI BISOGNO DI UNA BOTTIGLIA DI RUM. PRENDILO DI UNA BUONA MARCA. È UN CONSIGLIO AMICHEVOLE: SAPPIAMO CHE HAI PROBLEMI DI REFLUSSO, E NON VOGLIAMO CHE TU STIA MALE SENZA RAGIONE.

COMPRA IL RUM IN UN BAR QUESTA MATTINA STESSA, PERCHÉ L'ESPERIMENTO COMINCERÀ ALLE OTTO IN PUNTO E TERMINERÀ ALLE DODICI. PUOI TENERE LA BOTTIGLIA, O VERSARE IL RUM IN UN CONTENITORE MENO APPARISCENTE, VISTO CHE DOVRAI FREQUENTARE LE LEZIONI COME SE FOSSE UN GIORNO QUALUNQUE.

TI MANDEREMO DELLE NOTIFICHE. OGNI VOLTA CHE LE SENTIRAI DOVRAI BERE UN SORSO. ENTRO LE DODICI DOVRAI AVER BEVUTO L'INTERA BOTTIGLIA. NON FARE FINTA DI BERE, NON LASCIARE TUTTO IL RUM PER GLI UL-

TIMI SORSI. BEVI IN MODO COSTANTE. ANCHE SE DOVRAI FILMARTI CON IL CELLULARE PER L'INTERA DURATA DELLA PROVA, SAPPIAMO CHE POTRESTI ESCOGITARE MILLE MODI DI BARARE.
NON FARLO!
CI BASTERÀ IL SOSPETTO PER TERMINARE IL NOSTRO COINVOLGIMENTO CON TE. CERCARE IL SIGNIFICATO NASCOSTO DELLA VITA È SOLO PER PERSONE CHE SI IMPEGNANO CON SERIETÀ NELL'IMPRESA.
DOPO LE DODICI, INVIACI IL VIDEO CHE AVRAI REGISTRATO. PER FARLO, TI BASTERÀ CLICCARE SU QUESTO MESSAGGIO E ATTIVARE LA FUNZIONE «CARICA VIDEO».

Rileggo il messaggio. Non sembra ci siano scappatoie, dovrò eseguire gli ordini. E anche se trovassi un modo per aggirare la prova, i tizi sono stati cristallini: se non mi impegno, mi escluderanno dal loro giochino del cavolo. La parte più inquietante è il riferimento al reflusso: non dubito che si possa dedurre che soffro di gastrite scavando nella mia vita – mi sarò lamentata su WhatsApp con qualcuno, o ci sarà una foto in cui si nota la confezione di pantoprazolo – ma è pauroso pensare che degli sconosciuti l'abbiano fatto. Che siano stati lì a spulciare le mie foto, i miei messaggi, le mie mail.

E per fortuna che quando Massimo mi chiede di scattare selfie in pose sconvenienti mi rifiuto!

Invece sono contenta che abbia organizzato tutte quelle feste in piscina l'estate scorsa: a furia di cocktail, un minimo mi sono fatta il callo per gli alcolici. Non dovrebbe essere un problema insormontabile fingere di seguire le lezioni anche se sarò brilla.

Certo, con la gastrite che già mi massacra lo stomaco, rischio che mi venga un'ulcera, ma sopravvivrò. Nel complesso sembra una prova molto più facile di quella con la vespa.

Mi stiracchio, sbadiglio. Però devo sbrigarmi a comprare il rum, e una scheda SD nuova che abbia spazio per registrare quattro ore, e mi serve una bottiglia di acqua minerale in cui travasare il liquore.

Poggio il sacchetto di carta sulla panchina e svito il tappo della bottiglia di rum. La zaffata di alcol mi fa arricciare il naso. Allontano il viso dalla bottiglia. Mi sa che ho sbagliato, avrei dovuto seguire il consiglio dell'app e prendere del rum di marca. Invece ho chiesto al barista di darmi quello con la gradazione minore che aveva. Così mi ritrovo con questo schifo che comunque ha 38 gradi. Che tanfo pestilenziale! Persino lo sturalavandini ha un odore più invitante.

Tolgo il tappo anche alla bottiglia d'acqua e ne rovescio il contenuto sull'erba. Avvio la registrazione con il cellulare, e svuoto il rum dentro la bottiglia di plastica. Qualche goccia di liquore schizza fuori, ma spero che i tizi dell'app non siano fiscali.

Richiudo la bottiglia e la puzza si smorza. Pazienza, ormai il danno è fatto, non ho più tempo per comprare altro rum. Ma se capiterà una seconda missione da ubriaconi, basta porcherie, mi prenderò lo champagne. Un bel Dom Pérignon.

Mi appendo il cellulare al collo – saranno riprese in prima persona, almeno si vedrà quando e quanto bevo – e mi incammino per andare a lezione, la mia bottiglia di rum minerale in mano. Nessuno si accorgerà che è piena di liquore, devo solo stare attenta a non stapparla sotto il naso dei miei compagni di classe.

Si giocherà tutto sulla mia capacità di reggere l'alcol. Più che altro sulle mie doti di attrice: Vera versione Hollywood che fingerà di essere sempre sobria. Ce la posso fare, se mi impongo di rimanere lucida, rimarrò lucida. *Mind over matter.*

Un cinguettio dal cellulare.

Per un istante resto interdetta. Ma quel richiamo l'ho scelto io. Ho pensato che non avrebbe destato sospetti: fuori dall'aula spesso si sentono gli uccellini cantare. Mi siederò in fondo accanto alla vetrata, e il mio smartphone sarà scambiato per un canarino.

Però il cinguettio significa anche che devo già cominciare a bere.

Neanche sono arrivata in facoltà. Amen.

Mi fermo ai piedi della scalinata, mostro la bottiglia alla camera del cellulare, e butto giù una sorsata di rum. Mamma mia! L'odore era nauseabondo, ma il sapore è pure peggio. Il liquore mi scende in gola e mi brucia l'esofago. Tossisco e vorrei avere della vera acqua minerale!

Speriamo che oggi Mirko non si sporga verso di me, o con il mio alito lo incenerisco.

A furia di aprire e chiudere la cerniera dell'astuccio, l'ho rotta. Rimane bloccata a metà corsa, e adesso l'astuccio si è trasformato in una bocca sdentata che sogghigna. Lo detesto. E detesto quei denti di vernice verde tutti scrostati. Nei punti dove la vernice è venuta via dalla zip, il metallo sottostante è rossastro di ruggine, ed è giusto così, perché i denti che cadono lasciano gengive che sanguinano.

Gratto con l'indice lungo la seghettatura della zip, e rimuovo scagliette di vernice verde che mi si insinuano sotto l'unghia.

«Ecco, ottimo» borbotto. «Le gengive si sono arrugginite.»

«Siamo tutti d'accordo» mi sussurra Mirko. «Ma vuoi almeno abbassare la voce?»

Fa una smorfia, dev'essere infastidito dalla ruggine che consuma il sorriso dell'astuccio. Accenna con il mento al professor Korolev, che scrive alla lavagna. No, non ci credo che anche il professore è dispiaciuto che l'astuccio abbia bisogno del dentista. Lui no!

«Per favore» insiste Mirko. «Poi se la prenderà con tutti e due.»

Mi zittisco, e lavoro alla mia opera di chirurgia estetica in silenzio. Mirko, invece di guardare la lavagna, scruta la distesa di scagliette verdi che si allarga sotto al mio astuccio. Me lo immagino con la stessa espressione disgustata mentre rimprovera il caddie per avergli passato la mazza sbagliata e ora non vincerà più la partita di golf. Chissà se Mirko gioca a golf.

Io avevo un golf. Era blu, di lana, caldissimo. Beatrice l'ha ridotto a brandelli perché mi odia.

Graffio l'astuccio con troppa foga e mi sfugge dalle dita e cade sul libro di testo di meccanica razionale e la bocca vomita fuori le penne e le matite ed è una cascata assordante di cancelleria.

«Accidenti, mi sono distratta!»

Mirko sbuffa seccato e si scosta da me. Devo ammettere che ha proprio un bel viso, affilato, con un fascino femmineo. È il viso di un elfo. Se si facesse crescere i capelli somiglierebbe a Legolas. Gli mancano solo la calzamaglia e la faretra con le mazze da golf.

Anche Massimo sarebbe figo in calzamaglia.

Ridacchio, e il tipo seduto davanti a me – ma non è Gimli, d'accordo? – si volta e mi squadra in cagnesco, e anch'io lo guardo male, e sono proprio curiosa di scoprire se ha il coraggio di protestare con me dopo che gli ho dato ripetizioni di matematica gratis e non solo a lui, ma a tutti!

Nessuno mi deve rompere le balle.

Che tanto il professor Korolev è mezzo sordo. Stava troppo vicino alla rampa quando lanciavano i razzi. Il clima è mutato, non ci sono più le mezze stagioni. Colpa dei siluri dei sovietici.

Agito il libro di meccanica per ripulirlo dalla polvere di matita che si accumulava da anni sul fondo dell'astuccio. Ho sempre temperato le matite nell'astuccio. E non l'ho mai pulito. Troppa fatica.

Afferro una manciata di penne e le ricaccio dentro.

«Si è rotto, hai visto?» commento, rivolta a Mirko. «È stato proprio scortese.»

«Va bene, okay.»

«Io non dico mai le bugie, è un astuccio che fa schifo.»

«Allora buttalo!»

Sbaglio, o il tono di Mirko è sprezzante? Si può sapere che gli prende?

«Mi spiace buttarlo» gli spiego. «Perché me lo ha regalato il mio amico Paolo. Anche se poi tutti i regali di Paolo li ho gettati nella spazzatura perché lui ha fatto una cosa orribile a mia sorella Celeste. Ci abbiamo messo tantissimo a fare pace.»

Mirko si passa la mano tra i capelli biondi con aria esasperata. Ma che ha oggi? Appiccica la faccia al libro e non mi guarda più. Se non vuole che gli racconti di Paolo, basta dirlo.

Il cellulare cinguetta. Il dolce uccellino del rum! Recupero la bottiglia di finta acqua che ho lasciato accanto ai piedi, e mi scolo un altro po' di liquore. Comincia a piacermi, dal che dovrei dedurre che sono ubriaca marcia. Ma io non lo credo, signora, non lo credo proprio.

Però è anche vero che sono un pochino confusa e mi sembra

che le sensazioni arrivino ovattate e in ritardo. L'audio e il video della mia vita non sono più in sincrono. Alla faccia di Jung!

Temo di aver sottovalutato gli effetti del rum a stomaco vuoto.

Agito la bottiglia e il liquore sciaguatta dentro. Ho già bevuto più di metà del rum. Prendo il cellulare in mano, inquadro la bottiglia e il mio viso sorridente. «Più di metà» mimo spostando appena le labbra. Che il mondo sappia!

Il punto però è un altro. Il punto è: che ore sono? Quanto manca a mezzogiorno? Domanda affascinante di cui ignoro la risposta. Un dettaglio non era chiaro nel messaggio dell'app: se potevo bere anche quando non me lo dicevano. Presumo di sì, e mi bagno la bocca con altro rum.

Un'ondata di acido mi risale su per la gola, e serro le dita a pugno, trattenendomi dal vomitare.

Lo stomaco mi fa male. Borbotta e ribolle pieno di lava corrosiva, e finirò all'ospedale.

Mi porto la mano alla bocca, che tengo chiusa chiusa, e resisto a un altro conato. Goccioline ghiacciate di sudore mi imperlano la fronte.

Non devo immaginarmi che vomito, o mi agiterò e sarà peggio.

«Che ore sono?» biascico, rivolta a Mirko. Non riconosco la mia stessa voce. Suona strascicata, incerta. Il mio compagno di corso non mi risponde, si volta dall'altra parte e si scosta ancora di più da me.

Che cattivo! Almeno l'ora poteva dirmela. Io l'ho sempre aiutato. Sempre. Gli ho dato ripetizioni, gli ho prestato gli appunti – che non mi ha ancora restituito – e all'esame di analisi I gli ho persino suggerito allo scritto, con il rischio che mi annullassero il test. Cosa gli costava dirmi che ore sono? Che poi è sempre lì a controllare il suo cellulare, e non prende mai appunti, ché tanto ci sono io.

«Scusami» gli dico, e questa volta mi accorgo che suono come se fossi sul punto di piangere. «Ma davvero ho bisogno di sape...»

«Le dodici meno venti» ringhia Mirko, senza degnarmi di uno sguardo. «Adesso sei contenta? Se ti vuoi ubriacare fino a svenire, fatti tuoi. Ma almeno non rompere le scatole agli altri.»

Mi irrigidisco. Come avrà fatto a scoprirmi? Mi sono comportata come al solito. Mi alito sul palmo. Ah, già, questo rum puzza da far ribrezzo. Però tanto astio da parte di Mirko non me lo aspettavo. Io sono sempre stata gentile, e invece a lui non frega niente di me anche se non mi sento bene... Avrà dei problemi in famiglia, per questo è nervoso e ce l'ha con me.

Un cinguettio.

Beatrice avrà catturato un uccellino!

«No, no, riportalo in giardino» dico all'ombra della mia gatta, che mi si struscia contro le gambe. «Non mettermelo nel letto, che poi lascia le piume dappertutto.»

Stavolta non è solo il tizio davanti a me a girarsi. Mezza classe mi fissa, e sghignazza, e mi indica e c'è anche chi mi fa cenno di stare in silenzio. Ehi, è l'uccellino che si lamenta, non io!

Be', l'importante non è il silenzio, l'importante è bere quando cantano i passerotti. E devo bere tanto, perché manca poco a mezzogiorno e la bottiglia la devo finire. I patti sono patti. Sì, sì, trangugio il rum, carico il filmato, e mi trascino in camera mia ad agonizzare sul letto.

Una grinza che non fa un piano.

Svito il tappo della bottiglia e me la incollo alle labbra. Il rum mi si riversa in bocca, e mi cola lungo il mento, e gocciola sulla maglietta, e sono in imbarazzo, e Mirko mi scruta con un'espressione disgustata.

Ma non rimetto giù la bottiglia fino a che non me la sono

scolata per intero. Ingoio fino all'ultima goccia di liquore. Mi si infiamma la lingua, il naso, la gola, l'esofago; le pareti dello stomaco si contorcono. Mi viene da tossire, ma devo resistere, o finirò per sputare rum in faccia ai miei compagni.

Lascio cadere la bottiglia di plastica per terra, e lei rotola allegra tra le scarpe di Mirko.

Okay, Vera, ci sei riuscita, rum terminato. Mi inquadro con il cellulare e sorrido.

I miei compagni ridono sguaiati, mi puntano le dita contro. Ma che vogliono? Mi fanno paura, mi sembrano i mostri in *Alan Wake* e mi vogliono mangiare viva e l'unica soluzione è accoccolarsi sotto la luce dei lampioni davanti all'autogrill aperto tutta la notte.

Lo so che i miei compagni mi odiano. Mi odiano anche più di quanto mi odia Beatrice. Mi odiano solo perché studio e sono più brava e abbasso la media a tutti. Solo perché io voglio imparare, voglio dare un senso alla mia vita. Ma qual è il senso della vita?

E poi io li aiuto se sono in difficoltà. D'accordo, non sono la ragazza più simpatica del campus, sarò anche scorbutica, ma non nego il mio aiuto a nessuno. E loro invece? Io sto male, sto per vomitare l'anima, e loro se la godono. Dovrebbero offrirmi un caffè.

O un'ambulanza.

Un rigurgito acido mi si arrampica in gola. Sigillo le labbra e artiglio il legno del banco. La nausea scema piano piano e riprendo a respirare. Ma è stata dura resistere. Non ce la faccio più.

«Mirko, Mirko, scusa, ma non mi sento per niente bene» mormoro. «Hai... hai qualcosa da mangiare?»

Lui mi rivolge un gesto scocciato con la mano, come se la

mia richiesta fosse una mosca da cacciare via. Mi accorgo che oggi sul quaderno ha scritto, oggi prende appunti. Ha una calligrafia elegante, degna delle sue camicie alla moda.

«Mirko, mi ascolti, ti prego, mi ascolti? Non mi sento bene.»

Ma lui se ne frega. Eppure mi rendo conto da sola di avere un tono pietoso, di chi sta male sul serio. Non sto scherzando, ma a lui non interessa.

Gli sfioro il dorso della mano. «Scusami, non è che hai una merendina? Un pacchetto di cracker? Sto per vomitare.»

Mi ignora.

«Ti prego» insisto. «Hai un biscotto? Qualcosa?»

«Va bene, gente.» La voce del professor Korolev rimbomba nell'aula. «Visto che oggi non volete stare attenti, concluderemo la lezione con un po' di esercizi a sorpresa. Che ovviamente contribuiranno al voto d'esame.»

Korolev squadra la classe con l'astio che un membro del Politburo riserva ai porci capitalisti. Ma non si concentra su di me o su Mirko, ce l'ha un po' con tutti. Chissà quali formule ha scarabocchiato alla lavagna... cerco di interpretare i simboli bianchi dietro la sua testa stempiata, ma a me sembrano solo formiche albine.

«Facciamo così» prosegue il professore, spazzolandosi via la polvere di gesso dalle maniche della giacca. «Per primo può venire alla lavagna un volontario.»

Se non fossi brilla, sarei felice di offrirmi. Metterei al sicuro una fetta di voto. Una bella fetta gonfia di crema al mandarino. Ma non sto bene, e ho sempre più la nausea, e spero solo che l'ora di lezione finisca.

«Come dicevo» continua il professore, «l'esercizio sarà valutato in ottica esame finale. Sia in positivo, sia in negativo.»

Chiacchiericcio eccitato. I miei compagni discutono sottovoce se valga la pena rischiare. Io me ne sto zitta. In fondo è da un sacco che volevano stessi zitta.

«Professor Korolev.»

È la voce di Mirko. Lui mi acchiappa per il polso e mi solleva il braccio sopra la testa. Ma è impazzito? Mollami subito il braccio! Do uno strattone per liberarmi, ma sono debolissima, e non ottengo niente.

Il professore ci guarda. «Oh, Oliviero. Molto bene.»

Sbianco. Ma ha parlato Mirko, cioè io però avevo la mano alzata. Ma non è giusto.

«Venga» dice il professore. «Su.»

È un incubo. Ma non lo è, sono ubriaca, e lo so che non sto sognando.

Un lampo di rabbia mi snebbia la mente. Mirko, sei una carogna. Hai capito che stavo male sul serio e, invece di soccorrermi, mi hai proposto per l'interrogazione. Lo hai fatto apposta. Dopo che avrò sbagliato l'esercizio, la mia media si abbasserà e di conseguenza quella tua e del resto dei figli di papà come te sarà più alta.

Barcollo dirigendomi alla cattedra, accompagnata dal sogghigno di Mirko. Non ti preoccupare, non mi scorderò di questo atto di gentilezza, dovessi risvegliarmi dal coma etilico tra dieci anni. Ti pentirai di avermi sacrificata sull'altare del tuo egoismo. Te ne pentirai tantissimissimo!

Mi appoggio ai banchi per non cadere, camminando tra due ali di studenti che se la ridono. Non uno si propone al posto mio. Nessuno intende aiutarmi. Non sono più in università, sono al Colosseo e il pubblico vuole il sangue, vuole che l'orso sovietico mi sbrani.

Però da Mirko non mi aspettavo un comportamento del genere. Proprio no. Da lui no.

Pesto con il piede il gradino della piattaforma su cui si trova la cattedra. Mi ci aggrappo, alla cattedra. Riacquisto l'equilibrio e mi raddrizzo di fronte al professor Korolev.

Lui mi studia con occhio critico. «Se vuole andare alla lavagna, le detterò l'esercizio.»

Mi porge il gessetto con la mano ossuta. Corruga la fronte e fissa la mia, di mano. Tra le dita tengo la penna blu. Ma non si può scrivere sulla lavagna con la penna. Che sbadata! Me la infilo nella tasca posteriore dei pantaloni e prendo il gessetto.

«Non mi deluda, mi raccomando» dice il professore.

Annuisco, e il movimento della testa mi fa venire un capogiro, la lavagna ondeggia e ci premo contro il palmo per fermarla.

Ma io non mi fermo, il braccio ruota e ruota e lascio cadere il gessetto e mi tappo la bocca con la mano che mi trema.

«Signorina.» Il professor Korolev mi richiama con il suo tipico tono rigido. «Signorina Oliviero, si sente male?»

Mi piego in avanti, strabuzzo gli occhi. Sto per rimettere. Davanti a tutti. Davanti a questa massa di vigliacchi che aspettano solo di godersi lo spettacolo. E avevo promesso a mamma che sarebbero stati tutti trenta. Era orgogliosa di me, e io la tradisco. Non mi vorrà più con sé a Dubai.

Le lacrime mi gonfiano gli occhi. Se vomito sulle scarpe del professor Korolev, non visiterò mai gli impianti petroliferi in Medio Oriente, e al cosmodromo di Baikonur non mi faranno mai entrare.

Uno scampanellio prolungato. È finita l'ora. O no?

Lo strepitio viene dal cellulare che ho legato al collo. Ah, già, avevo messo una sveglia a mezzogiorno. La prova è conclusa, ma l'ora di lezione no.

Un conato mi attorciglia le viscere.

«Pro... professore, s-sto male» mormoro, staccando appena la mano dalla bocca. Mi rimetto dritta con uno sforzo di volontà che al confronto Atlante ha cominciato a sollevare pianeti l'altro ieri. «Devo... devo aver mangiato c-cibo avariato a colazione...»

Il professore arretra di un passo. Avrà intuito che potrebbe beccarsi gli schizzi di vomito. «Santo cielo, signorina, vada in bagno allora! Che aspettava a dirlo?»

Annuisco riconoscente per la grazia ricevuta. Corro fuori dall'aula tra le risate generali.

Mi precipito lungo il corridoio e adesso lo so che la mia classe è un covo di serpi e scommetto che mi ruberanno anche il portafoglio dalla borsa che ho lasciato in aula. Mirko e gli altri sono dei voltagabbana, dal primo all'ultimo. Pensano solo a se stessi, non gliene frega niente di me. Io mi ammazzo sui libri, e loro fanno la bella vita, e vogliono lo stesso voti alti. A discapito mio.

Non lo sanno che devo raggiungere mia madre a Dubai?

Glielo diranno al professor Korolev che ho bevuto, se non se n'è accorto da solo. E lui mi abbasserà la media per motivi disciplinari, e non potrò più prendere trenta al suo esame neanche sanguinando sui libri e mamma sarà delusa di me. Mi accuserà di essere una scansafatiche peggio di mia sorella.

Le lacrime mi solcano le guance. Non voglio piangere, non voglio, ma è inutile, non ce la faccio a controllarmi. Urto un'insegnante in tailleur bianco, o forse è solo l'angolo del corridoio. Mi trascino verso i bagni, e vado a sbattere contro altri studenti. Si scansano tutti, si scansano tutti da Vera l'appestata.

Sono sola. Di nuovo. Quando ero in macchina con la vespa, non c'era nessuno a cui chiedere aiuto, a parte il tizio con la felpa, ma qui è pieno di gente. Gente che mi evita, che ha deciso di farsi gli affari suoi anche di fronte a una compagna sul punto di perdere conoscenza.

La testa mi gira tanto che non so più dove sia il bagno. Magari ho sbagliato strada. Dove sono?

«Di qui.»

Chi ha parlato mi sorregge cingendomi le spalle.

Mi volto e incontro gli occhi di Zoélie. Deve avermi seguita quando sono fuggita dall'aula. Nella mano libera regge la tracolla della mia borsa.

«Vieni, ci siamo quasi.» Mi fa cenno di camminare dritto davanti a noi. «Andiamo nel bagno dei professori. Controllo io che non entri nessuno.»

«G-grazie.»

Pochi passi, e mi accascio nel bagno, e sono contenta che non ci siano professori, ma anche se ci fosse il consiglio di facoltà al completo non resisto più.

«Devo vomitare...»

«Non ti preoccupare, sto io sulla porta.»

Mi rifugio in una delle cabine, e mi butto in ginocchio di fronte al water.

Vomito la bile sulla porcellana candida. Tremo scossa dai conati, ma non mi sposto finché non mi sono svuotata lo stomaco. Non voglio più dentro di me neanche una goccia di rum.

Prendo lunghi respiri, mi asciugo le labbra bagnate con il dorso della mano, e rigetto altro liquido giallastro. Piano piano la testa rallenta il suo ruotare stile trottola, e mi sembra solo che il mondo dondoli. Mi siedo sulle piastrelle con la schiena a contatto della parete, e anche l'oscillare tipico delle gondole si attenua.

Zoélie bussa alla porta della cabina. «Come va?»

«E-entra pure.» Lei apre il battente e io le rivolgo un sorriso stentato. «Me la cavo.»

La mia amica si china e mi aiuta ad alzarmi. Mi scorta ai lavandini. Ficco la faccia sotto il getto di acqua gelida. Mi sciacquo la bocca e lavo via il sapore di acido e di rum. E bevo a canna, bevo sbrodolandomi, bevo, bevo, sono preda di una sete terribile.

Risollevo un poco la testa. Nello specchio intercetto il viso arrossato di Zoélie. Si sarà stancata a sorreggermi, o è preoccupata che la becchino nel bagno dei professori. O è in ansia per me. Ma io ora sto bene. Circa.

Stacco le mani dal bordo del lavandino. Sì, mi reggo in piedi. Grande!

«Se ci trovano, mi prendo io la colpa» dico. Mi strofino la faccia con l'orlo della maglietta per asciugarmi. «Grazie ancora. Sei stata l'unica a soccorrermi.»

«Anche tu l'avresti fatto per me.»

Le prendo la mano. «È bello sapere che c'è almeno una persona che tiene a me anche se sono la prima della classe.»

Gli occhi di Zoélie si dilatano e sono un lago verde, una distesa di smeraldo priva di increspature, dove potrei affondare senza paura. Lei accosta il viso al mio. Chiude gli occhi, e le sue labbra si posano sulle mie.

È un bacio al sapore di fragola, lucidalabbra al gusto fragola. Un bacio soffice, delicato.

Zoélie intreccia le dita alle mie, me le stringe.

Riapre gli occhi, e si accorge che i miei sono rimasti spalancati. Stacca la bocca dalla mia, fa un passo indietro. Agita la mano per liberarla e se la porta alle labbra. Sembra più stupita lei di me.

«S-scusami» pigola. «Scusami, scusami davvero. I-io devo andare.»

«Aspetta un attimo...»

Ma ho i riflessi di un bradipo, e la mano mi ricade nel vuoto, senza neppure sfiorare il braccio di Zoélie. Lei indietreggia fino alla porta del bagno e scappa via. A passo malfermo mi affaccio in corridoio.

Zoélie è sparita, e la mia borsa è afflosciata accanto all'uscio.

La testa riprende a girarmi, poso il sedere sulle piastrelle del pavimento per non cadere. Sono ancora rincretinita, ma non così tanto da avere le allucinazioni. Zoélie mi ha baciata, non ho dubbi. Bene. O no? Ci penserò in un altro momento.

Per ora mi sfilo il cellulare dal collo e clicco sul messaggio dell'app. Appare la consueta mascherina per selezionare un file. Scelgo il filmato della mia mattinata alcolica e lo invio. Con il wi-fi dell'università ci vorrà pochissimo.

Appena l'indicatore segna il cento per cento di caricamento, tiro un sospiro di sollievo.

Anche questa è fatta.

Il prossimo passo verso il significato della vita è dormire per tre giorni di fila.

17

Edwin Aldrin e Neil Armstrong, i due astronauti che sbarcarono sulla Luna, durante la missione fecero un'eccezione alle rigide restrizioni riguardo i cibi che è possibile consumare nello spazio: si mangiarono panini farciti con salame e insalata.

È un piccolo manichino snodabile, di quelli che i pittori adoperano per studiare le pose, e ha appena sollevato la mano di compensato per salutarmi. Oppure no, e il braccio l'ha sempre avuto alzato, a toccare il volume di biologia accanto a lui sullo scaffale della libreria.

Corrugo la fronte. Sono entrata nell'ufficio del rettore e mi sono immaginata che il manichino mi rivolgesse un gesto di saluto. Sono messa peggio di quanto credessi. Mi massaggio la tempia con un movimento circolare delle dita. Dall'altro ieri a pranzo, da quando ho vomitato nel bagno dei professori, sono tormentata da fitte lancinanti alla testa. Mi sono imbottita di antidolorifici, ma non è servito a niente. Maledetta me e maledetto il rum! Fanno proprio bene in tv a mandare le pubblicità progresso contro l'abuso di alcol.

«Signorina Oliviero?»

La voce del rettore mi riscuote, e riporto l'attenzione su di lui, seduto dietro la scrivania di mogano. Il professor Garofano mi mostra un foglio spiegazzato. Lo stende sul ripiano di legno e lo picchietta con l'indice.

«Signorina Oliviero, leggo la relazione del collega su di lei, e le assicuro, me ne dispiaccio.»

«Le chiedo ancora scusa. Non succederà più.»

Il rettore si sistema gli occhialini sul naso e studia le righe in cima al foglio, annuisce tra sé. Il professor Garofano è ancora più rachitico del professor Korolev: ho di fronte non la faccia di un uomo, ma il teschio di un morto. Sembra uno scherzo di cattivo gusto: un cranio trafugato dall'obitorio su cui abbiano tirato uno strato sottile di pelle giallognola. Tra l'altro non hanno cucito abbastanza pelle, e in alcuni punti rimangono fuori le ossa, come attorno alle gengive: ogni volta che il rettore apre la bocca, la pelle si tende lasciando scoperte le radici dei denti.

«La relazione del suo professore è davvero poco lusinghiera.»

«Sono mortificata di aver creato disturbo» ripeto, scusandomi per l'ennesima volta. Appoggio le mani in grembo, una sull'altra, e metto su la mia miglior aria contrita. Speriamo serva a evitarmi guai.

«Non accadrà più» aggiungo. «È stato un episodio isolato.»

«In questo si sbaglia» replica il rettore. «So che non si è trattato di un caso. Mi creda, sono vecchio, ma non sono stupido. E lavoro con i giovani da tanti, tanti anni. So benissimo qual è la verità.»

Deglutisco. Possibile che il professor Garofano sappia dell'app e degli esperimenti sociali e del significato nascosto della vita? Sono incredula.

Lui sospira. «Solo che ai miei tempi si protestava per favorire il cambiamento, non per conservare uno status quo criminale. Ai miei tempi si lottava per abolire i privilegi, non per mantenerne di osceni.»

Sbatto le palpebre. Le parole del rettore mi suonano incom prensibili, un miraggio uditivo. Che diamine avrà voluto dire?

«Capisco» azzardo, anche se non ci sto capendo un'acca.

«No, dubito che lei capisca davvero. Se capisse non si sarebbe comportata come si è comportata.» Il rettore scuote piano la testa scarnificata. «Le voglio fare una domanda.»

«Dica.»

«Pensa di avere il monopolio della sofferenza?»

Il mal di testa si acuisce, e vorrei rispondergli di sì, e che non ne posso più di questa conversazione insensata.

«L'altro giorno mi sono sentita molto male.»

«Ah, lei si sarebbe sentita male a ubriacarsi con il preciso scopo di attirare l'attenzione. Sa invece chi sta male davvero? Chi soffre e non ha speranza?»

Forse è un modo arzigogolato per lagnarsi? Dovrei rispondere: *Un rettore a contatto con studenti che non lo comprendono*? «Non lo so.»

«Soffrono i polli e le galline allevati in stalle tanto strette da non potersi muovere. Soffrono le oche, sottoposte ad alimentazione forzata fino a che il fegato non scoppia. Soffrono gli animali che divoriamo senza pietà.»

Dio santissimo. Mi ero scordata della svolta vegana. Quando il rettore ha annunciato che avrebbe modificato i menù della mensa, l'ho presa alla stregua di una bizzarria senza importanza. Per lui però dev'essere questione di vita o di morte.

«Mi chiedo» prosegue il rettore, «perché vi opponete? Prima il mio miglior studente allaga la mensa, poi ricevo mail anonime cariche di odio, e infine lei, signorina Oliviero. Un'eccellenza di questa università che inscena uno spettacolo deplorevole all'unico scopo di ostacolare il progresso.»

Cioè, avrei rischiato di finire all'ospedale in coma etilico per impedire che servano verdure crude a pranzo? Il fumetto di Mondo Bizzarro ha molto più senso dei ragionamenti del rettore.

«Lei è un cavallo di razza, signorina Oliviero. Un purosangue nella facoltà di ingegneria. Mi spiega da dove nasce l'astio per i suoi simili?»

«Non ho mai mangiato carne di cavallo» mi difendo. Tra l'altro è vero.

Il rettore sospira. «Meno male per lei. Non ha idea di quante malattie nascano dall'assunzione di carne. L'essere umano non è progettato per consumare la carne degli animali. Lo si desume da decine di dettagli anatomici e biochimici. È nostro compito come uomini di cultura, uomini di scienza, sfatare il mito dell'uomo onnivoro.»

Accenno di sì con il capo, ogni altra risposta sarebbe superflua.

«Sa cosa mi hanno scritto nelle mail?» riprende il rettore. «Che se avessi imposto il menù vegano, avrebbero organizzato delle scommesse basate sul mangiare carne di maiale e di manzo, di tacchino e di pollo.» Si toglie gli occhialini, ripiega le stanghette sottili. «Si rende conto? Qui abbiamo una tradizione gloriosa di cameratismo, alle volte un po' rude, ma che forgia il carattere. E voi, voi giovani senza ideali, lo volete corrompere per saziare la vostra fame assassina.»

Chi ci sarà dietro le mail minatorie? Se si tratta di Astrid e socie, be', complimenti al rettore per essersi preoccupato più degli animali che di noi studenti. Finché tormentavano Zoélie, le scommesse e il nonnismo non avevano niente di sbagliato.

«È terribile» dico, stringendo i denti. «Forse tutto questo sistema di scommesse andrebbe abolito.»

«Eh, sono decisioni difficili, dobbiamo consider...»

Un tuono rimbomba nel cortile e fa vibrare i vetri delle finestre, cancellando le chiacchiere del rettore. Da stamattina il cielo è color cemento, e le nuvole non accennano a disperdersi. E proprio stasera Orfeo vorrebbe tornare all'osservatorio abbandonato. Ha insistito molto perché andassimo. La sua fretta mi ha sorpresa, non doveva studiare? Forse vuole parlarmi di qualcosa.

Anche perché, se il cielo non si schiarisce, ci sarà poco da osservare. Ma a me andrebbe bene lo stesso. Mi basterebbe stare con Orfeo, rifugiati sotto la cupola diroccata, al riparo dal vento e dagli scrosci del temporale. Lui mi abbraccerebbe, e i nostri impermeabili azzurri si fonderebbero in un'unica chiazza di colore in mezzo alla monotonia grigia della pioggia battente.

Non sento Orfeo da due giorni, a parte il messaggio vocale di stamattina in cui mi ha invitata. Non l'ho incrociato in facoltà, e sono passata più volte in camera sua. Il letto era fatto, e non ho trovato in giro neanche una confezione vuota di Mooncake. Mi aveva avvertita che avrebbe potuto trascorrere delle notti a casa per stare in compagnia dei genitori, ma lo stesso avrei dovuto incontrarlo per i corridoi o in giardino o in biblioteca. Gli ho telefonato e non mi ha risposto. Se oggi non mi avesse inviato il messaggio riguardo l'osservatorio, avrei cominciato a preoccuparmi sul serio.

Altri tuoni echeggiano nell'ufficio del rettore, e soffocano i suoi discorsi balzani – intuisco solo che anche i salmoni soffrono.

Il professor Garofano non è diverso dai miei compagni di corso: è un egoista. Orfeo allaga la mensa, e invece di indagare i reali motivi che possono spingere uno studente modello a un simile atto di vandalismo, il rettore si convince che sia un complotto contro le sue avanguardie vegane. Io mi ubriaco al punto che avrebbero dovuto chiamare l'ambulanza, e non potrebbe fregargliene di meno. L'importante è non mangiare i tonni. Zoélie era vittima di bullismo un giorno sì e l'altro pure, ma per il rettore era un modo di forgiarle il carattere. Finché i bulli non minacciano le sue insalate, e allora le tradizioni universitarie non vanno più bene!

Più ci penso, e più il menefreghismo del rettore mi suscita una rabbia... artiglio i braccioli della poltroncina su cui sono seduta. La pelle scricchiola. Basta, non riesco più a rimanere qui calma a sorbirmi stupidaggini.

Io mi sono solo ubriacata, non ho fatto del male a nessuno, a parte me stessa. Con il suo comportamento negligente, il rettore danneggia tutti gli studenti. Lui dovrebbe scusarsi con me, con Zoélie, con le matricole maltrattate. E se invece di sbraitare contro Orfeo avesse cercato di comprenderlo, forse il mio amico avrebbe interrotto il suo percorso verso il maledetto significato della vita.

Al rettore non frega niente dei suoi studenti, è questo il succo.

Scosto la poltroncina e faccio per alzarmi.

Il professor Garofano mi lancia un'occhiata perplessa.

«Signorina Oliviero, dove pensa di andare?»

«In camera mia, ho ascoltato abbastanza.»

Ho parlato in preda al nervoso e allo sconforto, ma sto scherzando con il fuoco: se il rettore la prende male, sono in un guaio pazzesco.

«Come preferisce.» Garofano si lascia andare a un lungo sospiro. «Ma su un punto voglio essere chiaro. Anzi, chiarissimo!»

Mi giro verso la porta.

Un tonfo alle mie spalle, il rettore deve aver sbattuto la mano aperta sulla scrivania.

«Sia chiaro, signorina Oliviero» sbraita, «sia chiaro che non mi farà cambiare idea! Dal mese prossimo, la mensa servirà solo cibo vegano!»

Le ultime parole mi raggiungono che sono già in corridoio. E sono molto simili a quelle che il rettore ha gridato dietro a

Orfeo dopo l'allagamento della mensa. Lo vedo, il fantasma di Orfeo, sovrapporsi a me, mentre le urla del rettore del passato e le urla del rettore del presente risuonano all'unisono. L'app misteriosa ha dimostrato a me e a Orfeo che nessuno in università ha a cuore il nostro benessere.

Scorgo un pattern, uno schema. Si è soli in mezzo a un parcheggio abbandonato, ma si è soli anche in mezzo a compagni di corso che dovrebbero esserti amici e in mezzo a professori che avrebbero l'obbligo di educarti.

È la solitudine la chiave per accedere al significato nascosto della vita? O è l'incomunicabilità?

Scuoto la testa. Sono risposte troppo semplici a un problema di enorme complessità.

Una complessità che io non potrò mai affrontare, considerando che secondo il rettore della mia università sono un cavallo.

18

Se il buco nero super massiccio appostato ai confini dell'Universo fosse nella nostra galassia, i raggi X che emana cancellerebbero ogni traccia di vita.

Le luci della città sono un florilegio di baluginii, uno sciame di puntini scintillanti che galleggia all'orizzonte. La città lontana somiglia a uno scorcio di cielo stellato. E mi sa che le luci dei palazzi saranno le uniche stelle che ammireremo stasera: le nuvole stendono sopra l'osservatorio un manto uniforme di grigio scuro.

Arretro di un paio di passi, allontanandomi dal ciglio del promontorio. Dietro di me, sorge la cupola in rovina dell'osservatorio, assediata dai rampicanti. Intorno all'edificio annerito dal fuoco la vegetazione è cresciuta rigogliosa, e le edere hanno colonizzato le pareti scrostate.

L'incendio ha devastato l'osservatorio a metà degli anni Settanta, e nonostante gli sforzi del club astronomico locale, non si sono mai raccolti soldi sufficienti a rimetterlo in sesto. E poi è svanito dalla memoria collettiva, fino a che i satelliti di Google non lo hanno ritrovato.

Mi giro a studiare il cielo oltre il profilo rugoso della cupola. Ha smesso di piovere dal primo pomeriggio, ma le nuvole non mollano la presa. Basterebbe un piccolo varco, e sono sicura che la Via Lattea splenderebbe nel blu, un fiume brillante che scorre nella notte. Orfeo ne sarebbe felice. Se fosse qui.

Ricontrollo lo smartphone.

L'ultimo messaggio di Orfeo mi chiedeva di arrampicarmi da sola fino all'osservatorio, lui mi avrebbe raggiunta. Ma non si è ancora fatto vivo. Ed è strano... aveva così fretta di vedermi.

A ogni rumore tendo le orecchie, ma non sento il rombo gracchiante della sua moto. Il bosco è immerso nel silenzio, interrotto solo dal gocciolare dell'acqua che stilla dalle foglie ancora bagnate. Un picchiettio che mi infastidisce da matti! Il tamburellare delle goccioline d'acqua lo detesto, tanto che se nel bagno della camera mi dimentico il rubinetto che gocciola, non riesco a dormire.

Chissà dov'è Orfeo.

Mi accomodo con il sedere indolenzito sugli scalini di pietra che conducono all'ingresso dell'osservatorio. Sono stufa di stare in piedi, e l'erba umida mi solletica le caviglie tra l'orlo dei jeans e le scarpe da ginnastica, e ho freddo. E non so più con quali pensieri spiccioli distrarmi per sfuggire all'ansia.

Sono preoccupata per Orfeo.

Mi sono convinta che anche lui abbia affrontato una prova dell'app negli ultimi giorni. È per questo che è sparito dalla circolazione e stasera è in ritardo.

Sospiro e mi appoggio con la schiena all'intreccio di edere che tappezzano il muro scrostato. Purtroppo sta accadendo il contrario di quello che auspicavo: grazie a Orfeo ho un'idea in anticipo dei prossimi esperimenti sociali che mi attendono, però dovrei essere io a portarmi avanti nel gioco per aiutarlo.

Ma come faccio? Entrambi ci siamo confrontati con le nostre fobie riguardo gli insetti, ed entrambi abbiamo combinato casini in università. Ma adesso lui è alle prese con Dio solo sa quale prova, e io marcisco sugli scalini di un osservatorio in rovina.

I tizi dell'app non mi hanno neanche comunicato se il mio video da ubriacona andava bene.

Però... però Orfeo ha affrontato il ragno violino mesi fa!

E non ci sono dubbi che si trattasse del primo passo sulla strada che conduce al significato della vita. Se allagare la mensa era lo step successivo – e mi sembra ragionevole – Orfeo ha fatto trascorrere un sacco di tempo tra una prova e l'altra. E sono passate diverse settimane anche dall'allagamento a domenica scorsa, quando ho visto che leggeva un nuovo messaggio dell'app.

Orfeo procede piano con le prove. Oppure i tizi dell'app con lui se la prendono comoda, per qualche ragione che a me sfugge.

Mordicchio l'angolo del cellulare, dove la custodia è già smangiucchiata.

Tu sei rimasta l'unica che riesce ancora a farmi star bene.

Rivedo Orfeo che mi posa la mano sulla testa mentre mi guarda negli occhi. Forse lo sto già aiutando? Forse la mia compagnia lo dissuade dal proseguire il percorso? Se il bastardo incappucciato mi avesse aiutata con la vespa, non mi sarei sentita più sola, e magari, se non avessi un amico in difficoltà, avrei lasciato perdere l'app.

Io e Beatrice abbiamo salvato Orfeo dal ragno, e per mesi lui non ha richiesto altre prove. Poi... io gli sono sempre stata accanto, la nostra amicizia si è approfondita, perché impelagarsi nell'esperimento sociale della mensa?

Non lo capisco, il comportamento di Orfeo. Vorrei che il nostro rapporto fosse più semplice, e che magari lui cominciasse a provare per me quello che io provo per lui. Che è ammirazione, amicizia, e... e non solo, ma ho timore a formulare certe parole.

Sollevo il viso verso le nuvole e in risposta il vento le dirada. Nello spicchio di cielo lasciato libero, intravedo per un attimo una stella cadente.

Sorrido tra me.

L'ultima volta che io e Orfeo eravamo qui all'osservatorio, una stella cadente lo ha fatto imbestialire. Era furibondo. Non l'ho mai visto tanto innervosito. Io ero seduta proprio qui, sulla scalinata, e lui camminava avanti e indietro di fronte a me.

«Lo sai che le vendono?» mi ha detto.

«Le stelle cadenti?»

«Tutte le stelle.»

L'ho fissato perplessa. «Ma... ma è legale?»

Lui ha scosso la testa. «In realtà non vendono le stelle vere e proprie, ma ne vendono i *nomi*. Che è grave quasi allo stesso modo.»

Orfeo ha disteso le braccia, come a comprendere con quel gesto il firmamento – quella serata era limpida, il cielo terso. Il vento gli scompigliava i capelli neri. «I primi uomini che hanno alzato gli occhi al cielo hanno visto una cupola scura piena di macchioline bianche. I pianeti e le stelle non esistevano. Ma poi gli uomini hanno assegnato dei nomi a quelle macchioline. E le macchioline hanno cessato di essere semplici puntini di polvere bianca. Sono diventate Marte e Venere, Sirio e Vega, Antares e Rigel.»

Ha abbassato le braccia e ha sospirato. «Ma oggi lo fanno dei maledetti disgraziati, così, come niente. E in più è una truffa. Solo l'Unione Astronomica Internazionale può battezzare le stelle. E prendono in considerazione il nome che proponi solo se la stella l'hai scoperta tu.»

«Ma chi sono questi che vendono le stelle?»

«Non saprei, una società privata?» Orfeo mi ha guardata con aria sperduta. «Ho visto la pubblicità sul web questa mattina, sul computer del laboratorio di astrofisica. Pochi euro per assegnare a una stella il nome di tua madre o del tuo fidanzato. O una dedica personalizzata. Assurdo.»

Ho sorriso, e ho pensato che Orfeo non è proprio abituato a navigare su Internet – almeno fuori dai siti scientifici e di ricerche bibliografiche – e che avrei dovuto metterlo in guardia da eventuali mail di sedicenti principi nigeriani.

Ma sembrava fin troppo infervorato, e se avesse saputo che persino la nobiltà africana non aspetta altro che di imbrogliarti, gli sarebbe preso un colpo.

«Indicami la costellazione della Lira» gli ho chiesto, per distrarlo. Da quando l'ho conosciuto ero curiosa che mi mostrasse la costellazione legata al suo nome.

Orfeo si è bloccato nel suo andirivieni irrequieto. «Deduco che conosci il mito del mio omonimo dell'antica Grecia.»

Ho fatto spallucce. «Più o meno. So che Orfeo aveva questa lira d'oro, dono di Apollo, ed era così bravo a suonarla che ammaliava gli animali e persino le pietre. E poi so della storia tristissima di Euridice. Di lui che fa di tutto per riportarla in vita ma non ci riesce.»

«Non è proprio così.» Orfeo mi si è avvicinato, mi ha preso la mano, mi ha disteso l'indice. «L'amore per Euridice era una facciata, lui in realtà era innamorato di Calaide, un ragazzo alato. Se n'è innamorato quando entrambi facevano parte degli Argonauti.»

«Stai scherzando, vero? Sembra la trama di una fanfiction slasher con Iron Man e Capitan America.»

Orfeo mi ha sollevato il braccio, l'ha puntato verso il cielo stellato. «È tutto vero. Tanto che è morto ammazzato dalle mogli degli uomini che tampinava. Sai, poeta e musicista famoso, tanti ci stavano e le spose non erano contente.»

«Ma se è persino andato all'Inferno per salvare Euridice!»

Orfeo ha appoggiato il mento sulla mia spalla, per guidare meglio il mio indice. «Se l'avesse amata sul serio, avrebbe potuto uccidersi, e sarebbe rimasto con lei per sempre. Non ne ha avuto il coraggio perché non l'ha mai amata davvero.»

E il suo tono non era più scherzoso, tanto che ho provato un brivido.

Orfeo si è staccato da me, e io sono rimasta in posa, lo sguardo e il braccio rivolti al cielo. «Che stella sto puntando?»

«Non ne ho idea» ha risposto lui. «La costellazione della Lira è visibile solo d'estate. Ma te ne posso indicare altre.»

Ed è scoppiato a ridere.

Al ricordo, il sorriso riaffiora anche sulle mie labbra. Orfeo era una persona diversa. Era allegro, ironico, trasognato, e uno studioso di fisica e di astronomia che dà tale importanza ontologica all'atto di assegnare i nomi come minimo sostiene il principio antropico, non si sente vittima di un Universo cieco destinato a un declino senza alternative.

Solo in un momento l'Orfeo di quest'inverno e l'Orfeo di oggi coincidono: quando ha affermato che il suo omonimo avrebbe dovuto suicidarsi. E se considero il rapporto strettissimo che legava Orfeo al fratello... No, Vera, aboliamo questi discorsi, che ti angosciano e non sono utili a nessuno.

Il suono raschiante di un vecchio in procinto di scatarrare diviene il fracasso di un motore. I fari della motocicletta scassata sbucano dal sentiero nel bosco, e rischiarano il prato alla mia destra. Gli aloni gialli si arrampicano verso di me, e io mi alzo in piedi.

Mi spazzolo i pantaloni e corro verso Orfeo.

Lui ferma la moto da cross nella radura su cui sorge l'osservatorio, ma non smonta dal ronzinante. Come se avesse intenzione di ripartire subito. Mi domando se non abbia cambiato programmi, e voglia invitarmi a balzare su anch'io per andare a esplorare qualche altro rudere nei dintorni. Magari voleva farmi una sorpresa del genere, e per questo mi ha invitata stasera?

Mi avvicino. Orfeo spegne il motore e si leva il casco. I capelli neri gli scendono ai lati della faccia pallida. La luce argentea della luna, che ha fatto capolino tra le nuvole, gli bagna il viso.

Rimango a bocca aperta.

«Orfeo...» Mi viene persino il dubbio di aver dimenticato di mettermi le lenti a contatto stamattina. Ma fino a poco fa ci vedevo benissimo. «Dio mio... cosa ti è successo?»

Lo zigomo è violaceo e, intorno all'occhio sinistro, il volto di Orfeo è nerastro e tumefatto. Il labbro superiore è spaccato, un brutto taglio che lambisce il neo d'inchiostro. La ferita è ancora sporca di sangue fresco.

Orfeo si strofina il labbro con le nocche per ripulirselo. «Stasera non sono dell'umore giusto per osservare le stelle.»

«Ma che ti è successo? Sei caduto dalla moto?»

«Ho raccontato ad Andrea che mi sono fatto sua sorella.»

«Eh? Rebecca?»

«Sì.»

Apro e chiudo la bocca, sono senza parole, è una storia assurda e basta. Andrea e Orfeo sono amici d'infanzia, e Orfeo considera Rebecca alla stregua di una sorella minore. Non ho mai notato alcun interesse di altro tipo.

Ma perché Orfeo avrebbe raccontato una balla del genere ad Andrea? Per farsi picchiare?

«Perché gli hai mentito?»

«Volevo mettere alla prova la nostra amicizia.» Orfeo distoglie lo sguardo da me, fissa l'erba schiacciata dai miei passi. «Prova fallita.»

Sospira. «Andrea mi ha creduto subito.» Storce la bocca in

una brutta imitazione di un sorriso e sputa per terra. «Non mi ha chiesto spiegazioni, non mi ha chiesto niente. Mi è saltato addosso, mi ha preso a pugni, e se n'è andato. Tipico di lui. Sospettavo che sarebbe andata in questo modo.»

Il tono di Orfeo è sconsolato. Ci è rimasto malissimo per la reazione del suo migliore amico. Il comportamento di Andrea l'ha ferito nell'animo molto più dei pugni. Ma da un certo punto di vista la reazione di Andrea è comprensibile, con l'amico che lo prende alla sprovvista e gli confessa un fatto del genere – e in più so per esperienza personale che Orfeo può essere bravissimo a mentire.

Se la cattiveria che Paolo ha compiuto ai danni di Celeste l'anno scorso me l'avesse confessata di punto in bianco, senza preavviso, e io fossi stata grande e grossa come Andrea, a quest'ora Paolo sarebbe ancora all'ospedale!

Ma la verità è che Orfeo non voleva mettere alla prova proprio un bel niente. Agiva solo su ordine dell'app maledetta. Questo è l'esperimento sociale che ha affrontato nei giorni scorsi. Anzi, oggi, a giudicare dal sangue sul labbro. Magari stasera stessa, prima di raggiungermi. È sconvolgente che Orfeo abbia rovinato il rapporto con Andrea solo per assecondare dei tizi senza volto che gli parlano da uno schermo.

E se gli imponessero un esperimento del genere per mettere alla prova me? Orfeo accetterebbe? Butterebbe via anche la mia, di amicizia?

«Magari Andrea ha solo agito d'impulso» dico. «Gli hai confessato una cosa orribile e lui non si è fermato a ragionare. Non avrebbe mai potuto supporre che tu scherzassi su un argomento del genere.»

«Lo giustifichi?»

«No, ha sbagliato, ma ha delle attenuanti.»

Orfeo risolleva lo sguardo, mi fissa in volto. «Lo sapevo che era inutile parlarne con te.»

L'affermazione mi trafigge. Mi mordo il labbro inferiore, e strizzo gli occhi per mascherare le lacrime. Orfeo sembra accorgersi della gravità delle sue parole, perché abbassa le spalle e china il viso, la schiena curva.

È come se un macigno lo schiacciasse.

E, per quanto mi abbia offesa, vorrei abbracciarlo e consolarlo.

«Orfeo, cosa ti succede?» Gli sfioro il ginocchio piegato a contatto con la fusoliera della moto. «Ho chiesto in giro a quelli del terzo anno. Nessuno ha mai scommesso con te di allagare la mensa.»

La mascella di Orfeo si contrae. Lui si volta di scatto, e dalla sua espressione arrabbiata intuisco che ho compiuto un passo falso a rivelare il suo bluff.

«Ridammi la tessera di camera mia.»

«La... la tessera?»

Lui distende il braccio, la mano aperta. «Visto che sei diventata così amica di quelli del terzo anno, non hai più bisogno di lasciare le tue cose nella mia stanza.»

Le sue parole mi raggelano. Speravo di spingerlo a confidarmi che si era rivolto all'app maledetta, ma Orfeo ha preso malissimo la mia intrusione. Mi aspettavo sincerità e lui invece è diventato aggressivo.

Sono stupefatta, troppo delusa per ribattere. Gli riconsegno la tessera magnetica e lui se la infila nella tasca dei jeans. Mi ha sbattuto la porta in faccia, e non solo in senso figurato.

Ma io gli voglio bene, e non posso sopportare il suo sguardo disperato e il suo viso pesto. Non posso farmi da parte e fregarmene di lui.

«Va bene, in fondo non mi interessa della mensa o delle scommesse.» Gli sorrido. «Ma quel taglio lì sul labbro ha l'aria di essere profondo, e non smetterà di sanguinare da solo. Se mi aspetti, in macchina ho del disinfettante e dei cerot...»

«Lascia perdere.» Orfeo scansa la mia mano che gli toccava il ginocchio. «Io me ne torno al dormitorio. Tu fai un po' come ti pare.»

Non c'è astio nella sua voce, solo fastidio. Orfeo mi considera come tutti gli altri, incapaci di capirlo, e con cui non può discutere dei suoi problemi, perché tanto sarebbe inutile. Forse pensa che siamo troppo stupidi. O che non ce ne freghi niente di lui. Forse pensa che *io* sia troppo stupida e troppo egoista.

Mi dispiace da morire.

«Orfeo...»

Lui si rimette il casco, si piega sulla moto e l'accende. Dà gas. Riparte di scatto, schizzandomi le scarpe di fango.

Rimango impalata a seguire la moto che compie un mezzo giro nella radura e svanisce inghiottita dal bosco, imboccando il sentiero da cui era venuta. Il fracasso della marmitta si smorza nella notte, e intorno all'osservatorio torna a regnare il silenzio.

La luce della luna si spegne. Le nuvole riprendono ad accavallarsi in cielo, cancellando le stelle. Presto ricomincerà a piovere. Mi stringo nel giacchetto e cammino piano per raggiungere la macchina.

Orfeo non ha salvato Euridice perché non l'amava abbastanza. Ma Euridice amava Orfeo?

Io non sono neanche riuscita a disinfettargli le ferite.

19

Una leggenda narra che il primo gattino selezionato per essere spedito nello spazio su una capsula si chiamasse Felix. Ma il gattino fu furbo: scappò dal laboratorio poco prima del lancio!

No, no, Beatrice, ti prego, no, è presto! Perché mi porti in camera gli uccellini mezzi morti che si lamentano e non è neanche l'alba... Mi rigiro nel letto, attorcigliandomi le lenzuola addosso, e per fortuna l'uccellino, dopo il primo verso straziante, tace. Sembrava che ce l'avessi qui con me. Proprio qui accanto all'orecchio...

Accidenti! Spalanco gli occhi e tasto intorno alla mia faccia. I polpastrelli incontrano lo schermo di cristallo del cellulare. Sul display acceso campeggia una notifica dell'app misteriosa. Mi sono dimenticata di cambiare la suoneria dopo la mattina dell'ubriacatura, ed è rimasto il cinguettio.

Metto a fuoco lo schermo.

CIAO, VERA.
ABBIAMO ESAMINATO IL FILMATO CHE CI HAI INVIATO. SIAMO FELICI CHE TU ABBIA AFFRONTATO IL NOSTRO PICCOLO ESPERIMENTO CON TANTO IMPEGNO. STAI FACENDO GRANDI PASSI IN AVANTI SULLA VIA DELLA COMPRENSIONE, SIAMO SICURI CHE TU STESSA TE NE RENDA CONTO.
ORA SPETTA A TE DECIDERE QUANDO COMPIERE IL PASSO SUCCESSIVO. CLICCA SU QUESTO MESSAGGIO APPENA TI SENTIRAI PRONTA.

Se c'è un punto fermo nella mia vita, è che non posso perdere tempo. Clicco subito. La volta scorsa mi hanno ricontattata presto, spero che i tizi dell'app si sbrighino di nuovo. Tendo le braccia e sgranchisco i muscoli. Sono più stanca di quando sono andata a letto. Un'altra notte agitata, popolata da pensieri orribili, e che non ho neanche sfruttato per studiare.

Mi mordicchio il polpastrello del pollice.

La sessione estiva degli esami si avvicina in fretta, e non sarà facile mantenere la promessa che ho fatto a mamma. Ma non riesco a concentrarmi con tutti i casini che mi ruotano intorno. Orfeo depresso, Zoélie che mi bacia, il rettore che mi sbraita contro, Mirko che è un viscido opportunista. Sono a pezzi.

E rivedo di continuo il viso tumefatto di Orfeo. La bocca che si piega in una smorfia malinconica, e il sangue che gli macchia il labbro. Che avrei dovuto medicare. Che avrei voluto baciare.

No, no, Vera, che diavolo farnetichi? Non hai già abbastanza problemi?

Mi stropiccio gli occhi, scosto il lenzuolo.

E poi, quando alla fine ti addormenti, ecco che rispunta *Il significato nascosto della vita*.

Temo che la faccenda mi stia sfuggendo di mano. E con Orfeo mi sono comportata in maniera ingenua. Con il risultato che non ho più la chiave di camera sua. Era una sicurezza: in casi estremi avrei potuto setacciare il contenuto del suo pc e del suo cellulare grazie all'aiuto di Paolo, come ho fatto con mia sorella l'anno scorso. Ma adesso è tutto più complicato.

Non dovevo incalzare Orfeo. Possibile che non mi sia ancora chiaro? Più mi impiccio, meno lui si fida di me. Se voglio onestà da Orfeo, devo essere molto più astuta.

Afferro il cuscino per l'orlo della federa e me lo sbatto contro la faccia.

Stupida! Stupida! Stupida, Vera!

E come se non bastasse, ho cominciato anche ad avere incubi riguardo Orfeo. Nel dormiveglia, mi immaginavo di scendere nell'Ade e di lottare con Cerbero per raggiungere Orfeo. Prendevo il mio amico per il polso, e lo trascinavo con me su, verso la luce dei vivi. Ma lui camminava pianissimo, e non capivo che avesse, così mi sono voltata.

Ma non avrei dovuto. I signori degli Inferi mi avevano garantito che avrei salvato Orfeo solo se non mi fossi voltata mentre fuggivamo dall'Ade. Io l'ho fatto e le tenebre hanno ingoiato il mio amico, lo hanno ricacciato indietro, lo hanno annegato in un lago di asfalto fuso.

Mi premo il cuscino sulla faccia. Non devo più pensarci.

Dannatissimi Greci con i loro miti sadici del cavolo, e dannatissima me che me li sono andata a leggere solo perché non ci credevo che l'Orfeo antico fosse gay.

Il cellulare cinguetta di nuovo.

Di già? Possibile?

Mi levo il cuscino dal viso e acchiappo lo smartphone. Sì, una nuova notifica dell'app.

CIAO, VERA.

APPREZZIAMO IL TUO ENTUSIASMO NEL VOLER PROSEGUIRE SPEDITA, E SIAMO BEN LIETI DI ACCONTENTARTI. IL PROSSIMO ESPERIMENTO SOCIALE RIGUARDERÀ LE SCOMMESSE.

BLAISE PASCAL SOSTENEVA CHE TUTTI DOVESSIMO VIVERE SCOMMETTENDO SULL'EFFETTIVA ESISTENZA DI DIO. MA TU, VERA, NON CREDI IN DIO, O NON CI AVRESTI CONTATTATI. QUINDI, CHE ALTRA SCOMMESSA POSSIAMO PROPORTI?

UNA SCOMMESSA CHE TI FORNIRÀ UN BARLUME DI COMPRENSIONE SUL SIGNIFICATO DELLA VITA. SCOMMETTERAI CON ASTRID ALBERIGI, CHE SAPPIAMO FREQUENTA LA TUA STESSA UNIVERSITÀ PRIVATA. TI STUPIRESTI DI SCOPRIRE COM'È NATA LA TRADIZIONE DELLE SCOMMESSE NELLA TUA UNIVERSITÀ, MA È UN DISCORSO CHE FORSE APPROFONDIREMO IN UN ALTRO MOMENTO.
FILMATI MENTRE SCOMMETTI CON ASTRID ALBERIGI.
DOVRAI SCOMMETTERE CHE...

Interrompo la lettura, gli occhi sgranati. Come diavolo fanno i tizi dell'app a sapere delle scommesse in università? E come hanno collegato me con Astrid? Sono sicura di non averne mai discusso via messaggio, di non aver mai postato niente a proposito della blatta bionda; non esiste mezza foto in cui siamo insieme.

Chi ha raccontato all'app di me e di Astrid? A meno che i tizi che la gestiscono non siano miei compagni di università. E se fossero studenti del terzo anno? Se anche l'app fosse uno scherzo crudele?

Sono scettica. Astrid e soci sono un branco di buontemponi scansafatiche, figuriamoci se hanno le capacità tecniche di creare un'app sofisticata, e di nascondersi sul web tanto bene che neppure un geniaccio come Paolo è riuscito a scovarli.

Il che significa... Orfeo ha parlato di me ai tizi dell'app? Lui sa di Astrid e delle scommesse, e dei miei problemi al riguardo. Ma come avrebbe potuto farlo? Non si può interagire con l'app, a parte cliccare sui messaggi per riceverne altri e per caricare i filmati. Non ce lo vedo proprio Orfeo che, di sua spontanea volontà, si registra mentre spettegola dei fatti miei.

Scuoto la testa e riprendo a leggere.

DOVRAI SCOMMETTERE CHE ZOÉLIE LION RAPIRÀ E FARÀ DEL MALE AL TUO GATTO NERO, BEATRICE. DIRAI AD ASTRID CHE DEVE CONVINCERE ZOÉLIE A PRENDERSELA CON IL GATTO. LE DIRAI CHE HA UNA SETTIMANA DI TEMPO PER CONVINCERE ZOÉLIE. IL PEGNO DELLA SCOMMESSA È A VOSTRA SCELTA, NON CI INTERESSA.
NON PUOI PARLARE AD ASTRID DEL SIGNIFICATO NASCOSTO DELLA VITA. NON PUOI PARLARE A ZOÉLIE DEL SIGNIFICATO NASCOSTO DELLA VITA. NON INTRALCIARE IN ALCUN MODO LO SVOLGERSI DELLA SCOMMESSA.
DOPO CHE AVRAI FILMATO LA TUA CONVERSAZIONE CON ASTRID, CLICCA SU QUESTO MESSAGGIO PER ATTIVARE LA FUNZIONE «CARICA VIDEO». TRASCORSA UNA SETTIMANA, SAPRAI SE IL TUO PERCORSO ALLA RICERCA DEL SIGNIFICATO NASCOSTO DELLA VITA PROSEGUE.

Rileggo l'intero messaggio. I maledetti sanno tanto della mia vita, troppo, ma non sanno tutto.

Credevano di mettermi in difficoltà, ma mi propongono una prova *facilissima*. Zoélie si è dimostrata un'amica sincera, l'unica che mi abbia aiutata, e ci metto la mano sul fuoco che non mi tradirà mai. Tantomeno su pressione di Astrid.

Non c'è modo che la blatta bionda convinca Zoélie a prendersela con Beatrice. Ormai Zoélie credo di conoscerla un pochino e, persino se non fossimo amiche, dubito che si piegherebbe a una richiesta tanto orribile.

Tiro un sospiro di sollievo. Ci voleva proprio una buona notizia.

Certo, l'ideale sarebbe lasciare Beatrice in camera di Orfeo, ma dopo la nostra conversazione all'osservatorio non so come chiederglielo.

E se Astrid in prima persona si accanisse su Beatrice per poi addossare la colpa a Zoélie?

Non sembra un'ipotesi ragionevole. Per quanto Astrid sia cattiva, non può imbrogliare alle scommesse, o rischia ritorsioni da parte dei suoi stessi amici del terzo anno. Loro prendono queste cose molto sul serio.

Potrei affidare Beatrice a Paolo. Sarebbe considerato un intralcio alla scommessa?

Dovrò pensarci.

Intanto è meglio che mi sbrighi: se questa prova ha uno svantaggio, è che durerà almeno una settimana, e nel frattempo Orfeo potrebbe cacciarsi nei guai.

Smonto giù dal letto, e indosso una maglietta adeguata: nera con un teschio dalla cui bocca spunta un serpente. Niente di più adatto di una serpe per combattere un'altra serpe. *Fight fire with fire.*

Mi infilo le scarpe, e un'ombra pelosa mi si strofina contro la gamba. Acchiappo la testolina di Beatrice e le stampo un bacio sulla capoccia grande come una pallina da tennis. Lei rimane esterrefatta dal mio gesto, e scappo prima che si riprenda e mi artigli a sangue le caviglie.

Zoélie non le farà del male. Astrid non le farà del male. Non permetterò che nessuno le faccia del male.

Busso forte alla porta della camera di Astrid, mentre con l'altra mano reggo il cellulare e riprendo la scena.

Rumore leggero di passi. Il battente si apre.

Astrid si presenta in vestaglia e biancheria, senza trucco, neppure un filo di rossetto sulle labbra. Devo ammettere che anche così è molto bella, e quei boccoli biondi che le ricadono fino al seno farebbero invidia a ogni ragazza. Solo mia sorella

Celeste potrebbe competere con la blatta bionda in termini estetici.

«Oh, Dio.» La bocca di Astrid si piega in una smorfia schifata. «Che ci fai tu qui?»

Adocchia la lucina rossa sul mio smartphone che indica una registrazione in corso. Fa per prendermelo, ma ritraggo la mano.

«Mi serve per documentare.»

«Per documentare *che cosa*?» Astrid si affretta a chiudere la vestaglia sul petto. «No, non rispondere, non mi interessa. Vattene ché ho da fare.»

Afferra il battente e sta per sbattermelo in faccia.

Lo blocco con il palmo. «Aspetta. Voglio fare una scommessa con te.»

Astrid stacca le dita dalla porta. Gli occhi azzurri si assottigliano, mi scrutano curiosi. Io ruoto lo smartphone in modo che ci riprenda entrambe, stile selfie.

Lei ha un'espressione infastidita, ma la mia proposta l'ha attratta, glielo leggo nello sguardo. Lo stesso sguardo del clown Pennywise in agguato nella fogna.

«E di che scommessa si tratta?» chiede Astrid.

«Riguarda il mio gatto.»

«Beatrice?»

Annuisco e Astrid si scosta dall'uscio. «Entra.»

Mi intrufolo nel covo della blatta bionda, e lei richiude la porta alle mie spalle.

Non so bene perché, ma credevo che mi sarei trovata in una camera dominata dal rosa, rivestita di fotografie appese alle pareti con Astrid in compagnia di questo o di quel ragazzo, e piena di bamboline e peluche e profumi e vestiti sparsi ovunque. Un po' come la camera di Celeste a casa nostra, a Borgobianco.

Invece la stanza di Astrid è del tutto anonima. Le lenzuola sono bianche, la dotazione standard. Nell'armadio con le ante spalancate gli abiti sono appesi in ordine, e sono molti meno di quanti immaginassi. E sulla scrivania ci sono libri di testo aperti, persino sottolineati.

No, impossibile: Astrid studia!

Lei segue il mio sguardo. «Tra poco ho lezione. Sbrighiamoci.» Tira fuori dal cassetto della scrivania un foglio prestampato. Recupera anche una penna. «Dimmi del gatto.»

«È semplice, voglio scommettere che tu non riuscirai in una settimana a convincere Zoélie a rapirlo e a fargli del male. Se trascorsa la settimana il gatto è ancora in camera mia incolume, ho vinto. Altrimenti avrai vinto tu.»

«I termini sono accettabili.» Astrid concentra i suoi occhi azzurri su di me. «Non ti facevo tanto *twisted*. C'è del potenziale in te, è un po' un peccato che non siamo dello stesso anno.»

«Dubito che mi sarei divertita come ti diverti tu.»

«Non sono io la sadica che scommette sul gatto.»

Astrid trascrive la mia proposta sul foglio. «Un'ottima scommessa.» Firma in basso a destra. «Ma dobbiamo ancora stabilire premi e penitenze.»

Ci avevo già ragionato andando da lei. «Se vinco io voglio che la smetti di dare fastidio a me e a Zoélie. Ci devi lasciare in pace per sempre. E vale anche per le tue amichette.»

«D'accordo.» Astrid appunta sul foglio la mia richiesta. «Da parte mia, se vinco, voglio il gatto.»

«Ma... ma in che senso? Che vuoi fare a Beatrice?»

Astrid mi sorride. «Tenermela. Non ho mai visto un gatto tanto elegante e nobile, sembra una pantera. Non può essere il gatto di una sfigata emo come te. Beatrice la voglio io.»

Resto di stucco. Astrid non lo sa, ma mi ha in pugno, io

sono costretta ad accettare la scommessa. E poi, se le piace tanto Beatrice... «La vuoi, ma lo stesso sei pronta a convincere Zoélie a farle del male.»

Il sorriso di Astrid si allarga. «Le dirò di rapirla e di consegnarmela, e che poi mi occuperò io di strapparle la coda. Invece, appena l'avrò, la coccolerò tanto che nel giro di due giorni si scorderà di te.»

E dal suo tono capisco che è sincera. Pensavo che volesse fregarmi il fidanzato, invece vuole rubarmi il gatto.

Ma non vincerà. Non vincerà mai.

A costo di spedire Beatrice a Milano.

«Va bene.» Sospiro. «Accetto le tue condizioni.»

Astrid appunta sul foglio la sua proposta e mi porge la penna. Picchietta con l'unghia decorata di margheritine accanto al proprio nome. Firmo lì.

Astrid rilegge, ripiega il foglio e lo inserisce in una busta. «Bene. A posto. Per me la scommessa comincia ora. Dunque sei pregata di farmi la grazia di non presentarti più in camera mia per la prossima settimana.»

Ributto la penna sulla scrivania. «Sarà un piacere.»

Blocco la registrazione, ed esco.

La richiesta assurda di Astrid mi ha spiazzata. E se sul serio dovesse mettere le grinfie su Beatrice... Beatrice sarebbe capacissima di eleggerla nuova padroncina. O nuova schiava. No, del gatto non mi fido.

Ma di Zoélie sì. Lei non mi tradirà.

20

La stella cadente, o meteora, è in realtà un frammento di materiale spaziale che si incendia a contatto con l'atmosfera terrestre. Alcuni di questi frammenti sono piccolissimi, e si consumano bruciando in un istante.

Mi mordicchio l'unghia del pollice, gli occhi inchiodati allo schermo dello smartphone.

Nessuna notifica.

Senza alzarmi, scosto il sedere dal parquet e mi rimetto il cellulare nella tasca dei jeans.

«Ancora niente» mormoro.

Paolo solleva la faccia dalle interiora del suo computer, steso di lato sul pavimento. «Però mi hai detto che si sarebbero fatti vivi solo al termine della settimana.»

Allunga la mano verso di me, e gli passo il cacciavite. Ha sventrato il suo pc, e lo sta rimettendo insieme; da quel che ho capito scaldava troppo – «colpa mia che faccio overclocking selvaggio» mi ha spiegato – e dunque ha deciso di sostituire le ventole con un sistema di raffreddamento ad acqua.

«Sì, è vero» rispondo. «Ma ho il terribile sospetto che i tizi dell'app non abbiano gradito il video della scommessa. Astrid ha detto chiaro che non intende fare del male a Beatrice.»

Paolo annuisce, ma non capisco se è d'accordo con me, o è compiaciuto di come procede la sua operazione a cuore aperto sul computer. Estrae una delle ventole dal case e la depone sul parquet. «Il messaggio che mi hai fatto leggere era chiaro sul fatto che il pegno non aveva importanza. Secondo me hai eseguito le istruzioni alla lettera. Non possono lamentarsi.»

Attacca a svitare un'altra ventola. «Il filmato l'hai inviato subito, giusto?»

«Sì, appena uscita dalla camera di Astrid.»

«A me sembra tutto in regola. Vedrai che ti scriveranno.»

Giocherello con le antenne scure che sbucano sul lato di una scheda di rete. Le piego e le ridistendo. «Speriamo. Ho paura che se mi hanno escluso dal gioco non si prenderanno neanche la briga di comunicarmelo.»

Paolo si scosta una ciocca di capelli rossi dalla fronte con il dorso della mano, e impila la seconda ventola sulla prima. «L'importante è che Beatrice sia sana e salva.»

«Sì, sì, è sempre rimasta in camera con me, e nessuno l'ha infastidita.»

«Allora ormai è fatta.» Paolo molla il cacciavite e incrocia le dita per farle scrocchiare; saranno indolenzite, è da quando sono arrivata che è accucciato sul pavimento alle prese con il computer. «E scusami ancora, la conferenza mi è capitata tra capo e collo, non credevo che mi chiamassero, altrimenti avrei ospitato io Beatrice.»

«Non ti preoccupare.» Gli stringo la spalla. «Piuttosto, com'è andata? Com'era Berlino?»

«Mah! Io in pratica facevo solo il portaborse. Ma il capo ha riscosso un successone. Abbiamo avuto un mucchio di richieste per la nostra tecnologia WPT. La sera lui era così entusiasta che ci ha invitati tutti all'Artemis Brothel.»

Sono in difficoltà a figurarmi il mio amico d'infanzia in un bordello. Non sono sicura di volerne sapere di più del dopo conferenza. «Ma WPT che significa?»

«WhatPeopleThink. È il nostro software di analisi social.

Trebbia masse di post su Facebook o su Instagram e può informare i nostri clienti su quanto un loro prodotto è diffuso, o se una campagna pubblicitaria ha avuto riscontro.»

«Forte.»

«In più noi non analizziamo solo il testo. Usiamo una rete neurale stile DeepMind per controllare anche le immagini. Magari non hai mai parlato della Nutella, ma se l'hai fotografata ce ne accorgiamo. Ci ha persino contattato un cardinale che voleva sapere se potevamo scovare i simboli satanici per scoprire in quali città sono più radicate certe sette.»

«Interessante.»

Paolo distende la mano dietro di sé, tasta il parquet, incoccia nella scheda video e la acchiappa per reinstallarla nel case. «Intanto guarda il lato positivo. Da domani Astrid e amiche non ti daranno più fastidio.»

«Già.» Divarico le antenne della scheda di rete come se fossero le gambe di una ballerina che fa una spaccata. «Però Zoélie si è comportata in maniera strana tutta la settimana.»

«Cioè?»

«Non so, era schiva. Mi salutava a malapena, e finite le lezioni scappava via.»

«Non mi sembra grave.»

E non lo sarebbe se Zoélie fosse una mia compagna di classe qualunque. Ma siamo amiche, e mi ha addirittura baciata nel bagno dei professori.

Forse dovrei dirlo a Paolo, per fornirgli un quadro più vivido della situazione. Ma sono a disagio se ripenso all'intero episodio. Preferirei archiviarlo nella cartelletta: ero ubriaca, chissà cosa è successo davvero.

Però se rivedo gli occhi di Zoélie un attimo prima che lei premesse le labbra sulle mie, mi accorgo che è tutto vero, e non si è trattato di un gioco da parte sua. Che Zoélie provi per me dei sentimenti al di là dell'affetto e della gratitudine?

È probabile che la mia amica abbia mandato a quel paese Astrid appena saputo della scommessa. Il suo atteggiamento riservato deve avere un'altra origine. Per esempio un amore non corrisposto? E domani le ho promesso che saremmo andate a correre insieme... Non so proprio come comportarmi con lei.

Paolo si volta a guardarmi. Inseguendo i miei pensieri confusi devo aver prolungato il silenzio per troppo tempo. Lui si scosta di nuovo i capelli rossi, che sono ricaduti sulla fronte sudata, e lascia sulla pelle delle scie di polvere che oscurano le lentiggini. Le ventole del case erano sozze.

Mi scruta negli occhi. «Stai bene? Come va con il tuo amico?»

«Con Orfeo? Male. Peggio che con Zoélie.»

Sospiro e appoggio le mani sul pavimento. Una vite mi punge il palmo, e la lancio via – ops! Spero che a Paolo non servisse!

«Temo di aver peggiorato la situazione. Ho insistito perché si aprisse con me, ma ho ottenuto il risultato opposto.»

«Non gli avrai parlato esplicitamente dell'app...»

«No, è bastato molto meno e si è chiuso in se stesso.» Lo rivedo, Orfeo, in sella alla moto, rivedo la sua espressione disperata. Lo stomaco mi manda una fitta per l'ansia. «In pratica non ci parliamo più.»

Lo stridio di un tram che frena mi fa alzare il viso alla finestra aperta. In sottofondo colgo il lieve rumore del traffico milanese. Mi ricorda il frinire ritmico delle cicale che si affollano lungo i fiumi giapponesi negli anime. Mi sembra di essere precipitata in uno di quei cartoni giapponesi *slice of life* dominati dall'incomunicabilità.

«Sono proprio felice di essermi cancellato da tutti i social.» Paolo si tampona la fronte con il dorso della mano, e se la impasta ancora di più di polvere. «Almeno non possono usarmi contro di te.»

«Sì. Meno male. Speriamo che non tirino in mezzo Massi.»

Paolo mi sbircia di sottecchi. «Strano che nomini Massimo. Non ne parli più, è tutto un Orfeo di qua, Orfeo di là. Non è che tu e Massimo non state più insieme?»

«Tu fai troppe domande, giovane Padawan.»

L'ho buttata sullo scherzo, ma il commento di Paolo ha toccato un nervo scoperto. È vero, non parlo più di Massimo, soprattutto non penso più a Massimo. Rispondo ai suoi messaggi in modo automatico con faccine a caso, e, quando ci telefoniamo, spesso non lo ascolto. Vorrei confessargli dell'app, e dei problemi con Orfeo, ma Massimo suona sempre allegro e non mi va di rovinargli l'umore con i miei casini. E se accennassi a Orfeo, si ingelosirebbe e basta.

Ma se non mi interessa di lui, e se non posso confidarmi con lui, forse la domanda di Paolo non è così assurda. Il mio migliore amico non è il mio migliore amico per caso: mi conosce proprio bene. Più di quanto sarebbe giusto, ecco.

E mi sa che sto arrossendo.

«Io ho fame» taglio corto. Sfilo fuori lo smartphone dalla tasca. «Ordiniamo take away?»

«Più tardi, più tardi.» Paolo avvita la scheda video nel case. «Non ho ancora fame, e voglio finire di rimontare il computer.»

Adesso però comincio ad arrabbiarmi. È tutta la mattina che è alle prese con quell'affare. Ora basta. Gli tiro uno scappellotto sulla nuca e il cacciavite gli cade in grembo.

«Ahi!» strilla. «Ma perché?»

«Mi hai invitata tu oggi! Mi fai prendere il treno e perdere una giornata di studio e non mi fai giocare a *MondoPulcino VR* e non mi offri neppure il pranzo?»

Paolo assume un'espressione contrita ma, carino, non è sufficiente con una Signora dei Sith. Devi darti molto più da...

Suona il campanello. Uno, due trilli prolungati. Il viso del mio amico si accende di speranza. Complimenti allo studente svogliato, felice che la campanella lo abbia salvato! Ma appena ci liberiamo dello scocciatore, o Paolo ordina il pranzo, o me lo cucino!

«Vuoi andare tu, per piacere?» Il mio migliore amico mi mostra le mani impolverate. «Tanto sarà la signora qui di fronte sul pianerottolo. Mi deve dare i pacchi che sono arrivati mentre ero a Berlino.»

Oggi ogni scusa è buona per pigrare, eh? Sbuffo e mi alzo, lui rimane appiccicato al parquet.

Ma guarda tu se prima la vicina, e poi la sottoscritta devono occuparsi dei suoi pacchi. Chi siamo, le sue facchine? Paolo ha proprio bisogno di una bella regolata. E anche la vicina, che modo è di disturbare le persone all'ora di pranzo?

Metto su una faccia scocciata e apro la porta senza chiedere chi è.

Mi ritrovo davanti uno specchio.

Solo che la me stessa nel riflesso è vestita con una gonnellina corta a balze e una camicetta bianca dagli orli ricamati. La pelle non ha una tonalità pallido cadavere come la mia, ma è abbronzata in modo leggero, coperta da un velo dorato che si accompagna alla perfezione ai capelli color del grano. Le guance sono piene e rosse, gli occhi blu cobalto risplendono di gioia, e lo sguardo ha la profondità dell'artista, di chi scruta il mondo con un'acutezza diversa dagli altri.

Per poco lo smartphone non mi sfugge dalle dita. «Celeste!»

La mia gemella mi sorride e si porta indice e medio uniti alla fronte, in un saluto militare sbarazzino. «Dal Giappone con furore, per rispondere alla chiamata della mia sorellina in diff...»

Mi butto su di lei e la stringo forte. Profuma di vaniglia, e i capelli biondi hanno l'aroma del limone. È meraviglioso riabbracciarla.

«Mi sei mancata» biascico, la faccia premuta sui suoi capelli. «Ma quando sei arrivata?»

«Da poco. Sono atterrata a Malpensa, ho preso la navetta per la Stazione Centrale, ho lasciato lì i bagagli, ed eccomi qui.»

Celeste si scioglie dall'abbraccio e mi squadra da capo a piedi. «Stai bene con i capelli blu.»

Lo dice con un tono dolce che mi commuove. E scenderebbero persino una o due lacrimucce, se dietro di me Paolo non sghignazzasse, tutto soddisfatto di aver fregato la Signora dei Sith. Ecco perché ha insistito che venissi oggi e mi ha tenuta in casa e non voleva neanche che ordinassi il pranzo: era d'accordo con Celeste per farmi una sorpresa.

Detesto le sorprese, ma sono super felice che mia sorella sia rientrata dal Giappone prima del previsto. Avevo bisogno di rivederla.

21

Due gemelli. Uno rimane sulla Terra, l'altro parte per il cosmo, viaggiando al limite della velocità della luce. Quando ritornerà, scoprirà che suo fratello è molto più vecchio di lui. Per il gemello rimasto sulla Terra sono trascorsi molti più anni.

I capelli di Celeste splendono al sole, gli occhi le brillano, le labbra appaiono piene, vermiglie anche senza rossetto. Seduta a gambe accavallate al tavolino del locale art déco, è a suo agio come se fossimo nel gazebo del giardino di casa nostra.

Piega il viso e sorride al cameriere che ci porta i frullati, e il tipo per poco non rovescia il vassoio dall'emozione. I sorrisi allegri e fascinosi di mia sorella farebbero sciogliere chiunque. Tutto il contrario dei miei ghigni ironici, che suscitano fastidio e tengono alla larga i ragazzi. Io e Celeste siamo gemelle, ma i nostri caratteri sono lontani come quelli di Malefica e di Ariel.

«Quindi fammi capire bene...» Celeste stacca le dita affusolate dal bicchiere del suo frullato alla fragola. Distende l'indice. «La prima prova era quella con l'insetto. L'ha fatta Orfeo e l'hai fatta tu.» Distende il medio. «La seconda prova riguardava l'università, e l'avete superata entrambi.» Distende anche l'anulare. «E la terza è legata all'amicizia. Lui ha affrontato Andrea, e tu hai dovuto affidarti a Zoélie. Che mi sembra si sia comportata come speravi.»

Do un tiro alla cannuccia immersa nel mio frullato al cioccolato bianco e banana. «Sì, tutto giusto.»

Celeste mi sorride. «Perciò siete alla pari.»

«A quanto pare. Lui ha cominciato prima di me, ma ha proseguito molto più piano.»

«Il motivo è evidente.»

Sollevo gli occhi dal frullato. «Ovvero?»

«Sei stata tu.»

Inarco il sopracciglio. Era una delle mie ipotesi, e se Celeste la considera anche lei plausibile, potrebbe essere persino vera. «Non saprei. Quando lui ha iniziato, io non sapevo neppure che esistesse l'app sul significato della vita.»

Celeste scuote la testa. «Forse viaggio con la fantasia, ma mi sembra che questi personaggi dell'app...»

«I bastardi.»

«Sì. Dicevo, che questi personaggi puntino a far sì che, prova dopo prova, si perda sempre più fiducia nel prossimo. Vogliono convincere chi gioca che tutti i rapporti umani sono effimeri.»

«Mi ero fatta anch'io una mezza idea del genere.»

Conosco poche persone con la sensibilità spiccata di mia sorella. Se si considerano i vestiti alla moda, i capelli sempre curati e il sorriso da principessa, può sembrare una ragazza superficiale. Ma dietro l'apparenza spensierata si possono nascondere sofferenze profonde, che Celeste tiene per sé pur di non ferire gli altri.

Fino a un pomeriggio di poche settimane fa in un parcheggio abbandonato, solo un'altra volta in vita mia mi ero sentita sola al mondo, incompresa, esclusa, senza nessuno su cui contare. Lei invece ha passato mesi in una situazione del genere. Sospetto che capisca le sofferenze di Orfeo molto meglio della sottoscritta.

Celeste si tampona il labbro bagnato di crema rosata con il tovagliolino di carta. «Ti sei mai chiesta come abbia fatto Beatrice a entrare in camera sua, il giorno in cui c'era il ragno violino?»

«Che domanda. La porta era aperta.»

«Esatto. E ti sei chiesta perché?»

Giusto. Non è normale lasciare spalancate le porte delle camere nel dormitorio. E Orfeo è anche più attento di molti altri, alla sua privacy.

«Magari era appena entrato, ha visto il ragno violino, ed è saltato sul letto, lasciando la porta aperta.» Ma mi rendo conto da sola, mentre lo dico, che è una sciocchezza.

Celeste muove la cannuccia rimescolando il frullato. «Se quella del ragno era una prova, l'aracnide l'ha liberato lui, non era una sorpresa che fosse lì. Penso piuttosto che una delle regole imponesse di tenere la porta aperta.»

«Ma per quale motivo? Con la porta aperta chiunque avrebbe potuto aiutarlo.»

«Però non è arrivato nessuno.» L'espressione di Celeste si fa malinconica, mentre lei osserva i semini di fragola vorticare seguendo la scia della cannuccia. «Nessuno l'ha aiutato prima che arrivassi tu.»

Possibile che i tizi dell'app siano stati tanto furbi? In dormitorio c'era gente a volontà, ma si sono dimostrati tutti dei menefreghisti, perché in un ambiente del genere è *mors tua vita mea*. E i pochi che frequentano i parcheggi abbandonati di solito non sono persone espansive. In entrambi i casi quelli dell'applicazione hanno ottenuto di far sentire isolato chi affrontava la prova.

«E anch'io ero in una situazione per cui non mi ha aiutata nessuno.»

«Già.» Mia sorella mi scocca un'occhiata di fuoco, degna di mio padre. «A proposito, guai a te se ci riprovi. Non fare mai più una pazzia del genere, ci siamo capite?»

Annuisco. «Sì, signora.»

«Sul serio, Vera. Non mi va proprio che ti metti in pericolo. Hai già rischiato abbastanza l'anno scorso. Non farlo più e stop. O ti devo sculacciare?»

Sto per scoppiare a ridere, ma Celeste è di una serietà granitica, e mi trattengo.

«Prometto di essere prudente. Ma voglio proseguire il percorso.»

Lei dischiude le labbra, ed è sul punto di cominciare una tirata per dissuadermi. Ma mia sorella mi conosce benissimo, e sa che è più facile deviare il tragitto di un treno sparato a tutta velocità, che non farmi cambiare idea.

Celeste sospira. «Mi accontento di questa promessa. Per ora.»

«Grazie. Grazie di capirmi.»

«È normale.» Con un gesto della mano accantona l'argomento. «Torniamo a noi. Come dicevi, nessuno ti ha aiutata con la vespa, e la conseguenza è stata che la tua fiducia nel prossimo è diminuita.»

«Sì, ma solo per i primi cinque minuti.» Bevo un lungo sorso di frullato. «Poi ho ragionato che il tizio con il cappuccio era soltanto un debosciato fifone. Non cambio parere sull'umanità per colpa di un cretino.»

«Però tu non vai a cercarti un'app di stampo autolesionista perché sei depressa.»

«No, in effetti no.»

Orfeo non si è accostato all'app con un atteggiamento neutro, come me. Lui aveva già una visione cupa e negativa della vita, ed è solo normale per gli esseri umani cercare conferma ai propri pregiudizi.

«Durante la sua prima prova» continua Celeste, «il tuo amico ha liberato il ragno lasciando la porta aperta. Tu e Beatrice lo avete salvato. Per questo non ha richiesto altre prove all'app per mesi. Ma la depressione non si cura da sola. Non basta un episodio positivo per estinguere il male che ti consuma da dentro. Puoi potare una pianta e le radici smetteranno di crescere, ma, se non le estirpi, prima o poi riprenderanno a diramarsi.»

«Ho capito.»

Intuisco che Celeste parla per esperienza personale. E mi sento in colpa: dopo le vacanze estive, mia sorella è partita per un viaggio studio in Giappone e si è trattenuta per altri corsi e mi sembra ovvio che la sua sia stata una fuga da Borgobianco, da mio padre, da Giuliano, da tutto quello che l'aveva angosciata l'anno scorso.

Forse è scappata anche da me. O forse mi avrebbe voluta vicino, e io ero troppo impegnata per accorgermene.

«Da quanto tempo non senti più Giuliano?» le chiedo.

«Magari nei prossimi giorni lo chiamo.»

Ma non sembra convinta. Si volta, il suo sguardo vaga per la piazza, tra i taxi fermi e gli autobus che percorrono la rotonda.

«Gli farebbe piacere.» Sfioro le dita di mia sorella. «Quando lo sento mi chiede sempre di te.»

«È che...» Le guance di Celeste si imporporano. «È che in Giappone ho conosciuto un insegnante al corso di poesia haiku e...»

Strabuzzo gli occhi. «Come come come?»

Mia sorella esala un lungo sospiro. «Penso che non rimarrò a Borgobianco quest'estate. Voglio ripartire per Tokyo il prima possibile.»

«Celeste!» la richiamo con voce dura. «Ma allora è un vizio!»

La mia ramanzina scherzosa le strappa una risata sincera, e il suo buonumore mi contagia. Se la vedo allegra, lo sono anch'io. È come se per un istante fossimo la stessa persona, e il suo sorriso solare fosse il mio, e i suoi capelli biondi si tingessero di blu.

Celeste riprende in mano il frullato. «Ma di me chiacchieriamo un'altra volta. Devo anche raccontarti del Giappone e voglio dirti tutto per filo e per segno. Oggi però ci sono problemi più gravi. Tipo mia sorella minore che si chiude in macchina con un alveare.»

«Primo, la vespa era una. Secondo, era bella stordita. Terzo, sono nata solo *cinque minuti* dopo di te.»

«Dettagli.»

Ma mi accorgo che ho preso a soffiare nella cannuccia per far affiorare le bolle nel frullato. Arrossisco e butto giù la bibita in un colpo solo. Non sono più una bambina!

Anche mia sorella finisce di bere. «In ogni caso, è chiaro che dal giorno del ragno violino Orfeo ha con te un rapporto speciale.»

«Lo penso anch'io.»

«Però non dovevi lasciarti coinvolgere in questo casino dell'app.»

«Me la caverò. Sono una Signora dei Sith.»

«Lo so.» Questa volta è la mano di Celeste a cercare la mia, ancora posata sul vetro freddo del bicchiere. «Come posso aiutarti, sorellina?» Si sporge verso di me, e i miei occhi si specchiano nei suoi. È come se parlassi a me stessa. La voce di Celeste si fonde alla mia.

«Il più grande aiuto che puoi darmi è stare ancora in Giappone. Continua a mettere sui social immagini di Tokyo e non farti taggare in foto qui in Italia. Se i gestori dell'app scoprono che sei tornata, sono sicura che ci metteranno una contro l'altra.»

«Nessun problema. Sono tornata a sorpresa e come ti dicevo penso di ripartire presto. Sarò un fantasma.»

Sospetto che Celeste si comporti così non solo per darmi una mano. Vuole proprio dare un taglio alla sua vita precedente, e temo che con Giuliano sia finita prima ancora di cominciare. Ma non commento, lei ha il diritto di agire nel modo che preferisce. Ha già dimostrato di essere una persona matura in grado di prendere decisioni importanti.

«Scusami ancora se ti chiedo segretezza» dico. «Purtroppo i tizi dell'app hanno passato al setaccio la mia vita pubblica e hanno scoperto tutto il possibile su di me. Non voglio che ti coinvolgano per alcun motivo. In più, se mi chiedessero di comportarmi male con te, di farti del male, non potrei mai accettare.»

«Non avevo dubbi, sorellina.»

«Ma non voglio abbandonare il percorso. Non ora che potrei anticipare Orfeo. Basta che lui si prenda un'altra piccola pausa e...»

Celeste stringe le dita intorno alle mie. «Lo farà se gli starai accanto.»

«Ci proverò. E appena tutta questa faccenda sarà finita, te lo presento. È una persona fantastica. Super intelligente. E ha una passione per l'astronomia che è contagiosa. Potrei ascoltarlo per ore!»

Mia sorella abbozza un mezzo sorriso. Non è la reazione entusiasta che mi auguravo di suscitare.

«Che c'è?» le chiedo.

«Niente. Solo... Massimo, come sta?»

Un'altra stilettata di senso di colpa. È tutto il pomeriggio che parlo a Celeste di Orfeo, dei suoi problemi, di quanto è un genio, di come non abbia mai conosciuto nessuno simile a lui, e non ho dedicato neppure mezzo minuto al mio fidanzato.

Le guance mi avvampano per la vergogna. Mi torna in mente la domanda di Paolo. E vorrei solo avere altro frullato per tuffarci dentro la faccia!

«Credo stia bene. La squadra ha vinto un sacco di partite. Stanno andando alla grande.»

«E tra voi due?»

«Mai stati meglio.»

Ma a chi la racconto? Sarebbe inutile mentire a Celeste. Anche lei si è disamorata di Massimo, e riconosce i sintomi. Ma non ce la faccio ad affrontare l'argomento. Distolgo lo sguardo.

Celeste sospira. «E se i tizi dell'app tirassero in ballo Massimo? L'hai considerato?»

«No... cioè sì. Non lo so.» Ormai il mio fidanzato è talmente poco al centro dei miei pensieri che appena l'ipotesi di un suo coinvolgimento mi sfiora, l'accantono senza elaborarla. «Spero che non accada.»

«Lo spero anch'io. Ma se ci ragioni, ti accorgi che le prove sono diventate sempre più... come dire, personali.»

«Purtroppo è vero. Forse ho sottovalutato le prove. Sinora mi era sembrato di poterle affrontare senza problemi. Ma non è stato così. Però, finché i bastardi ti credono in Giappone, ho un asso nella manica.»

Sogghigno e Celeste risponde con un sorrisino malizioso. «Con una sosia a disposizione, potresti ingannarli in mille modi.» Raddrizza la schiena. «Se avrai bisogno di me, mi precipiterò. Da Borgobianco sono un paio d'ore. Sarà divertente spacciarmi io per te, per una volta.»

«Dovrai tingerti i capelli.»

Celeste si liscia una ciocca dei suoi boccoli dorati. «Allora il sosia lo facciamo fare a Paolo. Si butterebbe nel fuoco per te.»

«Maddai...»

Mia sorella mi lancia un'occhiata allusiva. «Non dirmi che non te ne sei accorta.»

«Non insinuare che anche lui sia innamorato di me o stupidaggini del genere. Altrimenti ordino un altro frullato alla fragola.»

«E?»

«E te lo verso in testa!»

Celeste solleva le mani in segno di resa, e poi fa il gesto di chiudersi una cerniera lungo le labbra.

«Ecco» approvo. «Bene.»

Come sempre, mi sono fatta scudo con l'ironia. Ma sono a disagio, e sono tentata di mandare un messaggio a Paolo per scusarmi che non potrò passare a casa sua per salutarlo perché devo riaccompagnare Celeste in stazione e voglio prendere il treno subito dopo così ho un po' di tempo per studiare e...

Incrocio le braccia sul petto. «I rapporti umani non fanno per me.»

Celeste mi fa un sorrisone. «*Ganbatte*, Vera!» Si alza e il sole le bagna il viso abbronzato. «Alla fine, in un modo o nell'altro, tutto si sistema. Fidati. Io ne sono la prova.»

«Sì, lo so.» Inchiodo lo scontrino del bar al tavolo con l'indice. «Ma il conto lo pago io.»

Il suo sorriso si allarga. Mia sorella è sempre positiva, vede sempre il lato luminoso delle situazioni.

La invidio.

22

L'eclissi totale di Luna avviene quando la Terra si frappone tra la Luna e il Sole, impedendo al satellite di godere dei raggi luminosi della nostra stella. Il risultato è che la Luna sembra nascondersi risentita a tramare nell'oscurità, anche se si comporta così solo perché le manca la luce del Sole.

Zoélie fa capolino in camera mia, e si trattiene a stento dal ridere. «Oh, santo cielo... Ma come ti sei vestita?»

Spalanco la porta. Forse non mi ha vista bene, e voglio fare pieno sfoggio del mio outfit. Sollevo il mento con l'altezzosità che mi compete.

«Ho seguito i suggerimenti degli esperti sui siti di jogging.» Mi sfioro il polso. «Polsini e cavigliere per assorbire il sudore.» Indico la fascetta che mi cinge la fronte. «Fascetta che mi aiuterà con lo stesso problema.» Mi slaccio e riallaccio la cintura. «Cinturone tattico con marsupio che ospita fazzoletti, salviettine rinfrescanti, e barrette proteiche. Sul fianco, borraccia d'acqua.» Tiro l'elastico degli shorts giallo evidenziatore. «Infine, pantaloncini catarifrangenti, in modo che nessuno mi investa anche se ci fosse la nebbia.»

Zoélie si gratta la nuca. «Ma correremo all'interno del campus.»

«Non si è mai troppo sicure. *Better safe than sorry!*»

Lei è molto più dimessa: scarpe da corsa che hanno macinato troppi chilometri, pantaloncini anonimi neri, e una felpa con le maniche lunghe – e okay che stiamo uscendo alle sei e mezza del mattino, ma scommetto che le verrà caldo.

Adocchia la mia borraccia. «Ma quanta acqua ti porti? Sembra che dobbiamo partire per la foresta amazzonica.»

«È da un litro. D'altra parte...» Apro la zip del marsupio, e le barrette energetiche fanno a gara per sbucare fuori. «... a mandare giù tutte queste barrette avrò sete.»

«Io pensavo che finito l'allenamento avremmo fatto colazione al bar.»

«E io penso che stiamo facendo tardi.»

La spintono via dalla porta, e la richiudo alle nostre spalle. Saltello sul posto, la treccia di capelli blu mi rimbalza sulle scapole. «Su, su! Ogni minuto che perdiamo è una fettina di prosciutto che rimane su queste cosce!»

Zoélie scuote la testa senza smettere di ridacchiare, ma mi segue giù per le scale e fuori dal dormitorio.

L'aria frizzante del primo mattino mi fa venire la pelle d'oca e mi pizzica le narici. Forse Zoélie ha avuto l'intuizione giusta a mettersi la felpa. Ma non importa, correrò come il vento e mi passerà il freddo.

Zoélie mi conduce ai giardini, immersi nel silenzio. È ancora presto, e la gran parte degli studenti sono addormentati, o al massimo sono chini sui libri, con una tazza di caffè fumante a fianco.

Iniziamo con una corsetta leggera, attente a non calpestare il prato. I muscoli mi si scaldano, e mi sento in forma. Sono sorpresa dalla risposta del mio fisico. È l'ennesima dimostrazione che la mente manipola il corpo a piacimento, ah!

Affianco Zoélie e la sbircio di sottecchi. L'espediente di vestirmi in maniera buffa ha funzionato: la mia amica si è subito rilassata, e ogni eventuale imbarazzo per baci o scommesse è svanito. Ne sono lieta. Negli ultimi tempi mi sembravano diventati tutti nervosi. Persino Beatrice ieri, quando l'ho acchiappata per toglierla dal davanzale e chiudere la finestra, ha reagito con rabbia; mi ha soffiato contro e se non l'avessi mollata all'istante mi avrebbe cavato un occhio.

Be', in effetti nel suo caso è la reazione consueta quando la prendo in braccio.

Che gattaccia demoniaca. Ma sono felice che sia ancora la *mia* gattaccia demoniaca.

Zoélie accelera, e la seguo senza difficoltà. Oggi è rilassata, persino contenta. Corricchiamo e un paio di volte anche lei mi spia, e come darle torto? Il mio corpo tonico susciterebbe l'invidia di chiunque! Il mio segreto? Guardare gli altri alle prese con i videogiochi e trangugiare Mooncake uno dopo l'altro in piena notte.

«A cosa pensi?»

Mi volto verso Zoélie. «Eh?»

«Sembri compiaciuta.»

Mi stringo nelle spalle. «Penso a quanto sono fortunata. Sono bella, intelligente, e con delle vere amiche. A differenza di chi so io.»

Zoélie inclina la testa, per interpretare la mia espressione soddisfatta da un'altra angolazione. Non importa se non coglie i riferimenti. Mi sono capita da sola. E ho vinto. Alla facciaccia di Astrid!

Scatto in avanti, e mi giro correndo all'indietro di fronte a Zoélie. «Dai, aumentiamo il ritmo.» Batto le mani entusiasta. «Andiamo, andiamo!»

Lei piega le labbra, dubbiosa. «Sei sicura? Le prime volte ci si stanca presto a correre.»

«Parli di me? O hai paura di non riuscire a starmi dietro?» Mi rigiro e parto a razzo. «Muoversi, muoversi, muoversi!»

«Forza, non manca molto.» Zoélie corre appena più avanti a me, agile più di un cerbiatto. «Tieni duro. Finiamo il giro e poi ci fermiamo un attimo a riposare.»

Non ho il fiato per rispondere, e annuisco con un cenno vago. Corriamo da un'infinità di tempo, tipo un quarto d'ora, e darei un rene per essere in camera mia sotto le coperte. E, nell'idea originaria, dovremmo allenarci per un'ora intera!

Zoélie è proprio a suo agio, fresca come se non avessimo corso per un intero quarto d'ora; ho l'impressione che correre per lei sia naturale come lo è per me abbuffarmi di pollo tandoori. La mia amica non è neppure sudata: la pelle bianca delle gambe appare liscia, simile al velluto, senza tracce di umido. Non un solo capello è sfuggito dalla sua coda alta, e il viso è raggiante, senza il minimo rossore dovuto alla fatica.

Io sono a mollo nel mio sudore. Ho i capelli appiccicati alla nuca, e la canottiera zuppa mi si è attaccata alla schiena. Mi sento la faccia in fiamme, e il sudore salato mi cola negli occhi e me li irrita, e sto per schiattare.

Zoélie mi lancia uno sguardo preoccupato da sopra la spalla. Mi rivolge un sorrisone incoraggiante. Io sfrutto le mie ultime riserve di energia per distendere le labbra in un sorriso stentato.

Svoltiamo l'angolo della palazzina di matematica, e davanti a noi si diparte un sentiero tra gli alberi. In fondo, lontana più di un miraggio, la fontanella che segna la partenza e l'arrivo dei nostri giri del giardino. Non ce la farò *mai* ad arrivare fin lì, mi verrà un infarto prima.

Incespico con le scarpe sulla ghiaia del vialetto, la bocca spalancata alla disperata ricerca di aria.

La fascetta che mi strizza la fronte mi procura un fastidio boia, e me la strappo via. Chi ha inventato il jogging era anche più sadico di chi ha inventato i miti greci!

«P-pausa...» rantolo. «Pausa, ti prego. Se corriamo un altro metro mi si spappola la milza.»

Zoélie mi fa cenno che è okay con il pollice e devia verso la panchina più vicina, all'ombra di una quercia secolare. Rimane a correre sul posto accanto all'albero, io la raggiungo zoppicando.

Mi lascio cadere sulla panchina. «Sia ringraziato il cielo!»

Mi affloscio stile sacco di patate. Ogni. Singolo. Muscolo. Mi. Fa. Male. Lo stomaco brucia per lo sforzo, e la milza mi invia fitte lancinanti. Ci manca poco che vomiti per la stanchezza.

Mi chino a sfilarmi le cavigliere, e mi massaggio i polpacci doloranti. «Sto morendo.» È anche sbucato un sole furioso che mi picchia in testa. E quest'afa assurda mi ammazza. «Ma che diavolo mi ha detto il cervello» mormoro. «Potevo starmene in camera a studiare con la faccia spalmata della crema al cioccolato dei Mooncake...»

«Scusami...»

Mi volto verso Zoélie, che si è seduta accanto a me. «Perché ti scusi?»

«Mi dispiace» dice con la sua vocina. «L'ho proposto io di allenarci insieme.»

Non si intristirà sul serio? Io mi lamento per scherzo. Cioè, no, ma non do la colpa a lei dei miei errori madornali!

«Tu l'hai proposto, ma io ho accettato. E nessuno muore per un po' di acido lattico. Spero.»

Ma il viso di Zoélie si è imbronciato. Forse mi sono lagnata in maniera troppo verosimile. Non ne imbrocco mai una.

Mi appoggio con le spalle allo schienale della panchina. Stiro le braccia sopra la testa. «Scusami tu.» Riabbasso le braccia, e la colonna vertebrale scrocchia in un modo che dubito sia naturale. «Tu sei un'atleta professionista e io una *couch potato*. Dev'essere frustrante avere a che fare con un impiastro tipo la sottoscritta.»

«Ho sbagliato io. Dovevo dirti di andare più piano.»

«Non c'è problema. Ho insistito e sono stata punita. Mi servirà da lezione.» Apro la cerniera del marsupio. «Almeno ho avuto una buona idea a portare le barrette. Me le papperei tutte.» Ne tiro fuori un paio ai cereali e cioccolato. «Ne vuoi una?»

Zoélie mi sorride e io mi accorgo che le barrette sono spiaccicate. Fanno ribrezzo.

«Aspetta solo un secondo.» Frugo nel marsupio. Ci sarà almeno una barretta decente.

Intanto anche Zoélie si stiracchia, e sbuffa dal caldo. Si arrotola le maniche della felpa sulle braccia. Scopre il tatuaggio della fenice.

«Tieni.» Le allungo una barretta rimasta più o meno intatta. «E se ne vuoi delle altre basta che me le chie...»

Il braccio destro di Zoélie è ricoperto di graffi. Le artigliate formano un reticolo sulla pelle candida. Le unghiate partono dal polso e si arrampicano su fino al gomito. Sono scalfitture profonde, e la carne intorno è ancora gonfia e arrossata.

So chi le ha provocato tagli del genere. Li ho sperimentati tante volte anche sulla mia pelle.

M'irrigidisco.

«Ti ha fatto molto male?»

Zoélie scarta la barretta e l'addenta. Gli occhioni verdi mi guardano perplessi.

Accenno con il mento al braccio martoriato. «Beatrice. Ti ha fatto male quando hai cercato di rapirla?»

Zoélie si blocca. Scosta la barretta dalle labbra. «I-io...»

Ma non deve spiegarmi niente. Appena mi sono allontanata

dal campus per andare da Paolo, lei ha tentato di prendere Beatrice. Forse credeva addirittura di riuscire a portarla in braccio fino alla camera di Astrid. Per consegnargliela. Sapendo che la blatta bionda non avrebbe esitato a farle del male. A *strapparle la coda*.

La consapevolezza del tradimento è una pugnalata al petto. È un dolore acuto che mi trafigge il cuore e mi mozza il respiro. Ho aiutato Zoélie che neanche la conoscevo. Mi sono esposta alle ritorsioni di Astrid per lei. E lei non si è fatta scrupoli a obbedire alla bastarda bionda. Complimenti.

Mi fa schifo. Ma non glielo dico, non voglio sentire l'amaro di certe parole sulla lingua. Lo conosco troppo bene quel sapore, è il sapore che ti riempie la bocca quando sai di aver perso un amico. L'ho già sopportato l'anno scorso, e non ci tengo a ripetere.

Rimetto la mia barretta nel marsupio, chiudo la zip e mi alzo dalla panchina.

«Aspetta!» Zoélie mi agguanta per il polso. «Aspetta, voglio spiegarti...»

Le lacrime le rigano le guance, ma non mi impietosisce. Sono stufa di gente che si comporta in maniera scorretta con me. Stavo benissimo senza Zoélie, non ho bisogno di lei e delle sue giustificazioni patetiche. Rapire un gattino. Non ha scuse. Persino Astrid si è dimostrata migliore.

«Lasciami andare» sibilo. Ma Zoélie non stacca le dita.

«Astrid mi ha minacciata.» Singhiozza, e le lacrime le gocciolano dal mento. «Ha detto che suo padre è nel consiglio di amministrazione dell'università. Che mi avrebbe fatto revocare la borsa di studio. Tu non conosci la mia famiglia, io non posso...»

Strattono il braccio. «E così hai aspettato che io fossi a Milano per provare a rapire Beatrice. Ecco perché era tanto agitata.»

Zoélie china il viso, l'espressione afflitta, e lascia che le dita scivolino via dal mio polso. «Sì. Solo che ero combattuta e ho aspettato l'ultimo momento. Dopo che mi ha graffiata, ho rinunciato.»

«Non voglio sentire altro. Sono troppo delusa.» Distolgo lo sguardo da lei. «Mi dispiace per te, per quello che hai dovuto subire tra tua sorella e il liceo, per come Astrid ti ha ricattata. Ma pensavo che fossi una persona diversa.»

«Perdonami...»

Mi allontano senza più voltarmi indietro.

23

Può capitare che una stella rubi un pianeta a un'altra. Accade che la forza di gravità della stella sia così potente da essere irresistibile per il pianeta, anche se esso apparteneva a un altro sistema solare.

Sbadiglio, e mi perdo ad ammirare il cielo stellato fuori dalla finestra. Una luna gonfia e argentea regna indisturbata nel silenzio. Ma che ore sono? Rimetto a fuoco lo schermo del portatile. È tardissimo, e non ho scritto neppure mezza riga per il *paper* che dovrò presentare all'esame di fisica II la settimana prossima. Un'altra giornata sprecata, in cui non sono riuscita a studiare.

Beatrice salta dal davanzale sulla scrivania e sobbalzo per la sorpresa. La gatta cammina sulla tastiera e ci si sdraia sopra. Sul foglio bianco di Word compaiono sequenze di jjjjjjj e di aaaaaaa ripetute a casaccio.

Beatrice mi studia con i suoi occhi gialli, le pupille dilatate. Fa un miagolio. È raro che mi rivolga la parola. Carezzo il demonio nero sulla schiena.

«Sono sicura che quello che hai scritto sia di inestimabile valore scientifico.» La spingo con delicatezza per spostarla dalla tastiera. «Ma dubito che i miei professori abbiano la competenza e la saggezza per comprendere le tue scoperte.»

La gatta tende le zampine davanti, scivola giù dalla tastiera e si accoccola contro il portatile, il fianco peloso a contatto con la griglia da cui esce l'aria calda della ventola. Stasera è amichevole in maniera sospetta. Di solito, se la sposto, reagisce in malo modo.

Si sarà accorta che sono giù, tormentata da pensieri inquietanti.

Orfeo mi ignora, e ho il terrore che stia già affrontando un'altra prova. Zoélie si è dimostrata molto meno amica di quanto supponessi. E d'altra parte l'ho ficcata io nei guai per una stupida scommessa – e se sul serio Astrid potesse convincere suo padre a togliere la borsa di studio a Zoélie?

Vorrei confidarmi con Celeste, o con Paolo. Ma sono lontani, e hanno la loro vita a cui badare.

E in università a chi potrei rivolgermi? Sono disgustata dai miei compagni di corso, e dopo il mio screzio con il rettore anche i professori mi trattano con freddezza. Aver dimostrato entusiasmo per lo studio e preparazione impeccabile per mesi non fa alcuna differenza.

Ciliegina sulla torta, l'app tace. I maledetti avevano promesso di contattarmi trascorsa la settimana della scommessa, ma finora non si sono degnati. Forse non hanno gradito i termini concordati con Astrid, hanno creduto che non fossi seria e mi hanno scaricata.

Sono sempre più isolata e piena di problemi.

In più non riesco a scacciare la rabbia. Mi torna sempre in mente l'incappucciato che ignora le mie urla d'aiuto, e Mirko che si approfitta della mia mancanza di lucidità per sacrificarmi al professor Korolev, e Zoélie che prima mi bacia e poi mi pugnala alla schiena. E anche se ho da sempre abbracciato il Lato Oscuro, gli insegnamenti di Yoda non li ho scordati: *La paura conduce all'ira, l'ira all'odio; l'odio conduce alla sofferenza.*

Infatti sto proprio male.

Non so come arginare questa ondata di nero che mi sommerge. Vorrei solo escogitare una scusa per intrufolarmi in camera di Orfeo e dormire sul letto con lui, mentre in sottofondo scorrono le immagini di qualche film e intorno a noi si sono accumulate le cartacce delle merendine...

Gli occhi satanici di Beatrice guizzano nella mia direzione. Mi azzardo a carezzarla tra le orecchiette dritte. «Ti nutri della mia negatività, eh?»

Beatrice strofina la testolina contro il mio palmo. I dentini bianchi spuntano ai lati della bocca, e mi sembra di percepire delle leggere fusa. «Sei fortunata a vivere con la sottoscritta, ogni giorno hai la tua dose di paura, di rabbia, di odio. Ecco perché quando abitavamo a Borgobianco eri sempre nello studio di papà. Tutti quei succulenti casi giudiziari pieni di sofferenze...» La gratto sotto il mento. «Forse in cambio dei miei sentimenti tenebrosi potresti aiutarmi, che ne pensi?»

Potrei socchiudere la porta della stanza e sguinzagliare Beatrice. Si fionderebbe a miagolare davanti alla camera di Orfeo per ricevere i croccantini al formaggio. E io farei finta di cercarla, e sarebbe un ottimo stratagemma per incontrarlo, per domandargli come si sente. Dalla sera maledetta all'osservatorio non ho più avuto modo di consolarlo per la faccenda di Andrea.

E potrei riuscirci, a tirargli su il morale. Dopo l'anno scorso con Paolo e stamattina con Zoélie, mi considero un'esperta in ambito amici traditori. Potrei capire più a fondo il dolore di Orfeo per l'incomprensione con il suo migliore amico, e lenirlo.

Beatrice si drizza. Ha intuito che potrebbe essermi utile, e non c'è niente che lei detesti di più. Balza giù dalla scrivania.

«Ma no, vieni qui, gattina...»

Il demonio peloso snuda i canini. Ma io sono disposta a farmi ridurre le braccia peggio di Zoélie pur di agguantarla e mollarla di fronte alla porta di Orfeo. Però se prima trovo un maglione bello pesante da mettermi stile armatura non sarebbe una cattiva idea.

Mi alzo per andare all'armadio, ma il trillo dello smartphone mi richiama alla scrivania.

È una notifica dell'app misteriosa.

Sblocco il cellulare e leggo al volo.

CIAO, VERA.

LA SCOMMESSA CHE TI AVEVAMO PROPOSTO HA AVUTO UNO SVOLGIMENTO CHE FORSE NON IMMAGINAVI. CHE NE HAI DEDOTTO? NOI ABBIAMO CAPITO CHE SEI UNA PERSONA DETERMINATA. E ABBIAMO CONCORDATO DI AIUTARTI.

PERCIÒ IL PROSSIMO ESPERIMENTO SI SVOLGERÀ SUBITO. HAI DIECI MINUTI PER CONTATTARE IL TUO FIDANZATO E DIRGLI CHE LO HAI TRADITO. DEVI ESSERE SERIA E REALISTICA. SE ENTRO DIECI MINUTI NON CLICCHERAI SU QUESTO MESSAGGIO E NON CI INVIERAI IL FILMATO DEL DIALOGO CON LA FUNZIONE «CARICA VIDEO», NON POTREMO PIÙ CONTINUARE IL NOSTRO RAPPORTO CON TE. TI CONSIGLIAMO DI INIZIARE SUBITO A RIPRENDERTI E DI USARE SKYPE DAL TUO PORTATILE. COME IN PASSATO, CI BASTEREBBE IL SOSPETTO CHE HAI AVVERTITO PRIMA IL TUO FIDANZATO, O CHE NON STAI DAVVERO PARLANDO CON LUI, PER CONVINCERCI AD ABBANDONARTI.

TI FARÀ PIACERE SAPERE CHE TU PER PRIMA AFFRONTI QUESTO NUOVO ESPERIMENTO. SÌ, SIAMO CONSAPEVOLI CHE HAI INIZIATO IL PERCORSO PER AIUTARE IL TUO AMICO ORFEO. MA PENSIAMO CHE TU STIA INGANNANDO TE STESSA, E CHE SVELARE IL SIGNIFICATO NASCOSTO DELLA VITA TI IMPORTI PIÙ DI QUANTO CREDI. PENSIAMO ANCHE CHE PER ORFEO POTREBBE GIÀ ESSERE TROPPO TARDI.

Sono raggelata, le dita serrate sul cellulare.

Come... come hanno fatto a scoprire che affronto le prove per via di Orfeo? Hanno ascoltato le mie conversazioni con Paolo o con Celeste? Se davvero l'app ha completo accesso al mio smartphone significa che ha anche potuto registrare tutto il tempo senza che me ne rendessi conto? E magari anche filmarmi?

Okay, okay, stiamo calmi. Tolgo la batteria al cellulare e lo porto da Paolo per farglielo controllare. No, accidenti! Non ne ho il tempo, ho solo dieci minuti! Il cuore mi batte all'impazzata, ho un capogiro e artiglio il bordo della scrivania per non cadere.

Chiudo gli occhi, mi concentro sul mio respiro. Sull'aria che entra ed esce.

Con Massimo non mi lasciano alternative. Se non inizio subito a filmare, i tizi dell'app avranno la scusa per mollarmi. Come faccio ad avvertirlo senza che se ne accorgano? E in ogni caso, non ho tempo. Non ho tempo per spiegare la situazione a Massimo, non ci capirebbe niente, e io devo dirgli che l'ho tradito.

Non mi resta che chiamarlo, e pregare che intuisca che è solo un mio scherzo crudele da Signora dei Sith. Deve soltanto nascergli il dubbio, e poi, appena inviato il video, lo richiamo e gli confesso la storia dall'inizio. In fondo mi conosce troppo bene per pensare che gli farei davvero una cosa del genere... giusto?

I gestori dell'app non mi concedono il tempo materiale per barare. Ma perché? A loro che importa se proseguo o no il percorso? Cosa ci guadagnano?

PENSIAMO ANCHE CHE PER ORFEO POTREBBE GIÀ ESSERE TROPPO TARDI.

Orfeo non ha rispettato le istruzioni e lo stanno per escludere? È troppo tardi per rimetterlo sulla retta via che conduce al significato della vita? Sarebbe stupendo! Oppure è troppo tardi per... per salvarlo? Che accidenti vogliono da lui?

Maledizione, sono già passati due minuti. Non posso più tergiversare.

Con le dita che mi tremano avvio la registrazione di un filmato, e appoggio lo smartphone alla lampada della scrivania, in maniera che inquadri lo schermo del portatile. Lancio Skype sul computer. La spia luminosa sopra l'obbiettivo scintilla di blu. Verifico che la webcam mi riprenda il viso.

Avvio la videochiamata a Massi.

Il telefono squilla. Spero che si sia addormentato con il portatile chiuso e il cellulare spento e non si accorga di nulla. E non sarebbe colpa mia, d'accordo? I tizi dell'app non potrebbero escludermi.

Ma che illusioni mi faccio? Questi sono degli psicopatici, dei sadici, a loro non frega un tubo di essere giusti e imparziali. Se non mando un filmatino che gradiscono, non ci penseranno due volte a buttarmi a mare. Chissà quanti disgraziati hanno coinvolto nel loro giochino maledetto. Uno in più o uno in meno non cambia niente per loro.

Massimo non risponde, e riprovo a chiamarlo.

Mi mordo il polpastrello del pollice.

Il mio fidanzato accetta la chiamata.

La sua faccia assonnata occupa lo schermo. «Vera?»

Si stropiccia gli occhi con le nocche. Intorno a lui, la camera è buia. L'unica luce è quella del display. È intensa, forse ha risposto dal tablet, non dal cellulare. L'inquadratura sobbalza, Massimo si tira su seduto a letto, le gambe coperte dalle lenzuola bianche. L'anno scorso era capace di rimanere sveglio tutta la notte, passando da una festa all'altra. Ma da quando si dedica a tempo pieno alla pallanuoto è molto più attento al suo fisico. Va a letto presto, si allena, e posta su Instagram una valanga di foto a petto nudo.

E si meriterebbe una fidanzata molto più affettuosa di me. Sfioro lo schermo, e mi sembra che le dita scivolino sulle lenzuola candide. Dormivamo abbracciati, tra quelle lenzuola. Almeno finché non lo allontanavo a gomitate, stremata dal caldo. Ma lui tornava subito alla carica e mi abbracciava a forza, e io mi arrendevo, ed era così dolce scivolare nel sonno immersa nel suo tepore...

Massimo sbatte le palpebre per difendersi dalla luminosità dello schermo. «Vera, che succede? Come mai mi chiami a quest'ora?»

«Scusami, io... Non mi ero resa conto che fosse tardi.»

«Non è mai tardi per parlare con te.» Massimo mi sorride, un sorriso bellissimo. «Solo, se era per invitarmi al ballo di fine anno, potevi aspettare anche domani mattina. Tanto se la bionda non si è fatta viva finora...»

Mi fa l'occhiolino.

Il ballo... Mi ero dimenticata della festa di fine anno. Un'altra delle onorate tradizioni dell'università. Ma Massimo non l'ha scordata. L'aspetta perché per lui è un'occasione di stare insieme a me.

Mi fa male il torace. Non ci riesco, non è giusto.

«Aspetta...» Massimo raddrizza la schiena contro il cuscino poggiato alla spalliera del letto. «È una questione seria? Come mai quella faccia?»

Fisso il mio fidanzato negli occhi. Capirà che è una bugia. Mi conosce. Non sono una carogna. Lo capirà che sto mentendo.

«Io...» Deglutisco. Le parole mi si arenano in gola, non escono.

Mi torna in mente l'ultimo giorno di primavera, l'anno scorso. Eravamo seduti sul prato di fronte alle pale eoliche. Io, Celeste, Giuliano, Paolo, Lorella e Massimo. Avremmo dovuto studiare per l'esame di maturità, ma per Massi ogni scusa era buona per saltarmi addosso.

Ripenso a una sera negli spogliatoi della piscina.

A quando mi ha difesa con il professor Accorsi.

Al nostro primo bacio, a come mi ha sollevata per farmi sedere sull'isola di marmo della sua cucina.

«Io...»

Mi bruciano gli occhi.

«Vera, mi stai spaventando.» Massimo si libera delle lenzuola, e scende dal letto. Non mi stupirei se saltasse in macchina e corresse qui. Si è sempre preoccupato per me. Accosta il viso allo schermo. «Cos'è successo?»

«È successo... è successo che sono stata con un altro.» Mi trema la voce, e ogni sillaba è una lama seghettata che mi taglia il palato. «Sono andata a letto con un altro.»

Massimo rimane immobile. Se non avesse la finestra aperta e un alito di vento non gli carezzasse i ciuffi biondi, crederei che la chiamata si sia bloccata.

«Massi... io...»

«Ti sei innamorata di Orfeo?»

Trattengo il respiro. Mi sarei aspettata un interrogatorio rabbioso, urla, o magari che la videochiamata si sarebbe conclusa con lui che scaglia via il tablet. Invece mi ha fatto una sola domanda, con tono piatto.

Apro la bocca, ma non so rispondere. Non saprei rispondere neanche se la domanda l'avessi rivolta io a me stessa.

Gli occhi mi si riempiono di lacrime. «Mi dispiace.»

Ed è vero. Mi dispiace mentirgli. Mi dispiace che forse mi

sono innamorata di un altro, il peggior tradimento che si possa concepire. Ma non so come spiegare a Massimo che è successo e basta, è nato un sentimento e non l'ho potuto controllare. Piano piano mi sono innamorata di Orfeo, giorno dopo giorno, senza che potessi impedirlo.

«Dispiace anche a me» dice lui. «Pensavo che fossi una persona diversa.»

Massimo butta giù la chiamata.

Pensavo che fossi una persona diversa. Le stesse parole che ho sputato addosso a Zoélie.

Sposto lo sguardo sull'orologio in basso a destra sullo schermo del portatile. Sono trascorsi otto minuti dal messaggio dell'app. Ho superato la prova, per quel che possa valere.

Fermo la registrazione del video e lo invio.

Sono sempre più sola.

Non ho dovuto insistere, Massimo mi ha creduto subito. Ci eravamo allontanati, è vero, ma... Mi avvicino il portatile e provo a richiamarlo. Il *bip* ritmico di Skype si protrae nella notte. Lo chiamo anche con il cellulare.

Non mi risponde. E alla terza chiamata la connessione cade subito. Massimo ha bloccato il mio numero.

Sarà furibondo. Non posso biasimarlo. Mia sorella Celeste, quando erano insieme, lo ha trattato in maniera orribile per mesi, facendolo soffrire senza ragione, e io non mi sono comportata in modo tanto diverso. Gli ho inflitto la stessa pena.

Non so se mi darà la possibilità di spiegarmi. E di sicuro non mi perdonerà mai.

Busso piano alla porta, avvolta nell'oscurità che divora il corridoio. Da dentro non giunge alcun suono. Tiro su con il naso, e appoggio il polso sul legno per riprovare.

Il battente si apre e sulla soglia della camera appare Orfeo.

Indossa i suoi soliti jeans neri e una maglietta stropicciata su cui spicca una stampa della costellazione di Pegaso. Ha l'aria di chi non si cambia da giorni, e va anche a letto vestito. Il viso è ancora segnato dalle botte, lividi scuri sulla pelle chiara. E dal suo sguardo capisco che anche le ferite dell'anima non si sono rimarginate. Anzi, devono sanguinare.

«Posso...» Mi asciugo gli occhi umidi con la manica del pigiama. «Posso dormire scomoda in camera con te? Solo per stanotte.»

Orfeo fa un passo fuori dalla stanza e mi abbraccia stretta.

24

Anche durante l'eclissi totale di Luna, il nostro satellite non smette mai di ricevere luce. La riceve dalla Terra: i raggi luminosi del Sole si riflettono sull'atmosfera terrestre, e sul nostro satellite si proiettano sfumature di rosso, azzurro, verde. La Luna non cessa mai di ricevere luce, anche se la Terra non lo sa.

Le formule sul libro di meccanica si confondono le une con le altre, si concatenano come non dovrebbero e non serve a niente studiare così. Richiudo il volume con un tonfo; la porta della camera mi risponde con dei colpi secchi.

Stanno bussando con tale forza che il rimbombo supera la musica di Einaudi che fluisce dalle cuffie. Ne stacco una dall'orecchio, e mi volto verso la porta.

Altri colpi netti. «Ehi, ragazza suicidio!»

È la voce di Astrid da dietro il battente. Che diavolo vuole?

«Non vieni al ballo? Ti sei già suicidata?»

Le parole sfumano in una risata sguaiata, accompagnata da un coro di sghignazzi.

«Se non ti sei ancora ammazzata» strilla la blatta bionda, «fai un favore all'umanità e affogati nel cesso.»

Un altro scoppio di risate.

Che deficiente patentata. E sì che la scommessa l'ha persa. Ma desumo che per una come lei, abituata a sguazzare nelle fogne insieme ad altri minorati, questi che mi rivolge siano saluti amichevoli, non insulti. Non vale la pena replicare. Astrid non vale neppure la fatica di alzarsi dalla sedia per urlarle in faccia quanto è cretina.

Sospiro e mi reimmergo nella musica. Spero che non passino da Zoélie. Lei è più sensibile di me e le rovinerebbero la serata. Mi pento di averla trattata male. Ma tanto ormai sono in pessimi rapporti con tutti. E ci manca solo che mi faccia problemi se Astrid gongola perché nessuno mi ha invitata al ballo.

Ci sarei andata con Massimo. Se non mi odiasse.

Le ultime note di *Primavera* si spengono, e mi arriva ovattata altra musica, molto meno apprezzabile. La festa dev'essere cominciata e il dj o l'orchestra o chi cavolo hanno reclutato fa rimbombare le canzoni per l'intero campus. A quanto pare un'asociale non può rifugiarsi in camera sua a studiare in santa pace. Complimenti al rettore e agli organizzatori, e andassero tutti quanti a quel paese!

Sbuffo e mi sfilo le cuffie.

La musica da balera della festa mi circonda, e mi immagino insieme a Massimo, sulla pista a ballare abbracciati. Io sfoggio un lungo abito celeste e sandali con il tacco, e lui è il sosia del principe Filippo amante della Bella Addormentata nel Bosco.

Che fantasticheria balorda! Ma non riesco a scacciarla, Massi mi manca.

Non sento il mio ragazzo – il mio ex ragazzo? – da una settimana. Non ha più risposto alle mie chiamate, e i messaggi WhatsApp che gli invio non si guadagnano mai la doppia spunta blu. Ma forse è meglio così: se gli parlassi, non saprei da che parte iniziare. La situazione non è chiara neanche alla sottoscritta. È vero, non l'ho tradito, ma non lo amo più come prima, e non posso continuare a negare i miei sentimenti per Orfeo. E lasciamo stare il significato nascosto della vita.

Però Massi mi manca, questo è un fatto. Mi manca il suo abbraccio, il suo calore, il suo profumo; la sua risata profonda e le sue occhiate allusive. Mi manca ammirarlo mentre monta la macchina fotografica sul cavalletto per inquadrare le pale eoliche che si allineano lungo il crinale della collina.

Ma se immagino Orfeo che osserva la volta celeste, con il vento che gli scompiglia la frangia nera... sento le farfalle nello stomaco.

Una volta dibattevano le ali per i baci di Massimo.

Bussano ancora alla porta.

Non sono i colpi sgraziati di prima, sono rintocchi esili. Mi scollo dalla sedia. Evito il pensiero per non rimanere delusa, ma vorrei tanto che fosse Orfeo. Dopo aver dormito accanto a lui quella sera di qualche giorno fa, non l'ho più incontrato, e non ho avuto il coraggio di ripresentarmi in camera sua.

Apro la porta, e ho un déjà-vu: Zoélie sulla soglia che regge un vassoio su cui riposa una torta. Stavolta non si tratta di un ciambellone al mandarino, ma di una crostata al cioccolato. E lei non è in pigiama, ma in minigonna di jeans e leggings a fasciarle le gambe snelle.

Mi offre il dolce, il visino mortificato.

«Ti ho preparato una crostata.» Abbozza un sorriso timido, senza osare guardarmi negli occhi. «Spero che tu la voglia accettare, anche se mi disprezzi.»

Le sfilo il vassoio dalle mani. «Vieni dentro, dobbiamo parlare.»

«È solo colpa mia se Astrid ti ha ricattata» biascico con la bocca impastata di frolla e di crema al cacao. «Scusami.»

«No, no, scusami tu. Ma ti giuro che non avrei mai fatto del male a Beatrice. Non avrei mai avuto il coraggio di portarla da Astrid.» Zoélie si osserva il braccio su cui ancora spiccano le mezzelune dei graffi. «Quando la tua gattina mi ha assalita, non mi sono protetta. Ho pensato che fosse una buona idea farmi fare del male. Che poteva essere una scusa da usare con Astrid, per dissuaderla dal mettere in mezzo suo padre e il consiglio di amministrazione. Dopotutto, con le ferite a dimostrarlo, potevo dirle che io ci avevo provato.»

Annuisco. Conoscendo Astrid, non so se il piano di Zoélie avrebbe funzionato. Ma apprezzo il tentativo.

Mi ficco in bocca l'ennesima fetta di crostata, e già allungo la mano per prenotarmene un'altra. La torta la sto spazzolando solo io, mentre Zoélie si profonde in scuse. Beatrice la scruta con le pupille da rettile ridotte a due fessure verticali. Ma non si lamenta, né le è saltata addosso. Buon segno: se il demone peloso perdona Zoélie, posso fare altrettanto.

Trangugio la fetta e la crema mi impiastriccia le dita e le labbra. Mando giù il boccone che mi gonfiava la gola e mi lecco i polpastrelli. «Oggi non ho pranzato.»

«Come mai?»

Faccio spallucce. «Me ne sono scordata.»

Zoélie sospira, e appoggia le mani dietro di sé sul letto. Beatrice le zampetta intorno e va ad acciambellarsi sul cuscino.

«Devi avere un sacco di preoccupazioni per dimenticarti di mangiare.»

«È solo che il nuovo menù della mensa non mi attira.» Artiglio un'altra fetta di torta. «Il tuo dolce sì però.»

«Grazie.»

Zoélie muove nervosa il piede su e giù, sotto lo sguardo ferino di Beatrice. «Volevo ancora chiederti scusa.»

«È acqua passata.» Accenno con il mento unto di cioccolato al demonio peloso. «Lei ti ha perdonata, altrimenti ti avrebbe già squarciato le cosce. E chi sono io per dissentire?»

«Ti giuro che non l'avrei mai consegnata ad Astrid. Te lo giuro.»

«Ti credo.»

Zoélie mi ha raccontato che, durante la settimana della scommessa, Astrid l'ha tormentata di continuo. L'ha minacciata di toglierle la borsa di studio grazie alla posizione di potere del padre, le ha detto che l'avrebbe buttata giù dalla finestra, ha persino suggerito che le avrebbe avvelenato i pasti. Ma Zoélie ha tenuto duro. E in più ha ragione: il suo tentativo di rapire Beatrice era maldestro e destinato al fallimento. È ovvio che lo ha fatto apposta, a lasciarsi graffiare.

Avrei dovuto ascoltarla quando mi ha confessato l'origine delle ferite. Ci saremmo risparmiate tanta sofferenza inutile. Sono sempre la stessa: giudico, giudico, giudico e non mi metto mai nei panni degli altri. La faccenda di Celeste dell'anno scorso non mi ha proprio insegnato niente.

Una vampata di acido cancella il sapore dolce del cioccolato. Poso sul vassoio la fetta smangiucchiata. «In ogni caso, Beatrice se ne torna a Borgobianco. Starà con Celeste finché mia sorella non riparte.»

«È rientrata dal Giappone?»

«Sì. E ci siamo già accordate. A Beatrice farà piacere cambiare scenario di caccia.»

Studio la gattina. Volge il musino verso di me, e l'espressione infastidita si accentua. Beatrice, non mi dire che non ti va se ci separiamo? Non sarebbe da te. Io però lo so che mi mancherai. Sei davvero la mia unica compagna leale.

Zoélie unisce le mani in grembo, si stropiccia le dita. «C'è anche un'altra faccenda per cui voglio scusarmi.»

«Sì?»

Lei si volta verso la finestra. Il vento trasporta il ritmo della musica.

«Stasera devo avere proprio un aspetto orribile» dico, per

alleggerire la tensione. «Preferisci guardare fuori che guardare me.»

«Già.» Zoélie mi sorride, un sorriso agrodolce. «Non puoi capire quanto odio guardarti. Ma sono problemi miei. Scusami per quella mattina. Tu eri ubriaca e io ne ho approfittato.»

«Non...»

Lei scuote la testa. «Hai mai provato a dire al tuo migliore amico che sei innamorata di lui?»

Mi si affastellano in mente immagini di Paolo e di Zoélie, e ripenso alle parole di Celeste sul fatto che anche lui sarebbe innamorato di me. La faccia mi va a fuoco.

«Non ho mai confessato a un amico di amarlo» ammetto. «Anche perché i miei amici si contano sulle dita di una mano monca.»

«E nessuno ti piace in quel senso, giusto?»

«No, devo dire di no.»

Un velo di tristezza si stende sul viso di Zoélie. Lei torna ad ammirare lo spicchio di volta celeste incorniciato dalla finestra. Si morde il labbro inferiore. «Non ha importanza.» Agita la mano come a scacciare i cattivi pensieri. «Ho preso una decisione solenne. Stasera andiamo al ballo!»

«Eh?»

Zoélie ansiosa di imbucarsi a una festa? Non è che ha fumato?

Lei si alza di scatto e mi prende per il braccio. «Basta facce tristi. Andiamo a divertirci. E prima so io come metterci dell'umore giusto...» Mi mostra il suo cellulare, un video di YouTube. «Ci ho già provato con la porta di camera mia e funziona.»

Nel filmato un uomo con il doppio mento e le dita cicciotte apre le porte delle camere di un hotel senza tessera magnetica, sfruttando una carta di credito.

Sogghigno all'espressione maliziosa di Zoélie. «Cosa avresti in mente?»

Lei accenna a Beatrice. «Portiamola in camera di Astrid, spargiamo i suoi vestiti in giro e godiamoci lo spettacolo.»

«Non è una cattiva idea» dico. «Ma potrebbe prendere una piega inaspettata.»

Zoélie mi lancia un'occhiata perplessa. Eh, di lei ho ripreso a fidarmi; del gatto no, non mi sono mai fidata. Quella felina malefica non vede l'ora di trovarsi una padrona come la blatta bionda!

«Meglio che Beatrice stia lontana da Astrid. Te lo garantisco.»

Zoélie si stringe nelle spalle. «Pazienza.»

Le sorrido. «Finiamola qui con tutta questa storia e andiamo al ballo!»

25

Si teorizza che per i primi dieci milioni di anni della sua vita il Sistema Solare fosse popolato da decine di pianeti di varie dimensioni. Nella danza cosmica di questi pianeti, dai loro scontri, dalle fusioni e dalle collisioni tra loro, sarebbero nati i corpi celesti che oggi conosciamo.

Corriamo giù fino al salone al primo piano. Incrociamo solo personaggi in giacca e cravatta, o ragazze in eleganti abiti lunghi da sera.

«Non avremmo dovuto cambiarci?» mi chiede Zoélie.

La prendo sottobraccio. «No, stiamo benissimo così.» E lo dico ad alta voce, mentre facciamo il nostro ingresso trionfale nella sala dei ricevimenti, superando i grandi portoni di legno intagliato.

Attiriamo gli sguardi di tutti. Come se fossimo le uniche al mondo a vestire in jeans e maglietta. Se gli altri si sono convertiti alle grandi firme della moda, i nostri stilisti firmano in cinese!

«Siamo le uniche senza tacchi» mormora Zoélie.

«Allora saremo le uniche a ballare comode.»

Ci fosse un solo studente in abiti casual! Chissà chi li ha confusi, perché qui credono di stare al matrimonio dei principi d'Inghilterra, non a una festa universitaria di fine anno. E non solo la gente è vestita come se avesse ricevuto un invito a corte, ma anche il comportamento segue di pari passo: gli uomini offrono il braccio alle damigelle per invitarle a ballare, e le damigelle si coprono la bocca con la mano per non far sembrare sguaiate le risatine.

Dovevano avvertirmi che era una sorta di ballo in maschera. O un mmorpg ambientato ai bei tempi di Versailles.

Zoélie spia le compagne di corso, e sul suo viso si disegna un'espressione tra l'ammirato e lo spaurito. «Santo cielo» pigola.

Storco la bocca. «A me tutta questa eleganza fa venire mal di testa. Mi ricorda una sfilata a cui ho partecipato qualche tempo fa, una cosa tristerrima.»

Accenno alla zona con i tavoli coperti dalle tovaglie bianche. Sulla seta candida sono allineati piattini pieni di prelibatezze – tartine con aragosta, salmone, caviale, pâté di fegato d'oca – e flûte di vino. Camerieri in livrea vanno e vengono reggendo vassoi d'argento.

«Prendiamoci da bere» propongo.

«Pensavo che dopo il rum avessi chiuso con l'alcol.» Zoélie mette su un'aria da birbante. «Guarda che se ti ubriachi potrei di nuovo approfittarmi di te.»

Le sorrido. «Correrò il rischio.»

Non che abbia molta scelta: per superare la disperazione che mi procura questa festa del cavolo – ma chi l'ha organizzata? La sorella diversamente furba di Paris Hilton? – l'unico modo è affidarmi allo champagne.

Ci avviciniamo ai tavoli. Con la coda dell'occhio colgo una silhouette familiare.

Orfeo.

I lunghi capelli neri sono tirati indietro in un'acconciatura morbida e ordinata, un'onda scura. L'abito da sera a doppio petto lascia intravedere un gilet blu ricamato con un tema floreale di una sfumatura meno intensa.

Mi manca il respiro. Non l'ho mai visto tanto elegante. Voglio immaginarlo così quando fantastico di partecipare insieme a lui al congresso internazionale di... uh... non so, Parigi, sponsorizzato dall'ONU o dalla NASA. Una circostanza piuttosto vaga, lo ammetto, ma non è questo il punto.

Zoélie si fa strada tra i capannelli di ragazzi per raggiungere i bicchieri, e io punto Orfeo.

Ma mi accorgo che sta già parlando con qualcuno. Le persone davanti a me si disperdono e sbuca uno sprazzo di vestito rosa shocking. Mi immobilizzo. So a chi appartiene quel vestito. Era appeso nell'armadio in camera di Astrid.

Lei ride con la mano davanti alle labbra spalmate di rossetto. I boccoli biondi le incorniciano il volto splendente. Con i tacchi vertiginosi che porta, ci manca poco che sia alta quanto Orfeo.

E lui deve aver sfoderato una battuta proprio divertente, perché la blatta bionda si sta scompisciando.

Astrid mi lancia un'occhiata, senza smettere di ridacchiare modello ebete.

Allunga le dita e sfiora il braccio di Orfeo. Le sue unghie, dipinte a roselline, toccano il tessuto dell'abito di lui.

Lo stomaco mi si contrae in uno spasmo doloroso.

D'accordo, Astrid e Orfeo si conoscono da anni. D'accordo, hanno frequentato insieme diversi corsi. Ma non sono per niente d'accordo che siano tanto in confidenza. Vederli chiacchierare in modo così amichevole mi procura una vertigine.

Devo intervenire. Prima che sia troppo tardi!

Perché... perché lo amo?

Distolgo lo sguardo, le guance che scottano.

«Lo fa apposta.» Zoélie mi offre lo stelo di un flûte in cui danzano le bollicine. «Scommetto che si è accorta che ti piace e vuole metterti i bastoni tra le ruote.»

Mi sorride. E sono lieta che non abbia più l'espressione ingelosita di quando era sulla soglia di camera mia e mi ha scoperta con Massimo.

«Vieni.» Mi prende per il polso. «Ti libero io di Astrid.»

Mi trascina verso Orfeo e la blatta bionda.

«No, no» protesto. «C-che fai?»

«Qualcuno una volta mi ha detto che ai bulli bisogna rispondere pan per focaccia.»

Punto i piedi sul pavimento lucido. Ma Zoélie è allenata e non fa fatica a trainarmi.

Affianchiamo Astrid e Orfeo.

Zoélie sorride alla blatta bionda. «Ciao.»

Lei piega le labbra all'ingiù in una smorfia di disgusto. Fa finta che non esistiamo e riporta l'attenzione su Orfeo.

Ma lui mi fissa con i suoi occhi scuri. «Non pensavo che saresti venuta.»

«Potevi passare a chiedermelo.»

«Hai ragione» ammette.

Intorno all'occhio pesto è rimasto un alone grigio, e una cicatrice rossa spicca sul labbro, a lambire il neo d'inchiostro.

Vorrei leccargli il labbro. Baciarlo, e... e che diavolo penso!

«Noi stavamo parlando.» La voce stridula di Astrid mi costringe a voltarmi verso di lei. La blatta bionda distende il braccio snello con fare di sufficienza, in un gesto che dovrebbe indurci a sloggiare. Povera illusa!

«Gradirei che ci lasciaste finire il discorso da soli» insiste Astrid.

Eh? Ma è seria? Deve aver già bevuto troppo!

Però Orfeo non interviene. Resta in silenzio.

«Lo concludo io il discorso.» Zoélie non si impegna neanche a fingere che sia un incidente, e rovescia il bicchiere di champagne sul décolleté di Astrid. Il vino impregna la delicata stoffa rosa, e sul vestito della blatta bionda si allargano chiazze scure.

Astrid sgrana gli occhi.

«Se non te ne vai» le intima Zoélie, «vado a prendere la bottiglia e te la rovescio addosso.»

«Deficiente!» strilla Astrid. Colpisce la mano di Zoélie che regge il bicchiere, e il flûte si frantuma sul pavimento. «Lo sai quanto vale questo vestito, pezzente?»

Zoélie scoppia a ridere, una risata sincera. «Non ho idea di quanto valga, e non mi interessa.» Punta l'indice al petto di Astrid. «E non mi interessa niente di te. Hai finito di spaventarmi, hai finito di ricattarmi.»

«Pezzente schifosa» sibila Astrid. Ma non sa che pesci pigliare di fronte a una Zoélie determinata. «Ora torno in camera a cambiarmi, e farai bene a essere sparita quando...»

«Altrimenti?» la interrompe Zoélie.

Astrid non ribatte. Si tira su la gonna dell'abito rosa e si fa largo a spintoni. Si dirige all'uscita del salone. Una brutta imitazione di Cenerentola che fugge dal ballo allo scoccare della mezzanotte.

Zoélie tira un sospiro di sollievo. «C-come sono andata?»

Annuisco solenne. «Come ha stabilito Darth Bane, può esserci un solo Maestro Sith e un solo apprendista. E oggi l'apprendista ha superato il Maestro.»

«G-grazie?» mormora Zoélie.

Sospiro. È davvero complicato muoversi fuori dal mondo dei nerd!

«Sei stata bravissima» le dico. «Finalmente ti sei difesa.»

«Non ne potevo più di lei. Ma adesso credo che mi godrò la vittoria in camera. Studiando. Devo mantenere la media, o la borsa di studio me la toglieranno sul serio, Astrid o non Astrid.»

Fa per girarsi, ma la acchiappo per il braccio. «Non sei impaurita dalle minacce della blatta bionda, vero?»

Zoélie mi sorride. «Per niente. Ma davvero dovrò impegnarmi tanto se voglio essere qui anche il prossimo anno.»

Si allontana e sono orgogliosa di lei. Sono fiera che, forse anche per merito mio, abbia trovato il coraggio di affrontare Astrid. Brava, Zoélie!

«Mi spieghi quello che è appena successo?» mi chiede Orfeo.

La sua voce pacata mi procura un brivido. È accanto a me, e il suo profumo mi inebria.

«Te lo spiego se tu mi dici cosa ci fai qui vestito da damerino.»

Orfeo sospira. Gli occhi neri vagano per la sala, sopra le teste dei ragazzi che ballano e sorseggiano lo champagne. «Gli studenti del terzo anno sono obbligati a partecipare al ballo. E il rettore ieri mi ha convocato di nuovo nel suo ufficio per chiedermi personalmente di farmi vivo. Ci teneva.»

«Non immaginavo.»

Orfeo si stringe nelle spalle. «Altrimenti non sarei venuto.»

«Però mi sembrava che con Astrid ti stessi divertendo.»

Lui non risponde, ma i suoi occhi si velano di malinconia. È come se volesse dirmi che sì, sarebbe normale essere allegri in compagnia di una ragazza bellissima che si conosce da anni, ma in realtà lui non riesce più a provare sentimenti positivi. E se non è riuscita Astrid a donargli un pizzico di buonumore, io non ho la minima speranza.

Piombo nello sconforto.

E Zoélie se n'è andata. Scommetto non soltanto perché voleva studiare, ma per lasciare soli me e Orfeo.

«C'è il tuo fidanzato.»

Sposto lo sguardo su Orfeo. «Come?»

Lui accenna con il mento oltre la mia spalla. «Quello non è il ragazzo con cui stai?»

Volto la testa nella direzione indicata da Orfeo. Mi raggelo. Massimo è lì, e ci fissa.

La sua camicia chiara spicca tra le giacche scure degli altri; i capelli biondi sono scompigliati ad arte, in modo che sembrino selvaggi. Il suo viso duro con la fossetta ha già attirato gli sguardi compiaciuti di uno stuolo di ragazze. Che sbruffone. Lo fa apposta, ci passa le mezz'ore davanti allo specchio prima di uscire. E perciò si merita sempre le mie prese in giro.

«Massi...» Allungo la mano verso di lui, come se potessi toccarlo a distanza. Con la musica che rimbomba nel salone dubito che mi abbia sentita chiamarlo. Ma deve aver colto le mie labbra mimare il suo nome.

Viene verso di me a grandi passi.

La faccia è stravolta dalla rabbia.

Oh, no.

Gli corro incontro per intercettarlo, ma Massimo mi scosta allargando il braccio.

Si piazza di fronte a Orfeo. Non spiccica parola.

«Ti prego, non...» mormoro.

Massimo posa i palmi sulla giacca di Orfeo e gli dà una spinta. Il mio amico indietreggia, senza perdere l'equilibrio. Massimo sbuffa e carica il pugno. Orfeo non accenna neppure a difendersi, rimane lì, fermo davanti al ragazzo che non so più se amo ancora o no.

Massimo ringhia, ma per fortuna è contro la sua etica picchiare chi non intende battersi. Abbassa il braccio e dà un secondo spintone a Orfeo, che incespica urtando le persone dietro di lui. Un paio di ragazze lanciano urletti spaventati.

Massi scuote la testa e si gira. Punta all'uscita del salone.

Mi affretto a raggiungerlo, facendomi largo tra la gente.

La folla ingurgita il mio fidanzato e lo ritrovo solo fuori, al parcheggio. La sua auto sportiva è ferma di traverso a occupare due posti riservati alle macchine dei professori.

«Massimo!» Mi precipito da lui. «Aspettami, dannazione!»

Lui spalanca la portiera. Gli artiglio la spalla, lo obbligo a voltarsi.

Mi incenerisce con un'occhiata di fuoco e ritraggo le dita, come se mi fossi scottata. «Massi...»

«Una sola cosa ti avevo chiesto» grida. «Una sola.» Alza l'indice davanti alla mia faccia. La mano gli trema per la rabbia. «Ti avevo chiesto, ti avevo pregato di non trattarmi come ha fatto tua sorella. Di essere onesta. Di dirmi se c'erano problemi tra noi. O almeno di avere la dignità di lasciarmi.»

«Calmati, per favore.» Appoggio la mano sulla sua, gliela abbasso. «Non è successo niente. Io e Orfeo siamo solo amici.»

«Sembra che ti si spezzi il cuore a dirlo.»

La voce di Massimo si è incrinata mentre parlava. E io vorrei ribattere, giurargli che si sbaglia. Ma ha ragione, è inutile negare l'evidenza: gli voglio ancora bene, ma mi sono innamorata di un altro.

Le lacrime mi salgono agli occhi.

Deglutisco e il profilo slanciato dell'auto si sfoca. Tra poco Massimo andrà via, e sarà un addio.

«Mi puoi perdonare?» mormoro.

Massimo serra i pugni. Minaccia di sfogarsi sul parabrezza, e sconvolto com'è lo sfonderebbe, anche a costo di rompersi la mano. È ferito, e sono io che l'ho trafitto. E io potrei guarirlo; lui fa tanto il duro, ma basterebbe un mio abbraccio per tranquillizzarlo. Solo che un gesto del genere renderebbe la situazione ancora più dolorosa per entrambi.

Massimo fa un cenno sprezzante con il capo, a indicare le

vetrate sfavillanti al primo piano della facoltà. «Almeno lui ti vuole bene?»

La domanda mi spiazza. Sbircio il suo viso. Massimo ha gli occhi lucidi, li strizza per non piangere.

Scuote la testa. «Lascia stare. Senti, lascia stare.»

Monta in auto e richiude la portiera con un tonfo.

Mi attacco al finestrino. «Non guidare se non ti senti bene.»

«Venire qui a farti una sorpresa è stata un'idea idiota.» Sorride sarcastico. «Così imparo a dar retta a tua sorella.»

«Celeste? Cosa c'entra lei?»

«Le ho confessato che il nostro rapporto non andava più tanto bene. E lei si è messa a darmi consigli per riconquistarti. Mi ha suggerito lei di presentarmi alla festa.» Massimo gira la chiave, e il cruscotto si anima. «Ma mi è bastata un'occhiata a te insieme a quel damerino per capire che ormai non ti interesso più.»

Le spie colorate del cruscotto si riflettono sulla faccia di Massimo. Non l'ho mai visto tanto triste. E sono tristissima anch'io. Ma non posso giocare con i suoi sentimenti. È straziante, ma non devo incoraggiarlo. Tra noi è finita.

«Mi dispiace» gli sussurro. Stacco la mano dal vetro del finestrino. «Sii prudente, ti prego. Guida piano.»

«E tu di' al damerino bastardo che stasera ha avuto fortuna.» Massimo fa rombare l'auto. «La prossima volta gli rompo le ossa.»

La macchina schizza in avanti, e faccio appena in tempo a scansarmi. I fari posteriori si rimpiccioliscono in lontananza, e svaniscono dietro gli alberi che costeggiano la cancellata del campus. Lo so che Massimo venendo qui sperava di ripartire con me a bordo, di lanciarsi a tutta velocità con me al suo fianco.

Solo noi due, sotto le stelle.

Ma io vorrei trascorrere una notte sotto le stelle con un'unica persona. Una persona che temo non mi voglia.

I miei passi risuonano per i corridoi del dormitorio, accompagnati dalla musica flebile della festa. Non c'è in giro nessuno. La gran parte degli studenti dev'essere ancora al ballo, e i pochi che sono rimasti rintanati in camera saranno a ronfare sotto le coperte.

Davanti alla porta della mia stanza, mi strofino la manica della felpa sugli occhi, per cancellare le tracce di pianto. Che gesto stupido. Come se avessi qualcuno che mi aspetta e a cui non voglio rivelare di aver frignato. Non sia mai che la Signora dei Sith dimostri debolezza!

Ma nessuno mi aspetta. Zoélie se n'è andata, Orfeo è rimasto alla festa, e Beatrice è fuggita via appena sono uscita dalla stanza e adesso starà dando la caccia ai pipistrelli.

Un sorriso amaro mi affiora alle labbra. Niente, non riesco a pensare a Massimo neppure in questa circostanza. Ci siamo appena lasciati, e già l'ho cancellato dalla mia mente. Mi faccio ribrezzo.

Che serata tremenda.

Stupida, stupida Vera. È ovvio che i balli di corte non sono adatti alle streghe.

Apro la porta e mi intrufolo dentro. Lo smartphone, che ho dimenticato sulla scrivania, ha la lucina delle notifiche accesa. Sblocco lo schermo.

Ho ricevuto un messaggio da *Il significato nascosto della vita*.

L'orologio sul display segna mezzanotte. E per la prima volta non sono ansiosa di sapere quale sarà il prossimo esperimento sociale. Sono stufa di giochini perversi. Sono stufa di lottare. Sono stufa di tutto.

Tentenno con l'indice sul banner della notifica. Sposto il dito lungo il fianco del cellulare. Potrei spegnere lo schermo, gettare via lo smartphone, e... e sono tentazioni disfattiste di cui dovrei vergognarmi. Ho rischiato lo shock anafilattico e il coma etilico. Ho rischiato di perdere Beatrice, e ho perso Massimo. Se smetto adesso, se abbandono Orfeo al suo destino, saranno stati sacrifici inutili.

Mi siedo sulla sponda del letto. La stanza galleggia nelle tenebre. L'ondata di fango nero è già arrivata fin qui e mi sommergerà presto. O forse no. Non mi lascio intimidire da nessuno, io. Tantomeno dall'app di un branco di psicopatici.

Accendo l'abat-jour sul comodino rischiarando la camera e leggo il messaggio.

CIAO, VERA.
STAI PROCEDENDO CON UNA DETERMINAZIONE CHE CI SORPRENDE. SIAMO MOLTO SODDISFATTI DI TE, E DUNQUE TI PROPONIAMO SUBITO IL PROSSIMO ESPERIMENTO SOCIALE. AVRÀ PER TEMA L'AMORE. L'AMORE CHE DA SEMPRE SCRITTORI E POETI PONGONO AL CENTRO DELL'ESISTENZA. AVRANNO RAGIONE? È L'AMORE LA CHIAVE PER DECRITTARE IL SIGNIFICATO NASCOSTO DELLA VITA?
HAI QUATTRO GIORNI PER BACIARE IN PUBBLICO LA PERSONA CHE AMI. ANCHE SE LEI NON RICAMBIA IL TUO AMORE. NON PUOI AVVERTIRLA DELLE TUE INTENZIONI. NON PUOI PARLARLE DEL SIGNIFICATO NASCOSTO DELLA VITA. FILMATI MENTRE LA BACI E INVIACI IL VIDEO. PER FARLO, CLICCA SU QUESTO MESSAGGIO E USA LA FUNZIONE «CARICA VIDEO».

FORSE TROVERAI INTERESSANTE SAPERE CHE ORFEO CI HA RICHIESTO UN NUOVO ESPERIMENTO E CHE DUNQUE AFFRONTERÀ IL TUO STESSO DILEMMA SENTIMENTALE.

Non è possibile... come diavolo fanno a intuire che... Non possono sapere di questa sera, non avevo neanche con me il cellulare. Hanno tirato a indovinare? In effetti, rileggendo il messaggio, la costruzione delle frasi è ambigua, e potrebbe adattarsi a più interpretazioni.

Vado in bagno e tuffo la faccia sotto il getto di acqua gelida per snebbiarmi la mente.

Mi tampono il viso con l'asciugamano.

Dovrei baciare in pubblico Orfeo solo per compiacere i tizi che si nascondono dietro quell'app maledetta?

Lo rivedo davanti ad Astrid. E quale sarebbe il dilemma sentimentale di Orfeo? Chi bacerà?

E se baciasse lei?

26

Osservare una stella che viene inghiottita da un buco nero è uno spettacolo straordinario. La gravità la distrugge, e la stella esplode in un getto di materiale luminoso, spegnendosi per sempre.

Una patina di umidità ricopre le pietre del soffitto ad arco. Nell'androne in penombra fa fresco, e mi stringo nel giacchetto, avvolgo il foulard intorno al collo. Paolo, che mi cammina al fianco, è in felpa e pantaloncini corti. Lui non soffre il freddo, come se i suoi capelli rosso fuoco fossero ardenti.

Usciti dal palazzo, il sole ci acceca. Mi schermo gli occhi con il dorso della mano. Sono stata lì a drappeggiarmi il foulard sulle spalle, ma tra poco ci sarà da sudare.

«Vogliono che il bacio avvenga in un luogo pubblico» spiego a Paolo. «Andiamo in un bar con un po' di gente.»

Lui annuisce e si guarda intorno con un'espressione da cucciolo spaurito. Oggi l'ho trovato strano, è da quando sono arrivata che mi sembra distratto e a disagio.

I suoi occhi puntano a un locale grazioso che fa angolo in fondo alla via. «Lì ci vado spesso a fare colazione.»

Però i croissant non devono essere un granché: Paolo ha una faccia da funerale, come se mi avesse appena indicato il luogo dove sarà sepolto appena tirate le cuoia. È il solito esagerato: gli ho chiesto di baciarmi, anzi, sarò io a baciare lui, mica gli ho detto che lo stupro!

I tavoli fuori dal bar sono affollati, e mi piace il disegno stilizzato del Duomo di Milano sul tendone rosso. «Perfetto.» Aggancio Paolo sottobraccio per infondergli coraggio.

Lui si lascia trascinare con le spalle curve e il viso chino, stile lombrico che si ripiega su se stesso. E io, tanto per cambiare, comincio a sentirmi in colpa. Mi spiace di averlo coinvolto in questa faccenda, ma è l'unico che sa dell'app e con cui potevo confidarmi. E non mi andava proprio di baciare uno sconosciuto.

Senza contare che i tizi dell'app si sono già dimostrati fin troppo furbi. Avrebbero subodorato la fregatura se avessi baciato un tizio a caso. Paolo invece è ben presente nella mia vita. È vero, si è cancellato dai social, ma rimangono foto di lui con me su Facebook, e altre foto con Celeste e con Massimo. Senza contare le conversazioni su WhatsApp, e il registro delle chiamate vocali. Non ci sono dubbi che lo conosco e che siamo in buoni rapporti.

Potrebbe essere lui la persona che amo e che non mi ricambia. Ci sta a pennello.

Ma Paolo non sembra averla presa bene.

«Ci vorrà solo un attimo» gli dico. «E poi non sei contento di farti vedere in giro a pomiciare con una ragazza stu-pen-da come la sottoscritta?»

Nessuna reazione. Se gli avessi proposto di rompergli un dito sarebbe stato più collaborativo.

Metto su una falsa aria imbronciata. «Cos'è, hai pregiudizi contro i miei capelli blu?» Con un gesto vezzoso mi carezzo le ciocche, soffermandomi sulle punte tinte.

Paolo fa una risatina per niente convinta.

Entriamo nel bar e la campanellina in alto sul battente trilla. Da dietro il bancone, un ragazzo magro con il pizzetto rivolge un cenno di saluto a Paolo, e riprende ad asciugare un bicchiere con lo strofinaccio bianco.

Paolo ricambia il saluto e fa per sedersi a un tavolino d'angolo. Lo trattengo.

«Che c'è?» mi chiede con tono piatto.

«Sto per traumatizzarti con un bacio da Regina del Male.» Gli sorrido. «Almeno lascia che ti offra un dolcetto.»

Lui sospira e ci accostiamo al bancone. Sotto il vetro si allineano brioche, pasterelle e fette di torta. Paolo sceglie una girella all'uvetta, e io ordino un cappuccino.

Ci accomodiamo a un tavolino appartato. Alla nostra destra, la vetrata del bar risplende per il sole, e le persone che vanno e vengono lungo la via sembrano fluttuare nella luce. Se fossimo in un quadro, lo intitolerei *Colazione in Paradiso con Diavolessa*.

Riporto l'attenzione su Paolo, seduto di fronte a me. «È un posto molto carino.»

Lui sorride, un sorriso un po' meno stentato. Si sta rigirando tra le dita la girella, sporcandosi i polpastrelli con i granelli di zucchero.

«Vuoi mangiare prima?» gli chiedo. «O preferisci dopo, per levarti di bocca il saporaccio?»

Paolo posa la girella sul piattino. «Magari dopo. Ho lo stomaco chiuso.»

«Allora sbrighiamoci.» Gli sfioro il ginocchio con le dita sotto il tavolino e gli sorrido rassicurante. «Tra poco sarà tutto finito.»

Tiro fuori lo smartphone dalla borsa e lo piazzo sul tavolino.

«Senti» mormora Paolo. Si morde il labbro, si guarda intorno, come se fosse in dubbio sull'opportunità di parlare. «Ma con l'università come hai fatto? I tuoi professori non noteranno l'assenza? Mi avevi detto che la frequenza è obbligatoria.»

Gli faccio l'occhiolino. «Infatti oggi non mi perderò una sola ora di lezione.»

Paolo corruga la fronte.

Mi picchietto l'indice sulla tempia. «Lo sai che sono un genio! Ho chiesto a Celeste di sostituirmi. Si metterà un cappello e indosserà una maglietta delle mie, una nera con il teschio. Vedrai che la eviteranno tutti, come fanno con me, e lei non avrà problemi a fare presenza a tutte le lezioni del giorno.»

«Capisco. Sei davvero diabolica.»

«Grazie!»

Ma per una volta il commento di Paolo non suonava come una lusinga. Lui mi sembra sempre più in imbarazzo. Per questo tergiversa? Oppure perde tempo per non interrompere il nostro rendez-vous improvvisato?

Da quando gli ho illustrato il mio piano, l'ho beccato spesso a spiare le mie labbra. E ogni volta arrossiva. Tipo adesso: è seduto con la schiena rigida, le mani chiuse a pugno sulle ginocchia, le guance color pomodoro maturo e il naso così rosso che non si distinguono più le lentiggini. Se non lo conoscessi da una vita, direi che è un adolescente al primo appuntamento con la compagna di classe che gli piace.

Mi tornano in mente le allusioni di Celeste. Ma non hanno senso. L'anno scorso Paolo era innamorato di mia sorella, e adesso si sarebbe invaghito di me? È difficile crederci.

D'altra parte anche Massimo...

«Perciò...» Paolo struscia i pugni sulle gambe magre che sbucano dai pantaloncini. «Come vuoi procedere?»

Mi scruta e non so più interpretare i sentimenti che animano i suoi occhi. Si vergogna? Gli faccio schifo? O invece pregusta il bacio alla stregua di un golosone pronto ad addentare un pasticcino gonfio di ganache al cioccolato?

Oddio, che metafora sconveniente! Tutta colpa delle teorie folli di Celeste. In treno le telefono e gliene dico quattro!

Bevo un sorso del mio cappuccino per dissimulare l'imbarazzo.

«Faremo in maniera semplice. Faccio finta di fare una foto alla tua girella, e poi mi sporgo all'improvviso e ti bacio.» Poggio la tazzina, e mi levo la crema di latte dalle labbra con la punta della lingua. Paolo segue il mio gesto. Forse non dovevo prendere il cappuccino, lui non gradisce il sapore del caffè.

«Dev'essere un bacio a sorpresa» aggiungo. «Quindi fai finta di essere stupefatto.»

«Chiaro.»

Paolo ha l'aria sempre più accaldata e agitata. Meglio che ci diamo una mossa: via il dente, via il dolore.

Certo che anch'io so essere una bella egoista. Ho deciso di sfruttare Paolo senza approfondire se davvero prova dei sentimenti per me. Era una soluzione comoda, e non mi sono fatta scrupoli. Sono egoista, e anche codarda: vorrei baciare Orfeo ma mi manca il coraggio. Non sopporterei di scoprire che il mio... che il mio amore per lui non è ricambiato.

Non voglio mettere alla prova i sentimenti di Orfeo solo perché me lo ordina un'app odiosa.

E poi come farei a baciarlo dopo la sera del ballo? Si è comportato in modo così indifferente. Per quanto malinconico, sembrava molto più coinvolto con Astrid che con me.

E se Orfeo oggi baciasse Celeste pensando che sia io?

No, lui si accorgerebbe della sceneggiata. Gli ho parlato di Celeste, riconoscerebbe l'inganno. E poi basta farsi castelli in aria: lui non ha la minima intenzione di baciarmi.

Tu sei rimasta l'unica che riesce ancora a farmi star bene.

Le sue parole mi risuonano in mente. Erano parole sincere. Ma sembrano lontane anni luce. Non riesco più a farlo star bene, non riesco più a strappare via il sudario di tristezza che lo soffoca.

Forse avrebbe preferito che fosse Astrid a consolarlo in questi mesi.

Il pensiero mi procura una punta di rabbia. Io mi preoccupo a morte per Orfeo, e lui guarda un'altra. Un'arpia senza cervello, maleducata e prepotente.

Siamo come due stelle in un sistema binario.

Sì, proprio. O forse si riferiva a sé e alla blatta bionda.

Acchiappo il cellulare. Non so perché, ma non sono più così dispiaciuta di baciare un altro.

«Pronto?»

Paolo annuisce appena.

«Mi raccomando, fingi che non te l'aspettavi.»

Annuisce ancora. Posso fidarmi, è sempre stato un alunno diligente.

Avvio la registrazione, e muovo il cellulare come se volessi trovare l'inquadratura perfetta per la girella. Niente di strano, la tipica foto da Instagram con tag #foodporn.

Di punto in bianco ruoto il cellulare a riprendere la mia faccia e mi sporgo verso Paolo.

Lui ha gli occhi sgranati e le labbra dischiuse. Deglutisce. Più che sorpreso sembra terrorizzato, ma bene uguale.

Premo le mie labbra sulle sue. Sono sottili, e caldissime, come se il mio migliore amico avesse la febbre. E sanno di pasta frolla all'uvetta, anche se lui deve ancora mordere la brioche.

Paolo abbassa le palpebre, e la punta umida della sua lingua sfiora le mie labbra.

Sgrano gli occhi, le orecchie mi vanno in fiamme.

Vuole... vuole baciarmi sul serio?

Si spinge in avanti, la bocca contro la mia. Avvampo dal collo ai capelli, e mi trema la mano, ma non smetto di filmare.

Baciare Paolo mi dà la sensazione di baciare un fratello. Una sensazione di intimità sbagliata. Mi devo staccare da lui dopo pochi attimi. Che sono durati un'eternità.

Raddrizzo la schiena e blocco il video. Strappo un paio di fazzolettini di carta dal dispenser sul tavolino. Mi tampono le labbra.

«Be'...» Esalo un sospiro. «Non è stato tanto difficile, giusto?»

Paolo non mi risponde. Scosta la sedia. «Devo andare.»

Si alza e le ginocchia ossute picchiano contro il fondo del tavolino. Il cappuccino ondeggia nella tazzina e una goccia stria la porcellana.

Scende fino al piattino e si allarga in una chiazza marroncina. «Pensavo che avremmo passato il pomeriggio insieme.»

«Ho da fare in ufficio» taglia corto Paolo. «Scusami se non ti accompagno in stazione.»

«Va... bene. Ma non hai neanche assaggiato la tua brioche.»

Paolo sfila il portafoglio dalla tasca dei pantaloncini e fa tintinnare sul tavolino un paio di monete.

Se ne va, e sono sicura di aver colto lo scintillio delle lacrime nei suoi occhi.

Accidenti! Paolo davvero prova dei sentimenti per me.

E io mi sono persino pulita la bocca dopo averlo baciato.

Fuori dal finestrino, la nebbia ristagna sulla campagna intorno a Milano. Ogni tanto, dalla coltre grigia emerge la sagoma rachitica di un albero spoglio, o la parete in lamiera di uno stabilimento. Ma subito la foschia si richiude, inghiottendo piante e casolari, capannoni e magazzini.

Neppure il sole del primo pomeriggio riesce a scacciare la nebbia che avvolge il treno. Che clima deprimente. Avvicino il volto al finestrino, tanto che la mia faccia si riflette nel vetro. Il paesaggio scorre plumbeo, sempre uguale. Non c'è modo di distrarmi, e rimango sola in compagnia di pensieri angoscianti.

Ho costretto Paolo a baciarmi, anche se in cuor mio sapevo che gli stavo facendo del male.

L'ho usato. Ho usato il mio amico d'infanzia pur di non affrontare Orfeo. Pur di non affrontare la realtà: Orfeo non è più interessato alla sottoscritta e basta.

E, dopo stamattina, non avrò più il fegato neppure di tornare a trovare Paolo. Sempre che lui mi inviti di nuovo. Potrebbe anche decidere che se non mi parla più ha solo da guadagnarci.

Lancio un'occhiata allo schermo dello smartphone. Ho caricato il video nell'app, e come sempre l'unico risultato visibile è stato che l'ultimo messaggio è sparito. Ho anche spedito un mucchio di WhatsApp a Paolo, ma lui non li ha letti.

Sospiro e mi appoggio con la schiena al sedile. Paolo adesso mi detesterà, e ne avrebbe tutte le ragioni. Non ho scuse per il modo in cui l'ho trattato.

Gli psicopatici dietro a *Il significato nascosto della vita* ottengono sempre di soddisfare il proprio sadismo. Con i loro esperimenti sociali del cavolo, riescono a complicare i rapporti, a deteriorarli, a infrangerli. Sono sempre più convinta che questo sia lo scopo dell'app: far sentire le vittime isolate, frustrate, impotenti, escluse. È quello che sta succedendo a Orfeo, ed è quello che succede a me.

Ma non mi lascerò manipolare da un'app!

Riapro WhatsApp e scrivo altri messaggi a Paolo.

L'anno scorso è stato lui a compiere un'enorme stupidata, ma io l'ho perdonato. Okay, la mia clemenza gli è costata cara, ma era il minimo. Ora è il suo turno di dimostrarsi misericordioso. E se mi avesse confessato prima che... No, sarebbe stato un macello in ogni caso.

Al diavolo! Scrivo un altro messaggio. Paolo non potrà ignorarmi per sempre, e appena me ne darà l'occasione mi farò perdonare. Non voglio rinunciare alla sua amicizia per la seconda volta in un anno.

Le mie dita scorrazzano sulla tastiera per comporre i messaggi.

E lo schermo si riempie del viso spensierato di Celeste. La mia gemella mi sta chiamando.

«Pronto?»

«Eccomi!»

Suona tranquilla, ma lo stesso sono un pizzico in ansia a domandarle come sia andata oggi in università. Speriamo non ci siano altri casini da sbrogliare. «Come...» Prendo un lungo respiro. «Come te la sei cavata?»

«Tutto liscio.» In sottofondo percepisco le fusa di Beatrice. «Ho seguito tutte le lezioni, e ora mi sono rifugiata in camera. Come mi avevi suggerito, ho evitato di pranzare al refettorio e me ne sono stata sulle mie. Nessuno mi ha importunata e non ho ricevuto baci molesti.»

Okay. Bene. Cioè, consideriamo il bicchiere mezzo pieno: Orfeo non ha baciato Celeste. Mi sarei mangiata le dita dalla gelosia a pensare che il suo primo bacio per me fosse toccato a mia sorella. Anzi, diciamo che il bicchiere è pieno per tre quarti: se Orfeo aveva il mio stesso limite di tempo per il bacio, ho ancora speranze per i prossimi giorni.

«Davvero non ti ha dato fastidio nessuno?» chiedo a Celeste. «Specie una certa bionda di cui ti ho parlato...»

«No, no, erano tutti indaffarati. Era come se non ci fossi.» Mia sorella esita. «Certo che dev'essere dura farsi degli amici nella tua università. Persino io in Giappone me ne sono fatti tanti, anche se parlo male la lingua.»

Non capisco se è una critica velata all'ambiente troppo competitivo della mia facoltà, o se è un appunto al mio carattere tendente all'acido. Anche al liceo Celeste insisteva che fossi più espansiva, che avrebbe giovato al mio umore.

Casomai il contrario. Meno gente mi ronza intorno, meglio è.

«Grazie per avermi aiutata» le dico.

«Figurati. Sarò sempre in debito per quello che hai fatto per me.»

«Non è proprio lo stesso, ma adesso siamo pari, dai.»

Celeste ride, ma non è la sua solita risata che sprizza allegria. Forse l'ha contattata Massimo, e dubito sia stata una conversazione gradevole. Oppure oggi non è andato tutto così liscio come mi racconta. Se scopro che Astrid le ha rotto le scatole, è la volta buona che la bionda la defenestro.

Ho spiegato a Celeste di non impressionarsi per eventuali insulti o intimidazioni, perché da noi questo clima da caserma è normale. Ma anche se era preparata, può essere che si sia offesa, o spaventata, e non me lo vuole confessare per non inquietarmi.

«Celeste, per favore, se oggi è succes...»

«Ma no, non è successo niente!» Un rombo travolge le sue parole, mentre il tunnel inghiotte il vagone. La nebbia scompare dai finestrini, sostituita dal nero uniforme della galleria.

«... Beatrice e me la riporto a Borgob...»

«Ti sento male!» urlo. «Siamo in galleria!»

«Ti chiamo... era, allora!»

«Okay!» grido e la telefonata si interrompe.

Non so bene se Celeste ha riattaccato o se è caduta la linea. Peccato, volevo anche dirle che ho parlato con mamma: farà un salto in Italia il prossimo weekend. Ma forse è meglio che mia sorella non lo sappia: mamma mi ha annunciato che mi verrà a trovare, ma poi ripartirà subito. Non intende tornare a casa, a Borgobianco. Non le interessa rivedere Celeste.

Mia mamma è sempre stata parziale nei confronti della figlia secchiona che aspirava a diventare ingegnere. Celeste, l'amante delle feste e della poesia, non le è mai sembrata altrettanto stimolante. E la decisione di mia sorella di andarsene in Giappone per imparare la lingua invece di seguire regolari studi universitari ha reso i rapporti ancora più tesi.

Celeste ha sempre sofferto dell'atteggiamento distaccato di mamma. Mi spiacerebbe da morire se mia sorella fosse giù perché ha litigato con lei. Ma almeno significherebbe che in università è andato davvero tutto bene. Non me lo perdonerei se Astrid se la fosse presa con Celeste.

Oggi per colpa della mia codardia ho già ferito Paolo. È più che sufficiente.

Una risata mi fa voltare verso uno scompartimento poco più avanti, alla mia sinistra. Una ragazza bionda sorride seduta in braccio a un ragazzo con i capelli della stessa tonalità chiara. Lei gli mostra delle foto sul cellulare, e lui studia le immagini, indica dei punti sullo schermo. Colgo solo spizzichi e bocconi della conversazione. Discutono a proposito di... vele? Affusti di cannone? Vernici per modellismo? Boh!

Lui però mi è simpatico. E il ciondolo d'argento a forma di delfino che tiene al collo è molto cool.

Mi ricorda persino un po' Orfeo, dev'essere la serietà nello sguardo mentre disamina le foto della sua ragazza.

Mi rivedo insieme a Orfeo. Ci eravamo arrampicati sulla cupola dell'osservatorio abbandonato. Ci siamo seduti con la schiena poggiata all'intrico dei rampicanti. Davanti a noi si spalancava la volta celeste. Orfeo ha guidato il mio braccio, e mi ha mostrato la costellazione di Orione.

Mi ha parlato di Betelgeuse, la supergigante rossa che appare come la capocchia di uno spillo arancione. Un punto di fuoco che brucia consumandosi da miliardi di anni, finché non imploderà, spargendo nell'oscurità del cosmo i suoi frammenti. E da quei frammenti si formeranno pianeti, e forse su quei pianeti si evolveranno esseri senzienti che ammireranno il cielo e le stelle.

Risento la voce di Orfeo mentre mi illustra i parametri dell'equazione di Drake e mi dipinge una galassia ribollente di vita, di creature meravigliose e inimmaginabili, di civiltà antiche che costruiscono stazioni spaziali tanto immense da circondare le stelle per assorbirne l'energia.

Orfeo mi ha parlato di Betelgeuse, di Rigel, di Aldebaran. Ed era il turno di Sirio, ma si era fatto tardissimo e ci siamo ripromessi che me l'avrebbe indicata in un'altra occasione.

Che non c'è mai stata.

Il treno esce a tutta velocità dal tunnel, e una luce lattiginosa invade la carrozza. La nebbia nasconde ancora una volta il panorama.

Il cellulare trilla. Un suono che mi fa attorcigliare le viscere.

Il significato nascosto della vita mi ha inviato un messaggio. I tizi sono stati rapidi. Fin troppo, non avevano mai risposto con tanta fretta ai miei video. Ho un presentimento orribile.

Apro l'app.

CIAO, VERA.
SIAMO MOLTO MOLTO DELUSI. NON CI PIACE CHI CERCA DI IMBROGLIARE. TI AVEVAMO CHIESTO DI BACIARE CHI AMAVI. È CHIARO CHE HAI MENTITO. NON PROVI NULLA PER LA PERSONA NEL VIDEO.
È UNA GRAVE INFRAZIONE ALLE REGOLE BARARE. E COME PENSI DI SCOPRIRE IL SIGNIFICATO NASCOSTO DELLA VITA SE NON SEI ONESTA? NEANCHE CON TE STESSA, A QUANTO PARE.

ABBIAMO DISCUSSO.
E ABBIAMO DECISO DI NON INTERROMPERE IL TUO PERCORSO. IN PASSATO HAI DIMOSTRATO BUONA VOLONTÀ, E CREDIAMO CHE TU POSSA ANCORA ARRIVARE ALLA RIVELAZIONE. MA NON TOLLEREREMO PIÙ ALTRE BUGIE. NON PROVARE PIÙ A INGANNARCI. MAI PIÙ.
LE CONSEGUENZE NON LE SUBIRESTI SOLO TU, MA ANCHE IL RAGAZZO DI CUI SEI DAVVERO INNAMORATA.

27

Si calcola che l'energia sprigionata dall'asteroide che esplose nel cielo sopra Tunguska, in Siberia, sia stata nell'ordine dei megaton. Migliaia di volte la potenza delle bombe atomiche della Seconda Guerra Mondiale.

Non ho idea se sia voluto o no, sta di fatto che la nuova sala conferenze dell'università è una serra. Una semisfera di cristallo e acciaio progettata per cuocere a fuoco lento gli studenti e i professori tanto ingenui da entrarci, specie nelle giornate di sole.

Non mi stupirei di scoprire che il rettore ha appaltato la costruzione di questo forno a qualche architetto ex alunno che condivide con lui la passione per l'insalata. Ecco il risultato di distribuire lauree a gentaglia come Astrid, solo perché papino e mammina sommergono l'università di donazioni.

Mi sbottono il colletto della camicetta e infilo l'indice tra il cotone e il collo, nel tentativo di non morire soffocata. Sto sudando come se avessi corso insieme a Zoélie e ho una sete tremenda. Tocco il cellulare, che ho posato sul bracciolo della poltroncina imbottita stile cinema. Scotta. Spero che non si spenga e continui a registrare, perché non ce la faccio a prendere appunti.

Il sole arde dritto sopra di noi, oltre i pannelli di vetro accostati a formare una cupola. Da lontano, la sala conferenze può essere scambiata per una struttura avveniristica, da dentro, osservando le facce arrossate dei miei compagni, al massimo la si può paragonare a un vivaio per la coltivazione dei pomodori.

E mi raccomando, niente impianto per l'aria condizionata, ché si sa, è solo uno spreco di corrente elettrica e danneggia l'ambiente.

Mi faccio vento con il quaderno. Anche il relatore, in piedi dietro la cattedra, è in difficoltà: si è allentato la cravatta, e si tampona di continuo la fronte con un fazzoletto ormai zuppo. Provo pena per lui: il professor Wright è arrivato ieri notte in aereo da Boston; si sarebbe meritato un ambiente meno ostile per la sua lectio magistralis di nanoingegneria.

E, se va avanti così, i raggi del sole, focalizzati dalle lastre di cristallo, incendieranno la cattedra e i vestiti del professore, e inceneriranno l'intero corpo studentesco. Adocchio le uscite di emergenza. Sono distanti, e infossate sotto il livello del pavimento al termine di scalinate anguste.

Siamo tutti morti.

Non devo essere l'unica a presagire il peggio: più di uno studente si alza con gesti lenti per non attirare l'attenzione e in punta di piedi sfila via, diretto alla salvezza. L'unica consolazione è che anche il rettore è presente, in prima fila. Brucia all'Inferno, professor Garofano!

A una manciata di posti dal mio, una voce stridula sbotta infastidita. Astrid ha parlato abbastanza forte che il professor Wright si interrompe. Osserva l'auditorio con sguardo mogio. La blatta bionda continua a lagnarsi, e ad agitare la mano davanti al viso, a mo' di ventaglio.

La cretina non ha mancato di farsi riconoscere.

Si volta verso di me. Deve avermi letto nella mente.

Mi inquadra e sogghigna.

Negli ultimi giorni l'ho vista sprizzare felicità. La odio. Eppure la scommessa l'ha persa, e dovrebbe essere lì a smangiarsi il fegato perché non può più accanirsi contro di me o contro

Zoélie. Invece è contenta come se avesse un milione di follower su Instagram. Trama vendetta, me lo sento.

Ma non ho tempo per preoccuparmene. Oggi, se Orfeo ha ricevuto gli stessi giorni concessi a me, dovrebbe portare a termine la prova del bacio. A meno che non abbia già baciato chissà chi.

Il sole si spegne. Alzo gli occhi alla volta di cristallo: nuvoloni foschi hanno oscurato il cielo. Si prepara un acquazzone primaverile. Nella sala cala il buio, e si accendono in automatico le lampade al neon lungo il perimetro della cupola.

Un tuono romba lugubre. L'eco risuona amplificata nella sala, cancellando le parole del professor Wright. Un altro tuono, più vicino e fragoroso. Si scatena il temporale e la pioggia picchietta sul vetro. Rivoli d'acqua rigano le pareti trasparenti. Il velo della pioggia nasconde gli edifici del campus, e mi sembra che la cupola galleggi tra le nuvole nere, un dirigibile disperso nel cielo tempestoso.

Mi sento isolata, come l'altro giorno in treno, viaggiando nella nebbia.

La sensazione di solitudine mi cresce dentro da quando ho installato l'app. È un processo lento ma inesorabile. Piano piano le persone a cui voglio bene o con cui potevo confidarmi si allontanano da me, come le galassie che vagabondano nel cosmo separandosi sempre di più.

Non mi ero mai soffermata su argomenti morbosi del genere. L'app ha modificato il modo stesso in cui ragiono. Non sono più la stessa persona che scherzava paragonando la moto di Orfeo al Millennium Falcon. Senza neanche accorgermene, il mio cinismo naturale cede il passo a un nichilismo che rasenta la depressione.

E Orfeo, forse per via della tragedia del fratello, ha subito in maniera ancora più marcata l'effetto nocivo dell'app.

I tuoni si susseguono. Squarciano l'aria, e le luci tremolano. Il professor Wright si blocca e fa un risolino imbarazzato. Tra i boati colgo un suono diverso, il tonfo di un battente che colpisce la parete spalancandosi.

Mi volto. In fondo alla sala la porta si è aperta su un riquadro di temporale.

Orfeo è appena entrato. I capelli neri bagnati gli si sono appiccicati al viso e gli sfiorano gli occhi. L'acqua gli solca le guance e gocciola dal mento. Lui si guarda intorno, camminando tra le poltroncine.

Con il cuore in gola, lo osservo arrivare all'altezza della mia fila di posti. A grandi falcate viene verso di me. Il professor Garofano si è girato, rimprovera Orfeo per il ritardo, ma non ne sono sicura, i tuoni annientano le parole.

Orfeo procede a passo deciso. La maglietta zuppa gli si è attaccata alle spalle, le maniche lunghe delineano i muscoli sotto il tessuto bagnato. Lui ha il volto teso, le labbra imperlate di goccioline.

È sempre più vicino a me. In mano stringe il cellulare, e la spia che lampeggia rossa sulla scocca indica una registrazione video in corso.

Il cuore mi tambureggia nel petto, batte così forte che mi convinco che lo sentano tutti, più assordante dei tuoni.

Orfeo sta venendo da me.

Ma si ferma prima, a pochi posti dal mio. Si china verso la persona seduta nella poltroncina di fronte a lui.

Prende il mento di Astrid tra le dita, e le solleva il viso. Lei lo fissa con gli occhi spalancati, le labbra dischiuse per lo stupore. Sta per dire qualcosa.

Orfeo si sporge verso di lei, e la bacia.

I tuoni tacciono. La pioggia che cade sui vetri non fa più

rumore. Il professor Wright apre e chiude la bocca, ma non ne esce alcun suono.

Nel silenzio sento il rumore secco del mio cuore che si spezza. E sorrido pensando che sia impossibile, ma è la verità: dentro di me mi sono spezzata, e fa *male*.

Le guance di Astrid si arrossano, lei posa la mano sul braccio di Orfeo, come ad allontanarlo. Ma le dita risalgono sulla maglietta, scivolano dietro la nuca di lui. Astrid chiude gli occhi e attira a sé il viso di Orfeo, baciandolo a sua volta.

Se Orfeo credeva che il sentimento non fosse corrisposto si sbagliava: Astrid sembra estasiata. Magari anche lei lo ha sempre amato, e adesso si scioglie dalla gioia.

Mi bruciano gli occhi e mi viene la nausea.

Me ne devo andare.

Mi alzo di scatto, e l'assistente seduto al mio fianco sobbalza per la sorpresa. Urto il mio cellulare, che cade sul pavimento. Diverse facce si girano a guardarmi, a guardare la ragazza goffa che l'altro giorno era ubriaca fradicia e che oggi magari darà di nuovo spettacolo.

Anche Orfeo si è voltato, le labbra ancora umide per il bacio. Mi fissa come se avesse visto un fantasma. Mi parla, ma la sua voce non rompe la cappa di silenzio.

Sono contenta di non sentirlo. Sono contenta di sentire solo il mio cuore che mi ronza nelle orecchie per la rabbia. Non ascolterò mai più Orfeo, nemmeno se mi urlasse in faccia.

Ero terrorizzata in mezzo a un parcheggio abbandonato per *lui*. Ho vomitato l'anima per *lui*. Per *lui* ho fatto del male a Paolo, a Massimo, a Zoélie. Ho coinvolto persino Celeste, l'ultima persona che dovrebbe affrontare certi casini.

L'ho fatto perché lo amavo.

Ma non amavo Orfeo. Amavo un ragazzo intelligente e profondo che esisteva solo nella mia testa bacata. Al vero Orfeo di me non frega niente. Preferisce una persona viscida, violenta, stupida, con l'unico pregio di un bel faccino.

Altro che stelle binarie! Sono bastati un paio di occhioni azzurri e una cascata di boccoli biondi.

Le lacrime mi striano le guance.

Che poi, se gli piacevano tanto gli occhi azzurri, li ho anch'io... cioè non sono proprio azzurri, sono blu, ma...

Raccolgo il cellulare, afferro la borsa, scappo via, mi precipito giù dagli scalini fino all'uscita di emergenza, mi butto contro il maniglione antipanico.

Non voglio più vederlo.

Non voglio più parlargli.

Non voglio mai più parlargli.

28

Le stelle doppie apparenti non sono stelle in un sistema binario. Ci appaiono vicine solo per questioni di prospettiva, in realtà sono lontane tra loro, e non sono legate l'una all'altra.

Il giacchetto mi si è impregnato di pioggia, e i pantaloni si sono macchiati di scuro. I capelli appiccicati alla schiena mi fanno rabbrividire, le scarpe zuppe gocciolano acqua gelida sulla pavimentazione di marmo sotto i portici.

Sono bastati i pochi passi tra la nuova sala conferenze e il porticato della facoltà di lettere perché mi infradiciassi. Mi asciugo il naso con la manica del giacchetto. Non me ne frega niente se dovrò affrontare il temporale anche per rientrare al dormitorio. Voglio solo rifugiarmi sotto le coperte, e tremare di freddo e di tristezza fino a svenire.

Affretto il passo.

Un tuono risuona nel giardino e il lampo abbaglia i portici deserti.

Rumore di tacchi alle mie spalle.

«Vera!»

La sua voce. Una mano mi afferra il polso, mi costringe a fermarmi.

Mi giro di scatto verso Orfeo. L'acqua gli ruscella lungo il viso, gli cola sulla maglietta. Le ciglia trattengono le goccioline di pioggia, che poi gli cadono sugli occhi scuri.

Non ce la faccio a guardarlo in faccia, mi fa male guardarlo.

Strattono il braccio per liberarlo. «Si può sapere che accidenti vuoi?»

Orfeo vacilla colpito dalla stizza nella mia domanda, dal mio tono ancora più acido del solito. Sono felice che piova, sono felice che non possa accorgersi che ho pianto per colpa sua.

«Perché sei venuta alla conferenza?» mi chiede.

«Stai scherzando?» Mi affiora alle labbra un sorriso incredulo. «Sarebbe questo il problema? Che io sono venuta alla conferenza?»

«Ti avevo chiesto di non farlo.»

«Non mi sembra. Non mi sembra proprio.» Serro le dita a pugno, mi conficco le unghie nel palmo. «E comunque ho capito benissimo perché volevi che non venissi.»

Orfeo si strofina il dorso della mano sulla bocca, un gesto simile al mio di pulirmi le labbra con il fazzolettino di carta dopo aver baciato Paolo. Mi viene il voltastomaco se penso che ho ferito il mio migliore amico. E per quale motivo? L'ho fatto per Orfeo.

Le lacrime mi gonfiano gli occhi, ma non devo frignare, anche se rivedo Astrid che risponde al bacio e...

«Tu... tu prima mi dici che sono l'unica... che sono l'unica a farti star bene.» Mi mancano le parole per la rabbia e la tristezza. «E poi ti metti a limonare in pubblico con... con quella tizia che non so neanche come definire da tanto mi fa schifo!»

«Non mi sembra che il tuo fidanzato sia tanto meglio di Astrid.»

Il tono di Orfeo è risentito, non indifferente. Come se fosse stato da sempre geloso di Massimo e io non me ne fossi mai resa conto.

«Non pensavo che te ne fregasse qualcosa.»

«È difficile da ignorare, visto che hai occhi solo per lui.»

«Tu...» Vorrei prenderlo a schiaffi, ma mi trattengo. Gli premo il palmo sul petto. «Tu non hai idea di quello che ho fatto. Per tirarti su di morale. Per capirti. Per capire che diavolo ti passa per la testa quando fai certe stupidaggini.» La mano scivola via dalla maglietta. «Non hai idea di quello che ero disposta a fare. Ma la verità è che mi sbagliavo. Mi illudevo e basta. Sei solo un egoista, sei freddo come l'Universo morto che ti piace tanto immaginare. E sai che ti dico? Ti *odio*.»

Indietreggio di un passo. Lui ha la bocca spalancata. «Vera... io...»

«Sei una persona intelligente.» Singhiozzo e mi stropiccio gli occhi invasi dalle lacrime. «Sei un maledetto genio. Non potevi non sapere che oggi mi avresti ferita. Non potevi non sapere quello che provavo per te!»

Tiro su con il naso come una bambina, e sto scivolando nel patetico, me ne accorgo da sola. La emo penosa zuppa dalla testa ai piedi che frigna perché nessuno le vuole bene. Ma non mi interessa, non riesco a controllarmi, sono troppo sconvolta.

«Non volevo» abbozza Orfeo. «Non volevo farti del male...»

«Be', complimenti» lo interrompo, e la mia voce vibra di rancore. «Sei riuscito in un'impresa che non aveva mai realizzato nessuno. Mi hai spezzato il cuore. E fa un male cane.»

Orfeo allunga la mano verso la mia testa. Lo stesso gesto da cartone giapponese dell'altra sera, quando eravamo a letto insieme a mangiare merendine e a guardare film di fantascienza. Le dita tremano sfiorandomi i capelli.

Orfeo le ritrae. «Mi dispiace.»

Non mi guarda più, i suoi occhi si perdono tra le pozze che costellano i giardini.

Il nostro sistema binario si è sciolto. Non siamo più stelle che si influenzano a vicenda. Siamo due astri che si spengono, destinati a rimanere soli in un Universo di buio e gelo.

«Mi dispiace» ripete Orfeo. La voce gli si incrina, è anche lui sul punto di piangere. «Non voglio perderti. Ti prego, non voglio perderti.»

«Non ha importanza.» Mi stringo nel giacchetto. «Quel che è fatto, è fatto.»

Lui china il viso, e le ombre nascondono il livido che gli deturpa l'occhio; anche la cicatrice sul labbro si nota appena. «Scusami» sussurra. «Perdonami.»

Orfeo incassa le spalle e si gira, cammina fuori dai portici, sotto la pioggia battente. Sembra sciogliersi tra gli scrosci. La sua figura vestita di nero sparisce celata dalla furia del temporale.

Mi manca il fiato, sono scossa dal pianto. Tremo per il freddo, e le lacrime mi gocciolano dal mento, picchiettano sul marmo.

Non ha baciato Astrid di sua volontà, ne sono convinta. L'ha baciata solo per assecondare l'esperimento che gli ha assegnato l'app.

Lo so che mi vuole bene, che forse è innamorato di me.

Ma lo odio. Lo odio proprio perché mi vuole bene. Lo odio perché ha ferito una persona a cui vuole bene solo per obbedire alle istruzioni di un'app maledetta. Orfeo lo sapeva benissimo che comportandosi come ha fatto mi avrebbe spezzato il cuore.

Infilo le dita nella tasca dei pantaloni, e a fatica tiro fuori lo smartphone. La custodia l'ha protetto dall'acqua, e solo poche striature umide segnano lo schermo. Dovrei disinstallare l'applicazione una volta per tutte. È un'app che non serve a niente, se non a stimolare comportamenti atroci.

Anche se Orfeo provava dei sentimenti per me, li ha messi

da parte e mi ha ferita. Lo ha fatto apposta, senza ritegno, per obbedire a un'app.

Perché dovrei aiutarlo?

Osservo il muro d'acqua che lo ha assorbito.

PENSIAMO ANCHE CHE PER ORFEO POTREBBE GIÀ ESSERE TROPPO TARDI.

Maledetti. Maledetti bastardi. Se non ci fosse stata quest'app dannata, oggi io e Orfeo saremmo in groppa alla moto di Giacomo a sfrecciare verso una diga abbandonata che sbarra un fiume in secca, o ad arrampicarci per il sentiero che conduce a una miniera in disuso.

O forse no. Forse vivo di illusioni.

La malinconia ha sempre intorbidito lo sguardo di Orfeo, fin dal nostro primo incontro. Si porta dentro una tristezza profonda, forse anche da prima che morisse il fratello. Un buco nero lo consuma nell'animo da molto tempo.

Però l'app del significato nascosto della vita di certo non lo aiuta.

Nessuno lo aiuta. All'università nessuno si interessa ai suoi problemi. I genitori sono ancora in lutto per il fratello. E l'unico amico che gli era rimasto, Andrea, lo ha allontanato da sé.

E ci ha provato anche con me, oggi.

Ma Orfeo ha sbagliato i suoi conti. I gestori dell'app dovranno organizzare di meglio che non spingerlo a baciare un'altra davanti a me, per farmelo odiare.

Mi mordo la lingua. Mi pento di avergli urlato che lo odio. Anch'io ho agito da egoista con Paolo, con Massimo, con Zoélie. E io non sono depressa, non ho subito un lutto devastante, non sono divorata dalla malinconia.

No, non intendo abbandonare Orfeo. Combatterò il buco nero che vuole risucchiarlo. Prenderò Orfeo per il polso, lo stringerò saldo e lo strapperò via dal suo destino di buio. Neanche la luce può sfuggire alla gravità di un buco nero. Ma io sono una Signora dei Sith, e ho la Forza dalla mia parte.

La pioggia diminuisce di intensità. Aspetterò che smetta e tornerò al dormitorio.

Mi sono innamorata di Orfeo con la sua tristezza e la sua malinconia e i suoi problemi. Non posso sopportare che soffra. Lo aiuterei anche se scoprissi che sul serio preferisce Astrid a me.

Se ami davvero una persona, non importa che lei ricambi. Importa che sia felice. E Orfeo lo sarà.

29

I casi di astronauti con lauree in materie umanistiche sono più unici che rari. Se si vuole intraprendere una carriera tra le stelle, lo studio delle scienze è un requisito fondamentale.

Il vento gelido si accanisce lungo la strada, sbatacchia i tendoni del ristorante, e scompiglia i capelli del cameriere che si affretta a riportare dentro i tavolini. Stasera si cenerà solo all'interno.

Mi avvolgo la sciarpa al collo, affondo le mani nelle tasche, e marcio verso il locale. Mi sento ridicola a uscire con la sciarpa nel pieno della primavera, ma non è colpa mia se si crepa dal freddo. La morte termica dell'Universo sarà pure una circostanza inevitabile, ma se si potesse rimandare a dopo la mia laurea, già mi accontenterei.

Raggiungo la vetrata illuminata del locale. Congelo, e l'atmosfera calda che mi aspetta nel ristorante è un richiamo irresistibile, degno del canto delle sirene. Ma esito. La prova che mi attende non sarà facile.

Mi sporgo verso la vetrata. Il mio fiato si condensa sul cristallo. Intravedo mamma, seduta al tavolo. Si è di nuovo tinta i capelli di una tonalità prugna, e li tiene acconciati in uno chignon; indossa un elegante completo color panna, e porta scarpe con il tacco alto.

Mamma accavalla le gambe lasciate scoperte dalla gonna al ginocchio, e consulta l'orologio da polso. È sottile come un bracciale, d'oro, con il quadrante impreziosito dai brillanti. Un regalo di papà per farsi perdonare non ho mai saputo quale malefatta.

Un cameriere impettito si rivolge a mia madre. Forse le chiede se vuole ordinare, o se gradisce un bicchiere di vino nell'attesa. Lei lo allontana con un gesto delicato della mano.

Si starà domandando che fine ho fatto. Non mi ha ancora chiamata, ma succederà presto. È vero, sono in ritardo di appena dieci minuti, ma per me sono un'eternità. Io sono sempre stata puntuale agli appuntamenti, io sono la precisina della famiglia, io studio ingegneria e sogno di lavorare con mamma.

Sospiro e si formano sbavature opache sul cristallo.

Ieri ero in macchina diretta a Malpensa per accogliere mamma appena fosse scesa dall'aereo, ed è arrivato un nuovo messaggio dall'app. Rigiro il cellulare nella tasca. Non ho bisogno di rileggerlo, lo so a memoria.

CIAO, VERA.
L'ESPERIMENTO SOCIALE A CUI DOVRAI SOTTOPORTI PREVEDE CHE TU PARLI CON TUA MADRE ENTRO IL FINE SETTIMANA. INCONTRALA DI PERSONA E SPIEGALE CHE INTENDI ABBANDONARE GLI STUDI. CHE HAI INTENZIONE DI LASCIARE L'UNIVERSITÀ QUANTO PRIMA E CHE NON PENSI DI RIPRENDERLA. SOTTOLINEA CHE NON C'È NIENTE CHE TUA MADRE POSSA FARE O DIRE PER FARTI CAMBIARE IDEA.
DOVRAI ESSERE SERIA E CONVINCENTE, COME LO SEI STATA QUANDO HAI ANNUNCIATO AL TUO FIDANZATO DI AVERLO TRADITO.
RIPRENDI LA CONVERSAZIONE CON TUA MADRE, E INVIACI IL FILMATO ATTIVANDO LA FUNZIONE «CARICA VIDEO». TI BASTERÀ CLICCARE SU QUESTO MESSAGGIO.

VERA, NON DELUDERCI. NON TENTARE DI INGANNARCI. NON CI RIUSCIRESTI, E A PAGARNE IL PREZZO SAREBBE ORFEO.

Hanno scelto l'unico argomento che mia madre non può sopportare. Se le dicessi che sono incinta, non si turberebbe più di tanto, si preoccuperebbe solo che la faccenda non intralci i miei studi; se le dicessi che mi drogo, mi raccomanderebbe di scegliere almeno sostanze che non mi impediscano di concentrarmi; e se le dicessi che sono finita in un brutto giro, con persone pericolose legate alla malavita, si stringerebbe nelle spalle e mi suggerirebbe di rivolgermi a mio padre – ma dopo la sessione d'esami estiva, mi raccomando, Vera.

Sorrido tra me. Ma è un sorriso amaro, perché non so quanto sia davvero irrealistica la mia ironia. Prendo un lungo respiro. Stavolta la situazione non deve precipitare come con Massimo. Dovrò arginare la reazione di mamma e poi, dopo aver accontentato i gestori dell'app, spiegarle con calma che era tutto uno scherzo di cattivo gusto.

Sarà una cena infernale, ma devo stringere i denti e sopportare. Se supero questa prova, sarò davanti a Orfeo nel gioco, e potrò aiutarlo, potrò impedirgli di oltrepassare limiti pericolosi.

PENSIAMO ANCHE CHE PER ORFEO POTREBBE GIÀ ESSERE TROPPO TARDI.

No, non è troppo tardi.

Sfilo la mano dalla tasca ed entro nel ristorante.

Mi ritrovo in una saletta dominata da un leggio massiccio di legno. Da dietro il leggio, il maître mi saluta e mi domanda se ho prenotato. Gli spiego che ha prenotato mia madre e che mi sta aspettando. Lui mi sorride, si fa consegnare il giacchetto e lo appende nel guardaroba; mi fa strada nella sala principale.

Mamma ha scelto un ristorante di lusso, con luci soffuse, lampadari di cristallo e tovaglie di seta ricamate a filo d'oro. Le posate e i bicchieri di cristallo scintillano.

Mamma ha sempre adorato i ristoranti di un certo livello e non ci ha mai rinunciato, anche quando io e Celeste eravamo bambine e non troppo bene accette nei locali raffinati – ci lasciava a casa.

Ho un brivido. L'ultima volta che sono stata in un ristorante di lusso era in riva al lago, la primavera scorsa. Avevo appuntamento con un uomo molto più grande di me. Un'esperienza che definire sgradevole sarebbe un eufemismo.

«Vera.» Mamma si accorge di me e si alza. Il maître si scansa, e io abbraccio mia madre.

«Mi sei mancata tanto» mormoro.

«Anche tu.»

Ci separiamo, ma mamma non mi leva le mani dalle spalle. Sfiora le punte colorate dei miei capelli. «Fai scelte sempre più eccentriche.»

«Mi piaceva il blu.»

«Va benissimo.» Mamma mi sorride. «I progetti migliori nascono dalla mente degli ingegneri originali.»

È bastato questo vago accenno al mio futuro lavoro perché lo stomaco mi si riempisse di cubetti di ghiaccio.

Mamma si riaccomoda e il maître mi scosta la sedia. Ci ritroviamo una di fronte all'altra.

Se fossi al cospetto di un plotone d'esecuzione sarei più rilassata.

Mamma fa cenno al maître di portarci i menù.

Prende dal piccolo cestello d'argento un panino tondo ricoperto di semi di sesamo. Lo spezza e all'interno la mollica è di una tonalità di giallo che richiama lo zafferano.

«Questi panini sono squisiti» dice mamma. «Ci mancava poco che li finivo prima che arrivassi.»

Stacca un pezzetto di pane e se lo porta alle labbra. «Mi devi scusare, ma non ho fatto in tempo a pranzare, e ho una fame da lupi.»

Abbasso lo sguardo sul mio tovagliolo candido. «Purtroppo io invece non ho molto appetito.»

Mamma fa per replicare, ma si presenta un cameriere con i menù. Prendo il mio, e osservo mamma sfogliare le pagine del suo con occhio critico. Approfitto che sia distratta per sistemare lo smartphone sul tavolo. Copro lo schermo con il tovagliolo, lasciando libero solo l'obbiettivo della telecamera.

Ho la nausea all'idea di condividere con i tizi dell'app un momento intimo con mia madre, dopo mesi che non ci vediamo.

«Alcune portate mi ispirano» dice mamma, parlando da sopra il menù.

«Non so» mormoro. «Non sono in vena di provare piatti nuovi.»

«È per i voti che sei preoccupata?» Mamma gira un'altra pagina. «Non ho intenzione davvero di condannarti alla media del trenta. So quanto vali, e so che i professori non sempre sono corretti nei loro giudizi.»

«I voti vanno bene.»

Mia madre posa il menù. «Ho chiamato il rettore, e mi ha detto che hai avuto qualche problema.»

«Mamma!»

«È così che funziona, se intendi lavorare per aziende importanti. È mio dovere informarmi sui miei futuri collaboratori. Non porto chiunque a ispezionare impianti da miliardi di dollari.» Mi sorride. «Comunque, mi sono fatta inviare dal rettore il tuo curriculum universitario dettagliato, e direi proprio che sei la persona che ci serve. Impegnati e lo stage è tuo.»

Sembra felice, per me e per lei. Ma devo troncare subito il suo entusiasmo: più rimando a dirle che mollo tutto, peggio sarà.

Serro i pugni sulle ginocchia. «Mamma, devo... devo dirti una cosa.»

Non oso guardarla in viso, tengo gli occhi sul tovagliolo.

«Vera, è tutto okay?»

Percepisco un afflato di ansia nella voce di mamma.

Deglutisco. «No. Non so più quello che voglio.»

«Che significa? Mi stai preoccupando.»

«Non so più se voglio continuare a studiare ingegneria. Non credo sia quello che voglio fare nella vita.» Mi mordo il labbro. «Perciò ho deciso di lasciare gli studi. Magari mi prendo un anno sabbatico. Cercherò di capire meglio quello che desidero.»

«No, non ci credo.» Una punta di rabbia nel tono di mamma. «Ma ti senti? Non riesco a credere a quello che ho appena ascoltato. Chi ti ha messo in testa queste stupidaggini? È stata tua sorella?»

Sollevo il capo. «Celeste non c'entra niente con le mie decisioni.»

Le labbra di mia madre si piegano in una smorfia di disprezzo. «Be', scusami tanto, ma certi discorsi insensati me li aspetto da lei, non da te. Non mi piace che ti riempia la testa con le sue farneticazioni da hippy fuori tempo massimo. Non voglio che ti coinvolga nei disastri che combina, come l'anno scorso.»

«Almeno io l'ho aiutata. Tu e papà invece eravate sempre impegnati con il lavoro e non...»

«Lo vedi?» mi interrompe mamma alzando la voce. «Parli proprio come lei. Non è che avete ricominciato con il giochino di scambiarvi e sto parlando con Celeste?»

«Celeste stava male e a voi non fregava un tubo. Sono io che mi chiedo se sto parlando con mia madre, o se una persona fredda e insensibile l'ha sostituita. E non da oggi.»

«Vera, non ti permettere...»

«Io ti dico che non voglio più frequentare l'università, che ho dei problemi, e a te interessa solo sapere se è colpa della cattiva influenza di Celeste. Che poi, quale sarebbe questa cattiva influenza? Scrivere poesie anziché diventare ingegnere meccanico? Se domani volessi fare la poetessa anch'io, varrei meno ai tuoi occhi?»

«Ma piantala.» Mamma scuote la testa. «Pensi che sia arrivata dove sono arrivata perché sono stupida? Ho saputo quello che è successo l'anno scorso, so del concorso internazionale, so tutto. Ma va bene così, a me non piace, ma va bene così, abbiamo abbastanza soldi che se Celeste vuole buttare via la sua vita credendosi un'artista, può farlo. Ma per te speravo di meglio.»

«Non mi hai risposto» mormoro.

«Perché la risposta non ti piacerebbe.»

Rimango pietrificata. L'ultima frase mia madre l'ha pronunciata con tono calmo, gelido.

Si toglie il tovagliolo dal grembo, lo ripiega accanto al piatto. «Direi che la nostra cena di lavoro si conclude qui. Pensaci molto bene a quello che vuoi fare. Non ho tempo da perdere, e ho una lista lunghissima di candidati che striscerebbero in ginocchio fino a Dubai per avere lo stage.» Si alza e si mette la borsetta a tracolla. «Sono molto delusa, ma pazienza. In ogni caso ti pregherei di comunicarmi le tue decisioni il prima possibile. Se non intendi più frequentare l'università, sarebbe uno spreco continuare a pagarti la retta e la camera in dormitorio. Mi sono spiegata?»

Annuisco.

«Molto bene.» Mia madre consulta l'orologio. «Il punto positivo è che posso ripartire subito stasera. Ti chiamerò nei prossimi giorni. Vedi di chiarirti le idee. Non sei più una bambina, e non tollero i capricci.»

Si allontana a passo svelto. Il maître la affianca, gesticolando. Io resto seduta al tavolo.

Fino a ieri scoppiavo di felicità alla prospettiva di incontrarla. Non vedevo l'ora di abbracciarla, di vantarmi dei miei voti, di parlare dello stage. Di renderla orgogliosa di me. Di sapere quale futuro radioso immaginava per la sottoscritta. E alla fine mamma mi avrebbe detto che si riconosceva in me, che anche lei alla mia età era così: intelligente, ambiziosa, determinata.

È andato tutto storto, e ci ho guadagnato solo un dolore acuto allo stomaco.

Un cameriere si sporge a domandarmi se va tutto bene. Non rispondo, scappo via, esco fuori dal ristorante. Cammino a passo svelto con l'aria gelida che mi taglia il viso.

Vago senza meta, e mi sono scordata di ritirare il giacchetto, ma non me ne importa.

Mi sono sempre comportata in maniera esemplare. Dal liceo a oggi mai un voto che non fosse il massimo, mai un'assenza ingiustificata – be', a parte qualche giorno l'anno scorso, ma per un ottimo motivo – mai una protesta, mai una ribellione. Sono sempre stata la figlia perfetta.

Mamma avrebbe dovuto capire che mentivo. O almeno doveva fidarsi di me: se sul serio avevo intenzione di abbandonare gli studi, forse era per una buona ragione. Se prospetto un anno sabbatico, magari è perché ne ho bisogno.

Ma mia madre ha reagito nella maniera peggiore. Mi ha paragonata in negativo a Celeste, la persona che stimo di più al mondo, e ha concluso minacciando di tagliarmi i viveri. Un colpo basso persino per la sua mentalità.

Mamma non ha intuito che le raccontavo delle bugie, né ha rispettato le mie decisioni. Non ci incontravamo da mesi, ma è stata compiaciuta di aver almeno risparmiato delle ore potendo ripartire già stanotte. Mi ha mollata senza pensarci due volte. Era più interessata a giudicarmi che a comprendermi. Come se davvero fossi solo un'aspirante stagista, e lei dovesse determinare se fossi adatta al ruolo.

Mi sento sempre più triste, e più sola.

Gli esperimenti sociali che i gestori dell'app hanno ideato sono fatti apposta per dimostrare a chi li affronta che i rapporti, persino quelli più stretti, sono fragilissimi. Che se si gratta via la patina di affetto, rimangono solo egoismo e disprezzo.

Ma lo so che le prove non sono altro che giochi di prestigio. Ti svelano una realtà tanto terribile quanto falsa. Eppure, anche se so che c'è il trucco, anche se so che mia madre ha reagito in quel modo perché le ho parlato come mai avrei fatto, anche se so che queste situazioni nascono da premesse impossibili, non riesco a convincermi che si tratti solo di un inganno.

Il dolore è troppo vivido, troppo concreto.

Devo calmarmi. È ovvio che le persone reagiscono male se le aggredisci all'improvviso colpendole dove sono più sensibili. Sono certa che domattina, quando chiamerò mamma per spiegarle la situazione, lei mi anticiperà chiedendomi scusa, e sarà mortificata per l'accaduto. Sono sicura che già si sente in colpa.

No, non ne sono sicura.

Accidenti, non devo cadere nella trappola! Gli esperimenti sociali dell'app non dimostrano un bel niente. Sono solo giochetti sadici, senza un vero scopo, se non appagare il voyeurismo e la crudeltà di chi li ha concepiti.

Mamma si sente in colpa, ci scommetto. Così come Andrea si sarà sentito in colpa dopo aver picchiato Orfeo, e come io mi sento in colpa ad avergli urlato che lo odio. Una bugia non può sul serio annullare un rapporto profondo, il bene che provi per una persona non viene spazzato via da una parola di troppo.

Ma se ho difficoltà io a convincermi della vera natura dell'app, Orfeo rischia di non capirlo, di credere che davvero la versione della realtà dipinta da *Il significato nascosto della vita* sia plausibile. Lui era già turbato dalla morte del fratello, già era incline a cedere allo sconforto.

Sollevo gli occhi al cielo. Solo pochi astri resistono alla luce soffocante dei lampioni.

Quello che per me è un Universo stellato, per lui è un Universo già buio.

Devo fermarlo, subito: non riesco a immaginare come si comporterebbero i suoi genitori se dicesse loro cose terribili come quelle che io ho detto a mamma. E Orfeo non sopporterebbe una reazione negativa.

30

Si suppone che la cometa di Delevan, scoperta nel 1914, farà di nuovo visita ai nostri cieli solo tra 749 milioni di anni. Ma è sicuro che tornerà.

La porta dell'uscita di emergenza è spalancata sul pianerottolo esterno delle scale antincendio. Un ragazzo, la schiena appoggiata allo stipite, fuma una sigaretta. Dà un tiro e la punta della cicca avvampa, diviene di un arancione intenso. Lo stesso colore che pervade l'orizzonte, la sfumatura che accompagna il sorgere del sole.

Sono rimasta sveglia tutta la notte a scervellarmi per scegliere le parole giuste. Voglio essere sincera con Orfeo, dirgli che mi sono impicciata degli affari suoi, che anch'io ho installato l'app, che mi sono incamminata sulla strada che conduce al significato nascosto della vita. E voglio dirgli che lo amo, e che dobbiamo smetterla tutti e due con questa pazzia degli esperimenti sociali.

Sfilo dietro al ragazzo che fuma. I miei passi risuonano per il corridoio deserto dell'ala maschile del dormitorio. Non sapevo a che ora presentarmi: mi sarei fiondata anche in piena notte, ma ci mancava che mi beccasse il sorvegliante e che mi cacciassi nei guai prima di parlare con Orfeo.

Ho aspettato che fosse mattina. Ma è ancora prestissimo e – fumatore solitario escluso – non c'è in giro nessuno. Svolto l'angolo, la camera di Orfeo è poco più avanti.

Il silenzio è rotto da un'imprecazione rabbiosa. E purtroppo conosco bene questa voce.

Mi precipito, e la porta della stanza di Orfeo si apre. Sulla soglia, Andrea si gira verso l'interno. Urla parole che non capisco, che si fondono in un ringhio. Esce e tira un pugno al battente. Ha il viso stravolto, borse nere sotto gli occhi, i capelli ricci scompigliati, come se neanche lui avesse dormito stanotte.

Mi passa accanto e neppure si accorge di me.

«Andrea, aspetta!»

Gli poso la mano sul braccio muscoloso, e devo assecondare la sua falcata per qualche passo prima che si renda conto che mi sono aggrappata a lui.

«Fermati!» urlo. «Cos'è successo?»

Lui si volta. Gli occhi sono gonfi e arrossati, non è solo stanco per la nottata in bianco, deve anche aver pianto. Inarca le sopracciglia folte sulla fronte corrucciata. «Cos'è successo? Non devi chiederlo a me, devi chiederlo a lui!»

Accenna con il mento alla porta alle mie spalle. Orfeo è immobile appena fuori dalla stanza, la mano sulla maniglia, l'altro braccio che pende inerte lungo il fianco, il viso chino.

«Dai, chiediglielo!» sbotta Andrea. «Chiedigli perché si è messo a fare questi giochetti idioti! Magari a te risponde.» Scuote la testa. «Ha persino coinvolto i suoi genitori.»

Mi si gela il sangue. Sono arrivata troppo tardi.

«Cos'è successo?» insisto. «Che ha detto ai genitori?»

«Gli ha detto che si droga.» Andrea fa una risata amara. «Gli ha detto che si droga da quando il fratello è morto. La madre mi ha telefonato in piena notte, era in lacrime. Mi è preso un colpo, e se non fosse successo l'episodio con mia sorella, ci avrei pure creduto.» Sospira. «Sono partito subito e sono venuto qui a vedere che diamine combinava Orfeo. Ma lo sapevo già che aveva raccontato solo un mucchio di balle. Adesso fa così, mette alla prova le persone, si diverte a rovinare i rapporti.»

«Forse aveva un buon motivo per...»

«Ma ti rendi conto di quello che ha detto? Ha detto ai suoi che si droga! Dopo che il fratello è morto di overdose solo l'anno scorso.»

Gli carezzo il braccio, ma non so davvero in che modo tranquillizzarlo. «Calmati, ti prego. Altrimenti non risolveremo niente.»

«Non c'è niente da risolvere. Io ho chiuso. Dovevi sentirla sua madre stanotte. Dio santo, le ha spezzato il cuore a quella poveraccia. Basta. Basta, ho finito di preoccuparmi per lui. Basta.»

«Ma è il tuo migliore amico.»

«No.» Andrea si strofina le nocche sugli occhi per allontanare le lacrime. «A un amico non gli racconti stupidaggini. Non lo costringi a picchiarti. Non lo tiri dentro ai tuoi giochini sadici. Non posso ancora crederci che ha trattato in questa maniera anche i suoi genitori.»

Si scosta da me, e si dirige alle scale. È grande e robusto come un orso, ma così scosso assomiglia a un animale ferito. Ed è pericoloso avere a che fare con gli animali feriti. È inutile che cerchi il suo appoggio per aiutare Orfeo: Andrea non capisce davvero il suo amico, e c'è il rischio che finisca di nuovo a pugni.

I gestori dell'app hanno scelto bene la bugia da far sputare a Orfeo. Non riesco a immaginarmi niente di peggio per i suoi genitori. Mi si stringe il cuore. La madre sarà distrutta. Orfeo dev'essere disperato per accettare una prova del genere.

Non posso abbandonarlo adesso.

Corro verso la sua camera. Orfeo ha riaccostato la porta, ma non l'ha chiusa.

La apro di poco, sbircio nella stanza. «Si può?»

Orfeo è seduto sul letto, tra le lenzuola in disordine. Tiene la faccia tra le mani, le dita immerse nelle ciocche nere. Le spalle sobbalzano come se singhiozzasse. Ma non lo sento piangere, si sta trattenendo.

Sta malissimo, e non ha idea di quanto vederlo così faccia soffrire anche me. Mi artiglio la felpa all'altezza del cuore. È un dolore fisico, sotto lo sterno.

Entro nella stanza, e mi chiudo la porta alle spalle.

Mi avvicino a Orfeo, gli sfioro i capelli. Non so come parlargli, i suoi problemi mi sembrano troppo personali, troppo privati.

«Abbracciami» dice, la voce arrochita.

Mi prende per il polso e mi trascina sul letto. Cado sulle lenzuola, tra le sue gambe. Orfeo mi cinge tra le braccia, e poso il viso sul suo petto.

Ho timore a stringerlo anch'io, ho timore che ogni mia mossa potrebbe rompere l'equilibrio. Non voglio che Orfeo si separi da me, che mi allontani dicendomi che vuole rimanere solo.

«Il tuo cuore...» mormora, e il suo fiato caldo mi carezza. «Il tuo cuore batte fortissimo.»

Lo abbraccio anch'io. È il momento più triste e insieme più felice che abbia mai vissuto in vita mia. Sentirlo stretto a me, sapere che mi vuole con sé, per me significa tutto. E significa che c'è speranza per lui, significa che non è solo. Lo devo convincere che non è solo.

Orfeo allenta un poco l'abbraccio. Posa il palmo sul mio petto, per sentire il mio battito.

«Lo sai che il tuo cuore è fatto dello stesso materiale delle stelle?»

«Me lo hai raccontato.»

«Ogni atomo del tuo corpo viene dall'esplosione di una stella, le tue mani e il tuo viso nascono dalle stelle.»

Sorrido e chino il viso tra i suoi capelli, inspiro il suo odore. «Lo so.»

«Tu sei la mia stella. L'unica stella che illumina il mio Universo.»

Il cuore prende a battermi con tale forza che potrebbe scoppiarmi, esplodere come una supergigante rossa e disperdere le sue molecole nello spazio.

Sono spaventata dalle parole di Orfeo. Sono parole dolcissime, ma hanno il retrogusto aspro degli addii.

Stacco il viso da lui per guardarlo negli occhi. Ha pianto, e le iridi nere sono contornate di vene vermiglie. «Andrea mi ha raccontato quello che è successo. Mi ha detto dei tuoi genitori.»

«E ti ha detto perché sono arrabbiato con loro? Ti ha spiegato come si sono comportati con Giacomo? Ti ha detto che non gli hanno neanche pagato il funerale?»

«No...»

«Andrea non ha mai capito niente della mia famiglia.»

«Allora raccontami tu cos'è successo davvero.»

«È inutile parlarne. È triste e inutile.»

Orfeo raddrizza la schiena, si sistema meglio sul letto, come se fosse una delle nostre serate di cinema, e sulla scrivania ci fosse il monitor acceso. Mi sposto al suo fianco, ma questa volta non mi scosto, lascio che la mia gamba lo tocchi.

Orfeo mi cinge la vita, avvicina il suo viso al mio. «Giacomo aveva dei grossi problemi.» Solleva lo sguardo sulla porta, come se il fratello potesse apparire lì sulla soglia da un momento all'altro. «Erano anni che entrava e usciva dai centri di recupero. È stato in carcere. Ma continuava a bucarsi. Ha scoperto di essere sieropositivo, e non ha voluto curarsi. Ha preferito morire. E mia madre, mio padre... loro non l'hanno mai compreso, non l'hanno mai aiutato, hanno lasciato che morisse e basta.»

Gli occhi di Orfeo si gonfiano di lacrime, e le dita poggiate su di me gli tremano.

«Una sera ho litigato con mio padre. Gli ho urlato che dovevamo aiutare Giacomo anche se lui non voleva. Ma secondo mio padre Giacomo aveva scelto lui di morire, e non c'era altro da aggiungere.»

«Mi dispiace.»

Orfeo solleva l'orlo del lenzuolo per asciugarsi il viso dal pianto. «È chiaro che solo io volevo bene a Giacomo. Solo io tenevo a lui.»

Gli scosto i capelli dalle guance umide. «Come hanno reagito i tuoi genitori ieri quando...»

«Mia madre ha pianto, ha pianto e basta. Mio padre ha detto che mi avrebbe cacciato via di casa e non mi avrebbe più dato un soldo, così almeno non li avrei buttati nella droga. Mi ha detto che se volevo fare la fine di Giacomo ero libero, ma lontano da casa sua.»

Vorrei difendere i genitori di Orfeo, se non altro perché lui si sentirebbe meglio se non li considerasse due persone insensibili. Ma Orfeo ha dipinto un quadro familiare che lascia pochi spiragli alla speranza. Rabbia e dolore hanno cancellato ogni altro sentimento.

Carezzo la guancia di Orfeo. Forse è il momento di parlargli a carte scoperte. Di dirgli che so dell'app, e che mi sono convinta che sia solo colpa de *Il significato nascosto della vita* se i rapporti si rovinano. Non è vero che l'app smaschera l'ipocrisia degli altri: guasta le relazioni di proposito.

Ma l'ultima volta che ho accennato all'argomento, Orfeo ha

reagito in malo modo. E oggi è disorientato, viene da una discussione terribile con i genitori, e da un confronto tutt'altro che amichevole con Andrea. Forse dovrei aspettare, dovrei aspettare che sia lui a parlarmene.

E poi, sarebbe utile se gli spiegassi che anch'io ho affrontato il percorso per scoprire il significato nascosto della vita? Se gli raccontassi dei risultati dei miei esperimenti sociali, si convincerebbe ancora di più che ognuno è solo, senza affetti. In fondo mia madre non ha reagito in maniera diversa dai suoi.

E stamattina, prima di correre da Orfeo, ho telefonato a mamma. Il cellulare ha squillato due volte, appena due volte, e si è chiusa la chiamata. Magari era impegnata con il lavoro. O forse non voleva più sentire le farneticazioni della figlia impazzita. Al massimo mi comunicherà che, se voglio rinsavire, è disposta a pagarmi le cure in una clinica privata per malattie mentali. E non so più se sto esagerando.

Orfeo si piega verso di me e mi circonda in un altro abbraccio. Ci sdraiamo insieme sul letto sfatto. Chiudo gli occhi, lasciandomi avvolgere dal suo tepore. Siamo insieme, è questo che conta, anche se sprofondiamo nel cosmo freddo, isolati in una capsula spaziale alla deriva.

Il mio cellulare si risveglia. Il trillo di una notifica dell'app maledetta.

Orfeo deve percepire i miei muscoli che si irrigidiscono. Scioglie l'abbraccio e il gelo dello spazio interstellare penetra nella nostra navicella.

Sfilo la mano da dietro di lui, e prendo il cellulare dalla tasca dei jeans.

«Scusami» mormoro.

Orfeo non mi risponde, rimane lì steso, le braccia abbandonate sulle lenzuola, il viso celato dai lunghi capelli neri. Forse si è addormentato. Doveva essere esausto.

Sblocco lo smartphone e leggo il messaggio dell'app.

CIAO, VERA.
SEI GIUNTA A UN PUNTO CRUCIALE LUNGO LA STRADA CHE CONDUCE AL SIGNIFICATO NASCOSTO DELLA VITA. LE SPECIFICHE DEL PROSSIMO ESPERIMENTO SOCIALE TE LE FORNIREMO DI PERSONA. INCONTRERAI UNO DI NOI. RECATI AL PARCHEGGIO IN DISUSO DOVE HAI SVOLTO IL TUO PRIMO ESPERIMENTO, STASERA, ALLE NOVE IN PUNTO. NON DIRE A NESSUNO CHE ANDRAI AL PARCHEGGIO E VIENI DA SOLA. NON TARDARE.

Serro il telefono tra le dita, e con l'altra mano sfioro il viso di Orfeo.

È la mia occasione per proteggerlo.

Le premesse non sono buone: non devo avvertire nessuno, devo andare da sola. Forse i tizi dell'app vogliono farmi del male. Non lo so. Ma so che io voglio farne a loro. Hanno finito di torturare il ragazzo che amo.

31

Noi riusciamo a osservare solo il 10% della materia che compone l'Universo. Il restante 90% è formato da materia oscura. Una materia che non potrà mai emettere luce.

Sullo schermo del cellulare l'orologio segna le nove e zero uno. Fermo l'auto nel posto dell'altra volta: tra le felci che crescono dalle spaccature nell'asfalto, a fianco della recinzione di fil di ferro. L'ambiente è spettrale, solo un lampione è acceso, e un nugolo di moscerini assedia il bulbo incandescente.

Tiro fuori lo spray al peperoncino dalla borsa e scendo dalla macchina. Mi guardo intorno. Le ombre invadono il parcheggio abbandonato, tingono di grigio le carcasse delle auto. I palazzi in lontananza mi appaiono come monoliti di pietra.

Mi accosto alla recinzione. Sugli spalti del campo da calcio è seduto un uomo.

Tiene le mani in tasca e il cappuccio della felpa, calato sul viso, ne nasconde i lineamenti.

Che sia lui? Lo stesso tizio che ha ignorato le mie grida d'aiuto?

E se quel giorno fosse venuto apposta? Non era un passante qualsiasi, era uno degli sconosciuti che gestiscono l'app. Ovvio che non mi ha aiutata, così ha potuto farmi credere che il mondo è crudele e che sei sempre sola.

Stringo la bomboletta dello spray tra le dita. Il ferramenta me l'ha venduto sottobanco, forse per ringraziarmi del maxi acquisto di trappole per topi; viene dalla Russia e ha una concentrazione di capsaicina superiore al limite legale. Peggio per il tizio dell'app.

Cammino fino allo squarcio nella recinzione, mi chino per passare sotto l'intrico del fil di ferro. Mi raddrizzo dall'altro lato. L'incappucciato è immobile, le sue scarpe da ginnastica sfiorano il profilo di un teschio che i graffitari hanno dipinto sul cemento delle gradinate.

Siamo solo io e lui. Se mi assalisse, nessuno verrebbe a salvarmi.

Mi ripeto le istruzioni che mi ha elencato il ferramenta: tenere la bomboletta il più possibile lontano dal mio viso, mirare agli occhi dell'aggressore, non spruzzare controvento. Poche semplici regole, ce la posso fare. Non avrò scrupoli: al minimo sentore di pericolo, soffoco il tizio con il gas al peperoncino. E quando è a terra cieco a contorcersi dal dolore, lo ammazzo di botte. Ho visto troppi film horror per lasciarmi fregare. Nel Thunderdome entrano due uomini, ne esce solo uno.

Le mie scarpe schiacciano gli arbusti che hanno deturpato il campo da calcio. Punto alle gradinate, il pollice sul pulsante dello spray.

Mi fermo a pochi passi dall'incappucciato. Alzo la bomboletta e miro alla sua faccia in ombra.

«Ehi!» gli urlo. «Eccomi qui. Volevi parlarmi? Sono tutta orecchi.»

Lui si toglie le mani dalle tasche e le posa sulle ginocchia. Si tira su in piedi e si abbassa il cappuccio, che si affloscia dietro il collo. Spunta una zazzera di capelli rossi, e un viso tempestato di lentiggini.

Abbasso lo spray.

Paolo mi fissa, l'espressione si fa dubbiosa. «Non... non sembri sorpresa di vedermi.»

Scuoto la testa. La luce del lampione lontano rischiara appena la sua faccia. Ma leggo nei suoi occhi la colpa. È lo stesso sguardo di quando mi ha confessato la carognata che aveva organizzato a Celeste.

«Non ci volevo credere» dico. «Ma da quando mi hai mandato l'ultimo messaggio ho meditato su chi ci fosse dietro l'app. Per la prima volta dall'inizio di questa storia sono stata al cento per cento razionale. E a quel punto rimaneva una sola soluzione al problema.»

Paolo mi ascolta con una faccia da funerale. Non capisco se è mortificato per le sue azioni atroci o è solo dispiaciuto che l'ho smascherato. Chissà che sceneggiatura si era preparato per stasera, se mi fossi presentata *clueless* come auspicava.

«Il rasoio di Occam non ti ha lasciato scampo» continuo. «C'erano due ipotesi. La prima era supporre l'esistenza di un gruppo di super hacker che mi avessero spiata ventiquattro ore su ventiquattro per settimane. La seconda era presumere che la persona con cui mi confidavo, che mi conosceva, che aveva tutte le informazioni, e che già in passato aveva tradito la mia fiducia, mi avesse tradita ancora.»

Faccio spallucce. «Quale ipotesi è la più lineare? La seconda, che infatti è quella vera. Sono in dubbio su un unico punto. Eri solo tu che parlavi al plurale per darti un tono? O sono coinvolti altri? Magari i tuoi colleghi in ufficio?»

Paolo non ribatte, non mi contraddice, non grida che sto raccontando stupidaggini. E così anche la flebile speranza che mi era rimasta svanisce. Ho pregato fino all'ultimo di sbagliare, ma era davvero lui a manipolarmi. Il mio amico d'infanzia.

«Sai che altro mi lasciava interdetta?» gli chiedo. «La banalità. La filosofia spicciola nei messaggi dell'app. Siamo al livello di un liceale non troppo brillante, non certo di un genio del male in grado di spiare chiunque dovunque. È il livello di chi spulcia i post su Instagram e rivende i dati alle aziende di cioccolatini, non di chi lavora per la CIA.»

E stavolta suscito una reazione nel mio ex amico. Si incupisce, e so che sta per ribattere. Non gliene frega niente se lo accuso di essere uno psicopatico sadico, ma l'ho punto nel vivo a mettere in dubbio la sua intelligenza.

«Prima che chiami la polizia» dico, interrompendo sul nascere la sua protesta, «voglio che mi spieghi una cosa. Una cosa sola. *Perché?* Perché lo hai fatto?»

Lui si inumidisce le labbra con la punta della lingua. «Se mi lasci... se mi lasci parlare ti spiego.»

Allargo le braccia. «Prego. Ma sarà meglio che sia una spiegazione convincente. Altrimenti prima di avvertire la polizia ti acceco e ti rompo le ossa a calci.»

Paolo fa un lungo sospiro, abbassa lo sguardo sulla punta delle scarpe da ginnastica. «Avresti tutte le ragioni.»

«Puoi giurarci.»

Ma la verità è che una parte di me non si è ancora arresa all'evidenza. Una parte di me cerca di scagionare Paolo, fantastica che forse sono stati davvero i colleghi dell'ufficio a traviarlo, a costringerlo ad assegnarmi le prove, addirittura sarebbe anche lui una vittima, e l'esperimento sociale che deve affrontare è tradire la sua migliore amica...

No, non è così. È inutile che mi inganni da sola. La soluzione che richiede meno elementi è la soluzione corretta. Paolo è l'artefice dell'app. Fine della storia. Anche se fantomatici hacker mi avessero spiata, solo Paolo poteva sapere che il bacio era finto. Solo lui.

«È che...» abbozza Paolo. Si schiarisce la gola. «È che... L'ho fatto perché sono innamorato di te. Lo sono da sempre.»

«Non farmi ridere. L'anno scorso andavi dietro a mia sorella. Io ero solo la brutta copia, parole tue.»

«No. Io volevo stare con te. Adoravo stare con te, passare le serate con te a giocare ai videogiochi, a vedere gli anime. Scherzavamo sempre insieme, ero felice ogni istante con te. Ma tu non mi consideravi. Così ho pensato che magari poteva funzionare con Celeste, magari potevo ritrovare un po' di te in lei.»

Una vampata di acido mi risale su per la gola, mi brucia il palato. È la consapevolezza che non ho mai capito chi avevo a fianco. No, non mi sono mai davvero resa conto che lui mi amasse, ma soprattutto non mi sono mai resa conto di quanto fosse disturbato.

«Eri geloso di Orfeo? Nasce tutto da qui? Dalla tua stupida gelosia? Ma quando mi sono fidanzata con Massimo non hai fatto tante storie.»

Paolo si risiede sulle gradinate. «Sapevo che lo avresti lasciato. Non avevate niente in comune. Lo avresti lasciato, e saresti tornata da me. Ma poi mi hai parlato di Orfeo...»

«Io non potevo tornare da te perché non sono mai stata con te!» grido. «Non potrei mai stare con una persona che dice di amarmi e poi mi rinchiude in un'auto con una vespa che potrebbe uccidermi.»

«Per quello sono venuto... sono venuto a controllare che non ti accadesse niente. Se fossi svenuta, ti avrei soccorsa.»

«Allora eri davvero tu.»

Paolo incurva le spalle, il fisico allampanato si accartoccia su se stesso.

Salgo anch'io sulle gradinate, lo afferro per il bavero della felpa, lo scuoto. «Guardami in faccia, non abbiamo ancora finito!»

Paolo solleva la testa. Ha i capelli in disordine come quando si sfila il visore per la realtà virtuale. Lo rivedo nel salotto del suo appartamento a Milano che mi porge il visore perché è il mio turno. Non succederà più. Non succederà mai più.

«Per te l'amore è farmi andare in università ubriaca marcia?» gli urlo contro. «Farmi mentire a mia madre fino a sconvolgerla? Questo è il tuo modo di amare?»

«E il tuo modo di trattarmi qual è?» risponde lui con tono rabbioso. «Ti offendevano e piangevi con me. A nessuno fregava niente dei film di fantascienza e dei videogiochi che ti piacciono tanto, e stavi con me. Il tuo amichetto dell'università si caccia nei guai, e a chi chiedi aiuto? A me. E chi baci per finta fregandotene che ti amo? Baci me.»

Gli occhi di Paolo sono lucidi per le lacrime. «Mi hai sempre sfruttato. Da quando ci conosciamo. E non mi hai mai dato niente in cambio.»

Mollo la sua felpa, e mi struscio la mano sul giacchetto per pulirmela, come avevo fatto dopo aver toccato Astrid. «Ho sbagliato a perdonarti l'anno scorso. Non avrei dovuto parlarti mai più. Tutto qui. Non c'è altro da aggiungere.»

Ripenso alla smorfia di terrore di Orfeo di fronte al ragno violino, al dolore allucinante che ho provato quando lui ha baciato Astrid, al suo viso pesto dopo il litigio con Andrea. No, non c'è davvero altro da aggiungere, devo solo andarmene e avvertire la polizia.

Mi giro, ma Paolo allunga la mano, mi prende per la manica. «Aspetta, ti prego, ti prego, aspetta!»

Le lacrime gli sono scese sulle guance, e intorno al naso, gli bagnano le labbra. «Io... non è colpa mia, io sono... sono solo una pedina nel gioco.»

Singhiozza e le sue dita si stringono forte al tessuto del giacchetto. «Non sono io a selezionare gli esperimenti, sono... sono altre persone. Io mi occupo solo degli aspetti informatici, ma non decido niente, te lo giuro!»

La parte più malinconica del suo appello disperato è che avevo previsto la sua mossa. Paolo è patetico, e vederlo ridotto a inventarsi tutto questo castello di bugie in fondo mi spiace. La nostra amicizia si meritava di terminare in maniera più dignitosa.

«E poi...» biascica Paolo. «E poi non sceglievo io a chi assegnare le prove. Ti prego, credimi!»

«Quindi Orfeo è stato coinvolto così, per caso. Non perché eri geloso di lui, come hai ammesso.»

«No, okay, lui...» Paolo si zittisce, tira su con il naso. «Scusami... Pensavo che sarebbe stato solo un gioco. Era solo un gioco...»

«Quanto ti sei divertito, eh? Se ti conosco un po', il video che hai preferito è stato quello in cui dicevo a Massimo che lo avevo tradito. Sì, sì, okay, di lui non eri geloso ché tanto ci saremmo lasciati, ma scommetto che ci hai goduto.»

Gli eventi degli ultimi mesi d'incanto assumono significati diversi da quelli che supponevo. «Sei diventato amico di Massimo solo per spiarlo, giusto?»

«È vero.» Paolo mi fissa, gli occhi in fiamme. «Massimo lo odio. Da sempre. Non avrebbe dovuto osare sfiorarti. Lui non è niente! È solo uno stupido pallanuotista ignorante!»

«E Orfeo? Avanti, sentiamo cosa pensi di Orfeo, sono curiosa!»

«Lui mi ha sorpreso. Gli avevo ordinato di tradire la fiducia di un amico. Credevo che ormai solo tu fossi sua amica. E invece è andato a farsi ammazzare di botte da quel tipo grande e grosso. Ha preferito prenderle da lui che ferire te.»

Deglutisco. Ecco perché Orfeo mi ha evitata dopo il nostro

incontro all'osservatorio. Non voleva coinvolgermi, non voleva che i tizi dell'app mettessero gli occhi su di me. Lo stesso ragionamento che ho fatto io nei confronti di Celeste: non doveva essere tirata in ballo, perché mai e poi mai avrei potuto farle del male. Ed è naturale anche l'errore di Paolo: lui sa tutto di me, ma conosce molto meno Orfeo. E l'app non ti spia sul serio.

Strattono il braccio per liberarlo dalle dita di Paolo, ancora contratte sulla manica del giacchetto. «Stamattina mi hai scritto di venire qui a incontrarti. Perché? E a Orfeo hai mandato altri messaggi? Gli hai assegnato altre prove?»

«Ti volevo parlare. Mi sono reso conto che stavo facendo del male alla mia migliore amica, che gli scopi dell'applicazione sono terribili...»

«Applicazione che hai inventato tu!»

«No, no, non io! Credimi, ti prego. Ti volevo avvertire, perché... perché chi decide ha già proposto a Orfeo l'ultimo esperimento sociale.»

«E qual è? Qual è l'ultima prova?»

Paolo tace. «Tu però non mi credi... pensi che sia solo colpa mia...»

Dio santissimo! È così ovvio che Paolo sta mentendo. Si confonde, si contraddice da solo. Un momento è lui ad assegnare le prove, il momento dopo è solo un soldatino che obbedisce agli ordini di entità misteriose.

Sospiro. «Ti credo. Davvero. Ma dimmi qual è la prova che tocca a Orfeo.»

«Non ce la faccvo a confessarti certe cose per messaggio. Ci stavo troppo male. Per questo volevo che ci incontrassimo.»

«Basta! Dimmi di Orfeo. Subito!»

La faccia di Paolo si contorce come se lui soffrisse del peggior mal di pancia mai provato in vita sua. Ma non me ne importa. Importa solo che mi dica la verità su Orfeo.

«L'ultima prova...» mormora. «L'ultima prova è il suicidio.»

Ho un capogiro, le gradinate roteano intorno a me, e sbatto il palmo sul cemento per non cadere. No, no, no! Dannazione! Ma non posso lasciarmi prendere dallo sconforto, non adesso, adesso ogni istante è prezioso.

«Come?» strillo. «Come funziona? Dimmi cosa deve fare!» Strofino l'alluminio della bomboletta contro la faccia di Paolo, gli faccio piegare il collo all'indietro. «Rispondimi o ti cavo gli occhi!»

«O-okay.»

Ritraggo di poco la mano, ma lo tengo sempre sotto tiro con lo spray, a distanza ravvicinata.

Lui prende dalla tasca della felpa il suo smartphone. Si collega a un sito. Mi porge il cellulare, e a sfiorare le sue dita per prenderlo ho un brivido di disgusto.

Studio la pagina del browser aperta sullo schermo. È un forum dalla grafica spartana, stile 4chan. I vari topic sono annunci di suicidio. Gli autori dichiarano la loro intenzione di farla finita e alcuni specificano data e luogo.

Non ci sono nomi verosimili, solo nickname. Potrebbero essere troll che si divertono a prendere in giro la gente disperata. Lo stesso è un sito angosciante, e non mi va di leggere oltre.

«Cos'è questa storia?» Agito lo smartphone davanti al naso di Paolo. «Cosa c'entra questo sito con Orfeo?»

«L'esperimento consiste nel dichiarare di volersi suicidare.» Paolo accenna allo schermo. «Orfeo deve aprire una discussione e dire che si toglierà la vita entro la mezzanotte. E se nessuno va a fermarlo...»

«Se nessuno va a fermarlo?»

«Allora deve uccidersi.»

Le sue parole rimbombano nel silenzio del campo da calcio, pesanti come macigni.

«Qual è il suo nick?» Sbatto il cellulare sul petto di Paolo. «Trovami il suo messaggio!»

Le dita gli tremano mentre scorre su e giù i topic della pagina. Mi ripassa il telefono.

SONO BLACKHOLETON618. STASERA ALLE 23.00. ALL'OSSERVATORIO ABBANDONATO SUL PROMONTORIO. HO ALLEGATO L'IMMAGINE DA GOOGLE MAPS PER RAGGIUNGERLO.

Purtroppo non ci sono dubbi. Avevo sperato fosse l'ennesimo inganno di Paolo, che avrebbe fatto la bella figura di salvare Orfeo quando lui non era mai stato in pericolo. Ma il nick non può averlo escogitato Paolo: TON 618 è la quasar che contiene il più grande buco nero conosciuto nell'Universo; Orfeo me ne ha parlato una sera, dopo che abbiamo guardato il vecchio film della Disney, *The Black Hole*. Non può trattarsi di una coincidenza.

Sotto il post di Orfeo, ci sono una manciata di risposte. Utenti anonimi gli augurano di crepare in fretta, lo esortano ad ammazzarsi, gli dicono di farla finita, che tanto non vale niente. Lo accusano di aver scelto un nick stupido, e sono contenti che muoia: il mondo è un posto migliore senza gli stupidi.

Sono commenti che mi danno il voltastomaco.

Anche perché so chi li ha scritti.

«Se vuoi, insieme possiamo ancora...» Paolo abbozza un sorriso, tra le lacrime. «Possiamo raggiungerlo in tempo. Impedirgli di uccidersi. Quelli dell'applicazione non l'avranno vinta.»

«Era qui che volevi andare a parare» gli rispondo a denti stretti. «Ma io non sono una cretina.»

«C-come? Ma che dici?»

«Mi hai raccontato solo una caterva di balle. In tutti questi anni di quella che tu chiami amicizia non l'hai proprio capito che anch'io ho un cervello.»

«Vera, ma...» L'espressione di Paolo si fa stupita. «Io voglio davvero aiutarti.»

«E io voglio che sia chiaro un punto. Non so se hai progettato tutto tu o no. Non so se altre persone sono coinvolte. Ma ti assicuro che se succederà qualcosa a Orfeo, ti riterrò responsabile. La colpa sarà solo *tua.*»

Paolo apre e chiude la bocca, a corto di giustificazioni. Si porta le mani al viso, riprende a singhiozzare, a piangere senza controllo.

«Volevi anche fare l'eroe» sibilo. «E magari, alla fine di tutto, avrei dovuto ammirarti. L'eroe che si oppone ai criminali dell'app malvagia per salvare me e Orfeo.»

Scorro avanti e indietro le risposte al messaggio di Orfeo. E se ancora in me era rimasta una scintilla di affetto, di amicizia nei confronti di Paolo, si spegne. Per me lui non esiste più, come se un buco nero lo avesse inghiottito.

Non provo più nulla per lui.

«Questi messaggi li hai scritti tu, per incitarlo.» Scaglio il cellulare contro il cemento. «Non sei stato molto furbo a parafrasare i commenti che i compagni di classe al liceo ti mettevano sotto le foto di Instagram.»

«Scusami... scusami, io...» Paolo si preme le dita contro il cranio, forte, tanto che le nocche sbiancano. Il moccio e le lacrime gli colano sui jeans. «Scusami, scusami, ho fatto una grandissima stupidata. Scusami, ti scongiuro.»

Il respiro gli si riduce a una serie di rantoli, e sembra che gli stia per venire un attacco di asma. Forse ha capito che non ho creduto neanche a mezza delle sue menzogne. E ha capito che questa volta non ci sarà redenzione.

È solo un bambino egoista che ha messo in pericolo la vita degli altri solo perché la sua compagna di giochi non gli ha dedicato abbastanza attenzioni. Ma per una volta non mi sento in colpa. Il mio unico errore è stato concedere la mia amicizia a una persona viscida come lui.

«Mi fai pena» gli dico. «Mi fai pena e mi fai schifo. Però mi rendo conto che in fondo hai solo bisogno di aiuto. Sei una persona malata che ha bisogno di aiuto. Ma non da me.»

Scendo giù dalle gradinate. «Non meriti il mio aiuto.»

Corro verso la macchina, lasciando Paolo ai suoi demoni.

32

Non tutte le stelle morendo esplodono. Una stella può morire silenziosamente, impiegando miliardi di anni per spegnersi. E, senza la sua luce, la stella risulterà invisibile. Ma il suo corpo freddo rimarrà a vagare nello spazio.

Una botta secca. L'auto sobbalza e la cintura di sicurezza mi impedisce di picchiare la faccia sul volante. Ricado indietro con la schiena contro il sedile. Il motore rallenta, le ruote si fermano tra gli arbusti.

Accidenti! Sbatto il palmo sul volante. Giro e rigiro la chiave, ma l'auto non si rimette in moto. Lo sapevo che era una cattiva idea cercare di salire su per il bosco con la macchina, ma non avevo scelta: l'orologio sul cruscotto segna già le ventidue e quaranta, non ho più tempo.

Slaccio la cintura, spalanco la portiera e scendo dall'auto. Illumino il sentiero tra gli alberi con la torcia dello smartphone. Okay, ce la posso fare. Prendo un lungo respiro e corro tra i rami che mi frustano la faccia e le gambe, e mi artigliano le caviglie.

A correre in salita ho subito il fiatone, e il sudore mi cola lungo le tempie, ma ignoro la fatica e penso solo a mettere un piede davanti all'altro più in fretta che posso. L'osservatorio non è lontano. Non manca molto.

Sbuco nella radura. Mi guardo intorno, mi volto di scatto da una parte e dall'altra; tengo il cellulare all'altezza del viso per scacciare le ombre. La moto di Giacomo! Orfeo l'ha abbandonata tra gli arbusti accanto alla scalinata che conduce all'ingresso dell'osservatorio. Ma lui dov'è?

Mi fiondo verso il ciglio del promontorio. Davanti a me brilla uno sciame di lucciole: i bagliori lontani della città. Stanotte sono le uniche stelle: il cielo è coperto, senza luna. Mi sporgo dal precipizio, rischiaro le chiome degli alberi in fondo al baratro.

Il cuore mi rimbomba nel petto. Dio, se ci sei, fa' che Orfeo non l'abbia fatto. Ti prego.

Sposto la torcia per esplorare l'abisso. Ma se anche... Da qui non vedrei il suo corpo, sarebbe nascosto dalla vegetazione. Devo scendere, devo trovare una strada che arrivi ai piedi della scarpata.

Accenno a girarmi, e colgo un movimento con la coda dell'occhio. Alzo lo sguardo sull'osservatorio. Una figura grigia si staglia contro il cielo scuro, in piedi sulla cupola diroccata.

È solo una sagoma scura, ma so che è lui.

Lo sgomento mi fa tremare le gambe. Vuole lanciarsi da lì.

Corro verso l'edificio buio. Salgo a due a due i gradini della scalinata, e colpisco con la spalla la porta di metallo. Il battente si schiude e mi intrufolo dentro.

Odore di polvere, di muffa. Mi sento soffocare, tossisco. Il fascio di luce del cellulare spazza il locale gigantesco. Una fitta coltre di pulviscolo in sospensione mi impedisce di orientarmi. Ma ci sono già stata, e mi ricordo dove sono le scale.

A passo malfermo punto alla parete ricurva. Agito la mano per disperdere la nebbiolina polverosa. Le dita toccano una sostanza più densa, sui polpastrelli mi rimangono scagliette friabili di ruggine. Afferro il corrimano consunto, e mi arrampico lungo la scala che segue il perimetro del locale.

Il ferro cigola sotto i miei passi, ma se la vecchia scala ha resistito al peso di Orfeo, non oserà sfasciarsi sotto di me. Più salgo, più la polvere si dirada. I tacchi delle mie scarpe risuonano sul metallo. Rintocchi lugubri.

Orfeo mi raccontava che gli sarebbe piaciuto lavorare in un osservatorio. Analizzare i segnali provenienti dalle stelle. Magari insieme alla madre.

Aveva i miei stessi sogni.

Non voglio credere che abbia deciso di rinunciare ai suoi sogni.

Devo fermarlo. Sono sicura che il sito che mi ha mostrato Paolo è un fake. Non solo ha inserito lui i commenti crudeli contro Orfeo, ma ha creato lui l'intera pagina. Nessuno verrà ad aiutare Orfeo. Nessuno sa che intende suicidarsi. Solo io.

Ho avvertito i suoi genitori e la polizia, ma non faranno mai in tempo ad arrivare in questo posto sperduto. E anche se ci riuscissero, non sanno come comportarsi con Orfeo.

Mi aggrappo al corrimano e raggiungo un pianerottolo. La lastra di ferro produce un lamento crepitante e i grossi bulloni che la tengono in posizione traballano nelle loro sedi. Trattengo il respiro e mi muovo piano sul pianerottolo fino a una porta incassata nella parete di cemento.

I cardini sono arrugginiti e, quando lo spingo, il battente cigola con un verso stridulo.

Mi affaccio fuori, e il vento gelido mi appiccica i capelli alla faccia.

Sguscio sul cornicione che cinge l'edificio. Piego il collo verso l'alto. Orfeo ha scalato la cupola sfruttando le crepe nel cemento e i rami dei rampicanti. È in piedi sulla cima dell'osservatorio. Alle sue spalle le nuvole si sono disperse e si spalanca il cielo stellato.

«Orfeo» sussurro.

Non ho più fiato, e mi fanno male i muscoli, ma mi arrampico anch'io.

Lui si accorge di me, e si sporge a offrirmi la mano per aiutarmi. Come quella sera alla festa, sul vagone rovesciato. Stavolta accetto la sua gentilezza, e lui mi tira su, accanto a sé sul ciglio di cemento.

Mi sorride. «Ciao. Che ci fai qui?»

«È la domanda che dovrei fare io a te.»

«Guardavo le stelle.»

Inclina la testa all'indietro, ad ammirare la volta celeste.

Il cemento sotto di noi scricchiola, un frammento si stacca e rotola giù lungo la cupola.

«Scendi» mi dice Orfeo con voce dolce. «Lo so che soffri di vertigini.»

Scuoto la testa. «Allora scendi con me, o non mi dai altra scelta.»

Ma Orfeo rimane immobile. Sembra una statua, un gargoyle che scruterà il cielo per l'eternità.

Gli poso la mano sulla spalla. «Scendi con me.»

Lui si volta appena. «No» risponde in tono tranquillo. «Capisco perché sei venuta, ma torna indietro.»

«No, non hai capito *niente*. Non hai capito la cosa più importante. Proprio non ti entra in testa.»

Scendo con la mano a cercare la sua, intreccio le dita alle sue, gliele stringo. «Non hai capito che io ti amo.»

Mi metto in punta di piedi e lo bacio. E non mi interessa se siamo sull'orlo del precipizio. Voglio solo baciarlo sotto le stelle.

Orfeo mi abbraccia e le sue labbra premono sulle mie.

Per un istante siamo una persona sola, fatta di polvere di stelle.

Separo le labbra dalle sue. Orfeo resta ancora a occhi chiusi. Li riapre e lo stringo forte a me.

«Non farlo» mormoro. «Non farlo, ti prego. Ci sono troppe persone che ti vogliono bene, non lasciarle. Non lasciarmi...»

Mi si serra la gola e non riesco più a parlare.

Orfeo distoglie lo sguardo dal mio viso. Scruta il precipizio.

«Non pensarci» ansimo. «Dimentichiamoci di tutto. Sono venuta, sono venuta qui, hai visto? Hai superato la prova, non devi più farlo. La persona che ti ama è venuta a salvarti.»

L'espressione stupita di Orfeo si scioglie in un sorriso malinconico. «Pensi che sia qui per seguire le istruzioni dell'app?»

Annuisco strusciando il mento sul suo petto. Sento che lui sospira, un respiro doloroso.

«L'app è stata la cosa migliore che potesse capitarmi.»

Alzo gli occhi sul suo viso. È impossibile che voglia scherzare in un momento del genere.

«Stavo male» prosegue, «sto male. Sto male da tempo. Di un male nero che non immagini e che ti auguro di non provare mai. Ho iniziato il gioco dell'app nella speranza che mi offrisse una ragione per vivere. Anche solo grazie all'adrenalina delle prove. Ovviamente alla fine è stato inutile. Non è che allagare la mensa o picchiarti con il tuo migliore amico ti faccia tornare la voglia di vivere.» Mi carezza la guancia. «Ma il caso ha voluto che grazie all'applicazione capissi quello che provo per te. E non sarebbe potuto capitarmi niente di più bello.»

Mi bacia di nuovo. Le sue labbra sono umide di lacrime. Mi fissa negli occhi, e nel nero delle iridi si estende l'Universo.

«Grazie di essere venuta» mormora. «Grazie di essere venuta per dirmi che mi ami.»

«Sono venuta per portarti via di qui.» Gli strattono la mano. «Scendiamo insieme. Io ho paura da sola.»

«Come vuoi.» Lui lancia un'ultima occhiata al cielo. «Ho finito con le mie osservazioni per stanotte.»

Esalo un sospiro, e il macigno che mi opprimeva si sgretola. Ero terrorizzata, non ero mai stata tanto impaurita in vita mia.

Ma c'è ancora speranza, non l'ho ancora perso. E trasformerò in allegria il velo di tristezza che gli offusca il viso. Fosse l'ultima cosa che faccio.

Poso il ginocchio contro la parete curva della cupola. Distendo verso il basso l'altro piede, cercando un appoggio tra l'intrico dei rampicanti. Orfeo mi tiene per mano, mentre inizio la discesa. Il suono di una sirena mi fa voltare: colgo degli sprazzi di rosso e di blu nel bosco, e il vento mi porta il fischio dell'ambulanza. Meno male che mi hanno creduto. Al telefono con la polizia ero in confusione e temevo mi prendessero per matta.

Per fortuna non ci sarà bisogno dell'ambulanza.

Serro la presa sulle dita di Orfeo. Ma la mia mano si chiude a pugno, lui non mi regge più.

Risollevo di scatto la testa.

La cupola di cemento dell'osservatorio è una collina grigia che si staglia sullo sfondo della volta celeste.

Orfeo non c'è più. Al suo posto, solo il cielo stellato.

Epilogo

Orfeo aggiusta la posizione del cannocchiale sul treppiede, con i movimenti studiati e precisi che conosco bene. Le lucciole che abitano tra gli steli d'erba si agitano e risalgono volando lungo le gambe del trespolo, si dissolvono in ghirigori di scintille.

Orfeo regola la ghiera della messa a fuoco sul telescopio. Soddisfatto, annuisce tra sé, si scosta per lasciarmi spazio. «Vieni, ti faccio vedere la tua stella preferita.»

Sollevo gli occhi da Beatrice, accoccolata sul mio grembo. «Parli di Betelgeuse?»

«Sì.»

Poso i palmi sul terreno, e schiodo il sedere dal prato. Beatrice balza via da me.

«Accidenti...» Mi spazzolo i jeans, ma la macchia scura non scompare, ha impregnato il tessuto. «Il prato era umido. Che strano, oggi non mi sembrava che avesse piovuto.»

«Nelle notti dei sogni il clima è strano.» Orfeo mi sorride. «Non sai mai se sta diluviando, o se spunterà il sole.»

«Nei sogni spunta il sole di notte?»

«Nei sogni delle saputelle, sì.»

Mi tiro su gli occhiali lungo la radice del naso. «*Fair enough.*»

Mi accosto a lui vicino al telescopio. Sbircio nella lente. Betelgeuse è una decorazione di plastica, con cinque punte tondeggianti, appesa su un cielo di cartapesta, di un'uniforme sfumatura blu.

Risollevo il viso dalla lente, e il cielo è di nuovo normale. Solo che le costellazioni sono molto più luminose del solito, e si spostano, come se il tempo trascorresse accelerato.

«Come fai a distinguerle?» chiedo a Orfeo, infastidita. «È difficile.»

«Io ci riesco.»

Lui osserva il firmamento danzare nella notte.

«Eri bravissimo.» Sospiro. «Saresti diventato un grande astronomo.»

«Non ne parliamo, altrimenti finisce che ti rattristi.»

«Eh, lo so.» Le lacrime già mi gonfiano gli occhi. «Ma...»

«No, no, non piangere.»

Orfeo mi prende il viso tra le mani e mi guarda negli occhi. Il suo volto è bellissimo. E nei miei sogni posso ancora baciarlo. Gli sfioro le labbra, il neo d'inchiostro, il profilo della guancia. Lui mi asciuga le lacrime con i pollici, e le lacrime spariscono, come se non fossero mai esistite.

Il calore delle sue mani mi tranquillizza. Ma mi suscita anche una tristezza che mi schiaccia il petto.

«Perché lo hai fatto?» mormoro.

«Te l'ho già spiegato.» Mi sorride. «Le stelle si spengono e basta. È il loro destino. Non c'è niente che si può fare per impedirlo. La loro luce svanisce per sempre.»

«Sì, lo so, è quando cominciano a produrre ferro con la fusione nucleare.»

Orfeo mi dà un buffetto sulla fronte. «Brava la mia saputella.»

«Però tu potevi essere la mia stella. Non dovevi spegnerti, dovevi brillare con me.»

«Se avessi potuto decidere, sarebbe stato così.»

«Non ho neanche fatto in tempo a dirti che avevo affrontato tutte le prove solo per te...»

«Hai fatto in tempo a dirmi che mi amavi.» Orfeo mi stringe forte a sé, ma la sua voce si è incrinata. «Di tutto il resto non mi importa.»

Rimaniamo in silenzio, e sento la leggerissima melodia delle lucciole. Nelle notti dei sogni, il loro muoversi genera musica.

«Me ne sono accorta» mormoro, con la bocca premuta sul petto di Orfeo.

Lui abbassa lo sguardo su di me, l'espressione dubbiosa.

«Di cosa?»

«Che non mi hai detto che mi ami.» Sospiro. «Quando eravamo su, all'osservatorio. Non hai mai detto che mi ami.»

«Purtroppo i miei sentimenti sono sempre stati complicati, anche per me.»

Forse adesso sono io che lo sto rattristando, sarà meglio cambiare discorso.

Gli carezzo i capelli neri, lisci come seta. «Sai, alla fine Celeste mi ha detto del bigliettino.»

«La fonte di tanta sofferenza.»

«Non sapeva chi gliel'avesse consegnato. Non ti ha riconosciuto. Però tu potevi capirlo che non ero io.» Metto su un'aria scocciata. «Persino Zoélie si è accorta dello scambio. Be', non importa, tanto sarei andata alla conferenza lo stesso. Figurati se non ci andavo solo perché mi avevi dato un bigliettino stile elementari in cui mi intimavi di non parteciparci perché no!»

«Non potevo spiegarti. Cioè spiegare a Celeste. Temevo che i gestori dell'app si sarebbero insospettiti nel vedermi parlare con te.»

«E così hai lasciato a mia sorella un bigliettino che sembrava una minaccia! Lei l'ha buttato credendo fosse uno di quegli atti di bullismo spicciolo da cui l'avevo messa in guardia. Quando è venuto fuori l'equivoco, era mortificata. È stata un'impresa consolarla.»

«Mi dispiace.»

Scuoto la testa. «Dimmi della prova del bacio.»

«Me lo chiedi in ogni sogno.»

«Mi piace sentirtelo raccontare.»

«In quei giorni non potevo farmi vedere a parlare con te, o i gestori dell'app avrebbero sospettato che ci stavamo mettendo d'accordo. Perché avrei dovuto baciare te. Volevo baciare te. Ma non avevo il coraggio di scoprire se sarei stato ricambiato.»

«Perché mi amavi?»

«Sì.»

Arrossisco e Orfeo ride, una risata allegra che non è da lui. Ma nei sogni va bene così.

«Mi dispiace davvero» mormoro. «Mi dispiace davvero di non essere riuscita ad aiutarti.»

«Non puoi salvare tutti.»

«Con mia sorella ci sono riuscita» borbotto.

Orfeo mi scompiglia i capelli, e posa il palmo sul mio capo. «Allora devi esserne orgogliosa.»

«Te ne rendi conto, vero?» Poggio la mia mano sopra la sua. «Ti rendi conto che quello che mi hai detto quella sera mi tormenterà per sempre?»

«Quale sera?»

«Quella in cui mi hai detto che ero rimasta l'unica a farti star bene.»

«Era la verità.»

«E poi non sono più riuscita a renderti felice? Per questo ti sei ucciso? Perché neanche io ce la facevo a farti star bene? Dovevi concedermi un'altra possibilità.»

Orfeo fa cenno di no con il capo. Sullo sfondo del suo viso, le stelle hanno smesso di roteare. «Stavo male, Vera. Per mio fratello, per i miei, perché sono nato così. Con la mia malinconia che non si può estirpare. Non avresti potuto salvarmi, nessuno poteva. Ma hai reso felici i miei ultimi mesi sulla Terra. Te ne sarò sempre grato.»

Orfeo si scioglie dal mio abbraccio e fa scorrere le dita sul profilo degli steli. Le lucciole, richiamate dal suo gesto, gli volano intorno al braccio, lo circondano di un vestito trapuntato di stelle. E Orfeo sfuma, svanisce tra le lucciole.

Alzo gli occhi al cielo. Ho fatto questo sogno molte, molte volte, e riconosco subito la costellazione della Lira. Accanto a Vega si è accesa una nuova stella.

Sospiro e mi lascio cadere sul prato.

Un'ombra pelosa mi si strofina contro la gamba. Carezzo la testolina di Beatrice.

«Non ce la faccio» mormoro. «Che significato ha la vita senza di lui? È un'esistenza senza senso.»

«Dal davanzale della finestra osservo anch'io gli astri» mi risponde Beatrice. «Con un'acutezza che nessuno scienziato umano potrà mai avere.»

La gratto sotto il mento e lei mi ripaga con delle fusa leggere.

«Se avessero chiesto a un gattino delle anomalie nell'orbita di Mercurio» continua Beatrice, «lui avrebbe saputo spiegarle ben prima di Einstein. Da sempre i gattini ammirano e studiano l'Universo.»

«E come mai?»

«Per scoprire il significato della vita.»

Le tolgo la mano dal mento, e Beatrice mi fulmina con un'occhiataccia.

«Lo avete scoperto?»

«No. Però non abbiamo smesso di cercarlo. E forse è questo il vero significato della vita. Indagare, esplorare, conoscere l'Universo per scoprire se esista e quale sia il significato della vita.»

Le sorrido. «Ma questo non è il significato della vita, è il metasignificato della vita.»

Beatrice mi mozzica l'indice. «Ha ragione il tuo amico immaginario, sei proprio una saputella.»

Sbatto le palpebre e la luce accecante dei neon me le fa richiudere. Il mal di testa mi uccide; con gli occhi ancora chiusi mi tasto la tasca del giacchetto, in cerca del blister con le pillole di antidolorifico.

Riapro gli occhi e il mio viso mi guarda preoccupato. Sto ancora sognando. Odio quando precipito da un sogno all'altro. Specie se non c'è Orfeo.

«Vera?» dice la me stessa sopra di me. «Ti sei svegliata?»

Oh, cavolo, ma che succede?

Premo il palmo sul ripiano di plastica bianco sotto la mia testa, e mi tiro su seduta. Devo piantarla di dormire sdraiata sulle seggiole. È scomodo da pazzi, e occupo anche dei posti che potrebbero servire a gente che sta male.

«Che ore sono?» biascico.

«Le sette di sera» mi risponde Celeste. «Vuoi che ti porti qualcosa? Un bicchier d'acqua?»

Scuoto la testa. Le sette di sera. Ancora più dei sogni dentro i sogni, odio dormire al pomeriggio. Poi la notte rimango sveglia, e di notte è molto più difficile arginare l'angoscia.

Mia sorella si accomoda accanto a me. Mi posa la mano sul ginocchio. Ha le dita curate, lo smalto rosa steso con precisione sulle unghie. Non dovrebbe toccare i miei vestiti sporchi, non li lavo da un'eternità. Non mi lavo io da un'eternità, devo puzzare come una capra.

«Come mai sei qui?» le chiedo.

«Voglio riportarti a casa.»

«No, no.» Agito il capo. «Non finché lui non si riprende.»

«Ho parlato con i suoi genitori e con il primario. Ci sono buone possibilità che si riprenda. Ma potrebbero volerci mesi prima che esca dal coma.»

Mi stringo nelle spalle. «Aspetterò.»

Celeste mi prende le mani nelle sue. «Torna con me a Borgobianco. Anche mamma vuole rivederti.»

«Mamma?»

«Abbiamo avuto una lunga conversazione al telefono. Abbiamo parlato tanto.» Celeste mi sorride. «Si è convinta che era il momento di prendersi le prime ferie dell'anno. Passerà l'estate a Borgobianco.»

«Finirei per rovinarle le vacanze.»

Mia sorella mi abbraccia. «No, lei ti vuole bene. È davvero dispiaciuta per com'è andata al ristorante. Vedrai, vi riappacificherete.»

«Però non posso andarmene, qui riesco a sognarlo.» Mi sciolgo dall'abbraccio di mia sorella, e tiro fuori il cellulare dalla tasca dei jeans. Sì, le sette di sera. Avranno già servito la cena, e i dottori fanno il loro giro solo più tardi. Ho un po' di tempo per stare con lui.

Mi stiracchio e mi alzo, raccolgo la borsa. Muovo un paio di passi. Sono tutta indolenzita, ma non importa.

Celeste si alza anche lei. «Dove vai?»

Mi volto e le sorrido. «Ti voglio bene, ma non posso ancora tornare. Dillo anche a mamma che le voglio bene.»

Mi trascino per il corridoio, conosco il percorso a memoria.

Nella penombra, Orfeo riposa tranquillo, coperto fino al torace dal lenzuolo bianco. Nella stanza regna il silenzio, colgo persino il gocciolare della soluzione fisiologica nella flebo. Mi avvicino a lui, mi chino e l'alito caldo del suo respiro lento mi carezza il viso. Il suo petto si alza e si abbassa piano.

Se la sarebbe cavata con poco, qualche frattura, qualche costola incrinata, se non fosse per il trauma cranico – a quest'ora sarebbe già fuori di qui. Mi siedo di fianco a lui, sulla seggiola che ho portato nella sua stanza ormai non so più quanti giorni fa. Gli prendo la mano inerte.

Gli carezzo le dita, fino alle unghie su cui è rimasta una traccia di smalto nero.

Orfeo sarebbe stato il primo astronomo rockstar, il primo astronomo a diventare famoso come un divo. No, no, niente rimpianti, niente considerazioni al passato. Lo diventerà, diventerà un astronomo geniale. O magari un astronauta. Anche se in teoria è troppo alto, sono certa che per un ragazzo preparato come lui l'ESA farebbe uno strappo alla regola senza pensarci due volte.

Chiudo gli occhi, rilassando le spalle doloranti contro lo schienale della seggiola. Sono ancora molto stanca, e forse riuscirò a riaddormentarmi.

Sarò di nuovo seduta sul prato umido.

Sarò di nuovo in compagnia di Orfeo.

Ringraziamenti

Grazie Filippo.
Grazie Andrea.
Grazie Loredana, la mia agente.
Grazie a tutti gli amici.

Il mio grazie è poi per i miei lettori, le persone che non conosco, ma con cui mi ritrovo con gioia ogni anno in libreria.

Se c'è qualcosa di cui sono sicura, è che scriverò storie per tutta la vita.

Avere voi, persone così interessate alla mia fantasia, è qualcosa che non avevo mai immaginato quando ho iniziato questo mestiere. E sono grata che ci siate.

Vi saluto uno per uno con affetto, anche se appunto forse non ci vedremo mai. Ma incontrarsi sulla carta è molto più bello.

Alla prossima storia.

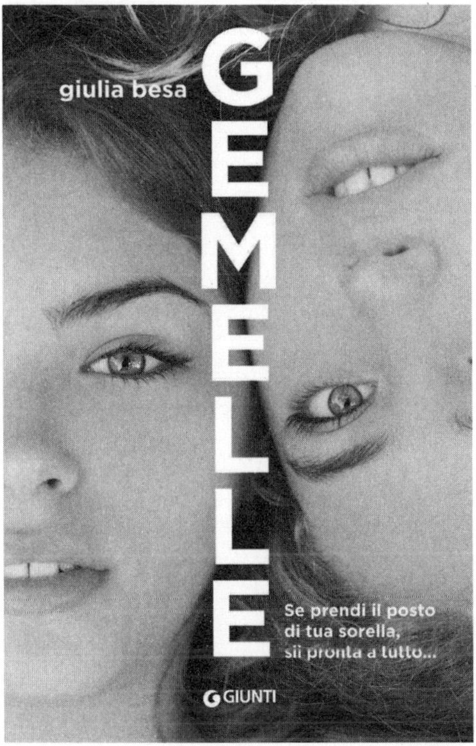

Quando Celeste, la ragazza più popolare della scuola, abbandona inspiegabilmente il liceo appena prima della maturità, Vera, la gemella più chiusa e seriosa, decide di scoprire cosa abbia sconvolto la sorella. Per indagare si traveste da lei, immergendosi nel suo mondo scintillante. Ma così facendo si imbatte in segreti inconfessabili e aspetti imprevedibili delle persone che le stanno accanto: Massimo, fidanzato di Celeste, che Vera ha sempre considerato solo uno sbruffone arrogante e superficiale; Paolo, l'unico amico che Vera abbia mai avuto; e persino il padre, severo, ma all'apparenza equilibrato e imparziale...
Dietro la superficie limpida della vita sua e della sorella, Vera scopre ombre, tradimenti ma anche di potersi ritrovare con stupore innamorata. E, parallelamente, si apriranno per Celeste prospettive che mai avrebbe immaginato.
Una lettura rapida, avvincente, tra il romance e il thriller psicologico.

Stampato presso Nuovo Istituto Italiano d'Arti Grafiche S.p.A. - Bergamo